岁月的河

闫红涛◎著

中国文联出版社
http://www.clapnet.cn

图书在版编目（CIP）数据

岁月的河 / 闫红涛著. -- 北京：中国文联出版社，2017.5

ISBN 978-7-5190-2707-0

Ⅰ.①岁… Ⅱ.①闫… Ⅲ.①长篇小说—中国—当代 Ⅳ.①I247.5

中国版本图书馆 CIP 数据核字（2017）第 084720 号

岁月的河

作　　者：闫红涛

出 版 人：朱　庆
终 审 人：奚耀华　　　复 审 人：蒋爱民
责任编辑：胡　笋　　　责任校对：师自运
封面设计：中联华文　　责任印制：陈　晨

出版发行：中国文联出版社
地　　址：北京市朝阳区农展馆南里 10 号，100125
电　　话：010-85923039（咨询）85923000（编务）85923020（邮购）
传　　真：010-85923000（总编室），010-85923020（发行部）
网　　址：http：//www.clapnet.cn　　http：//www.claplus.cn
E - mail：clap@clapnet.cn　　hus@clapnet.cn

印　　刷：北京天正元印务有限公司
装　　订：北京天正元印务有限公司
法律顾问：北京天驰君泰律师事务所徐波律师
本书如有破损、缺页、装订错误，请与本社联系调换

开　　本：710×1000　　1/16
字　　数：245 千字　　印　　张：14.5
版　　次：2017 年 5 月第 1 版　　印　　次：2017 年 5 月第 1 次印刷
书　　号：ISBN 978-7-5190-2707-0
定　　价：45.00 元

一

早春的天气虽然不再寒冷，却依然带有一些凉意。

晨曦渐渐明朗了，透亮了，映照在黄河的堤岸边，挥洒在洛河的水面上。黄河与洛河，这两条汤汤流淌了数千年的古老大河，并肩携手，共同孕育滋养着一座北方的小城市。这座小城市就是永安市，此时的永安市在黄河的涛声中，在洛河的波光里，慢慢醒来了。

当第一缕晨曦映进窗子的时候，尚德兴已经醒了。多少年来，他有一个好习惯，早晨醒来，睁眼之前，要用十几分钟的时间，把一天要做的事情，在大脑里用自己的思维方式统筹考虑安排，只有这样，他才能对一天的事情有所把握。今天很简单，也很重要，中午十二点之前要起草两份公文，找领导审签三个文件。

跟往常一样，尚德兴早晨六点醒来，十五分钟后起床，六点三十分吃饭，六点四十五分准时走出了家门。

清晨的永安市，其实是很美丽的。亮了一夜的街灯灭了，街道上已被起得更早的环卫工人清扫干净了。有人在街边打太极拳，有人在街心花园里舞剑，有人顺着河边通幽的曲径慢慢跑步，也有人在一家超市门前的空地上伴着鸟叔的《江南 Style》跳骑马舞，还有一群大妈，在宋陵公园南门广场上，随着《康姿百德健身操》的旋律，上下舞动着身姿。晨练的人们把永安市的早晨装扮得极其温馨，分外祥和。

尚德兴的家离单位——市政协也不太远，二十多分钟就能走到。走在上班的路上，他又想起今天要找归口领导签字的三份文件。

昨天下午快下班时，尚德兴才紧赶着起草好了一份文件，加上另外两个委转来的两份，共有三份文件需要呈给领导审阅签字。他已经查询了今天领导的工作日程，王副主席准备去市里开三天的会议，九点就要出发，另外两位领导上午都有会议安排。他想，得先送王副主席审阅，不然这份文件就要拖到三天以后了。这三份文件的重点他已经罗列出来了，在心里也默记了好几遍，凭着自己的口才和能力，去见王副主席的时候，应该不会出什么差错。那么，另外两个领导呢？李副主席下午还要下乡，那就等他上午会议结束后找他签字，另一位副主席到下午上班再找他签吧。

尚德兴一边走，一边想着工作上的事情，没有关注到天气的变化和季节的更替，三月细碎的春风吹拂在脸面上，他浑然不觉。

七点十分，尚德兴准时出现在政协办公室里。

尚德兴一跨进办公室门，整个人就像一个陀螺一样，被无形的鞭子紧抽着，不停地转动起来了。这已经形成了一种程式、一种套路，尚德兴也从来没有打乱过。不是尚德兴要刻意这样做的，这是他多年来养成的工作习惯。尚德兴旋转成了一片云彩，飘忽不定，身体也轻快得像一阵风，刮过来，刮过去。这阵风掠过的地方，原本凌乱的办公桌上变得整齐了，文件、报纸、书籍、电脑、笔筒，都变得有序了，不一会儿，地面拖干净了，桌椅抹干净了，窗上的玻璃擦干净了。很快，这间四十平方米的办公室就窗明几净、井然有序了。当他像往常一样，提着办公室的两个暖水瓶一溜小跑地打开水的时候，空旷的办公楼里才响起了脚步声。

七点五十分，尚德兴拿着喷壶浇花，这盆吊兰在他的精心呵护下，茎叶葱茏，翠绿茂盛。又该换盆了，他一边浇水，一边想。

德兴好！

德兴好！

尚主任好！

办公室的人陆续进门和尚德兴打招呼，他笑着回应着他的同事。

好！

好！

你好！

按照尚德兴的计划，九点之前，他找到了领导，签阅了第一份文件。刚进办公室，桌上的电话丁零零地响了，急促而不容置疑。拿起电话，是通信员小曲打来的，小曲说，尚主任，刘主席让你到他办公室去一趟。

搁了电话，尚德兴赶紧就上到了三楼，心想，刘主席现在叫他，可能又是要他写什么稿子吧。

刘主席名叫刘公全，品德高尚，任人唯贤，是尚德兴最佩服、最崇敬的一位领导。他原先在市委任副书记，前年才调到政协当主席，算是多年的副处转了正。

来到刘主席办公室门口，尚德兴稍稍停顿了一下，里面静悄悄的，他轻轻地敲了两下门。刘主席在里面说，请进！尚德兴轻轻推门进去了。

刘主席坐在办公桌后面的椅子上，一手托着下巴，一手在桌面上轻轻叩击着，一副舒适、恬淡的神情。刘主席年近六十，看上去却要比实际年龄年轻得多，眉宇间依然有股子英气，板起脸来照旧还有一股子霸气。尚德兴恭恭敬敬地走到刘主席办公桌前，说，刘主席，您找我？

刘主席的办公室宽敞明亮、古朴典雅、格局井然。办公桌上，几支精制的毛笔和铅笔插在一个精美的陶罐里，从陶罐的模样和颜色可以看出，主人的品位非同一般。挨着办公桌是一台联想电脑，电脑桌上摆放着一个瓷瓶，是青花瓷。办公桌旁边是一排古铜色的书橱，几乎把那面墙壁全部占满了，透过玻璃，可以看到书橱里有《中国经济概论》《国际经济学》等书籍，也有《二十五史》《毛泽东点评〈资治通鉴〉》《孙子兵法》等历史书籍，另外一层放着《悲惨世界》《安娜·卡列尼娜》《约翰·克利斯朵夫》等世界名著，最引人注目的还是那些哲学著作，有《西方哲学史》《宗白华美学》等。在办公桌后面的墙上是一幅写意山水画《邙源秋韵》；在沙发上方，挂着一幅字，是上下句，字体苍劲，装裱考究，那是刘主席亲笔书写的自勉联，“有志肝胆壮，无私天地宽”，好像在讲述着主人的为人之道。在四大班子领导中，刘主席的儒雅是有口皆碑的，也正是如此，刘主席才十分欣赏文才出众的尚德兴。

一见尚德兴，刘主席便站起身来，热情地说，小尚啊，坐，坐。看着慈眉善目且又威严沉稳的刘主席，尚德兴有些拘谨，在沙发边上坐了下来。

刘主席亲切地问，小尚，父母还在老家，身体怎么样啊？

尚德兴回答说，父母身体还行，母亲的腿有点儿踮，老毛病了，不影响正常生活。

刘主席又问，你兄弟姊妹几个啊？

尚德兴说，七个，三个哥哥，三个姐姐。

刘主席若有所思地点点头，说，嗯，很好很好。接着问，爱人呢，在哪儿上班？孩子几岁了？

尚德兴一一做了回答。

尚德兴一边回答一边想，今天刘主席怎么了，老问这些鸡毛蒜皮的生活琐事干什么？或许，是领导对自己的关心吧。想到这些，尚德兴看着刘主席，心里顿时涌起一股暖流，霎时传遍了全身。

刘主席问过尚德兴家里的情况，沉吟一下，慢条斯理地说，德兴啊，你，考虑过下乡吗？

尚德兴愣了一下。

刘主席接着说，现在呢，有个位置，比较适合你，不过，是到乡镇去的。当然，这要看你的意思，如果你不想下去的话，过几年在咱单位提个正科应该没问题，你很优秀，你的工作大家是有目共睹的。

刘主席看了他一眼，继续说下去。

要是下乡呢，很锻炼人，但也是大浪淘沙，这就要看自己的能力了。这两种去向各有利弊，主意还得你自己来拿。

尚德兴若有所思地点了点头。

刘主席最后说，这事儿，先不要对外人说，要保密。你考虑一下，下午上班时给我回个话。

出了刘主席的办公室，尚德兴按捺不住“咚咚”直跳的心，快步走回自己的办公室。他随手关上了门，激动的情绪怎么也平复不下来。好在今天办公室的几个同事，有的随领导下去视察了，有的外出办事了，只剩他一个人。

尚德兴坐在办公桌前，有些焦躁不安，有些无所适从，不知道接下来应该干些什么了，刚才自己浇过水的吊兰似乎也更加翠绿，更加茂盛。对于尚德兴来说，这真是一件关乎人生的大事情，来得太过突然。在此之前，尚德兴从来没有考虑过下乡，连想都没敢想过。可是现在，这事儿，却实实在在地摆在了他的面前，落在了他的头上，这让他既兴奋又纠结，他在办公室里走过来走过去，想向人倾诉，更想让人指点，遗憾的是，这么大的事情，竟连个商量的人也没有。父母都是老实本分的农民，兄弟姊妹中，也只有他一人吃皇粮，亲戚中也没有当干部的，没有人可以商量。同学和朋友呢？倒是有一个很合适的人选，他的同学程志远。可是，程志远在二十公里之外的小海镇，一时半会儿是跑不到的。即便是在跟前，现在，也不是商量的时候啊，事情还没有定论，现在告诉他，还有些为时过早吧，不能早早地就把“炮”放出去，不能“馍没蒸好先漏气”，到时候事情有变化，反而落下了笑柄，弄得不上不下，打不着狐狸，反惹一身的骚气。这样一想，尚德兴慢慢地冷静下来了。他又一次安稳地坐在办公桌前，自言自语道，这些事，这些话，还是先憋在肚子里吧。

那么现在，就只有靠他自己来拿主意了。

尚德兴忽然间又有一些后悔了。他后悔刚才脑子不够用，怎么没问一下刘主席，要自己去哪个乡镇，任啥职务？旋即脑子一转，即便是问了，刘主席会告诉自己吗？这是有组织纪律的，刘主席这么严谨的一位领导，怎么会犯这么低级的错误呢？如果刚才问了，是否有一些唐突，给领导留下挑三拣四的不好印象呢？这么想来，尚德兴反倒庆幸自己没有多嘴了。

现在，尚德兴面临着两种艰难的选择。一是下到乡镇工作，从基层做起，如果干得好，就会得到提拔，不久又会升上来，还白赚了一次镀金锻炼的机会。不过，这样也有风险，弄不好会把自己耽误在下面。二是留在政协，不下乡镇，这样比较安稳些，风险也会小些，过几年提个主任应该是水到渠成的事儿吧。

尚德兴想到自己大学毕业已近十年，调到政协工作正好八年，任副科也有三年半了。自己平时勤奋好学，工作任劳任怨，因为自己的谦虚，因为自己的踏实，领导和同事对自己也是格外欣赏、关爱有加。每年，单位要评两名市级先进工作者，尚德兴都是高票当选。为此，他很感恩自己的同事，每天八小时的朝夕相处，每周五天的相互浸透，工作中的默契，生活中的了解，习性脾气的相互包容，遇到问题时的彼此帮衬，这些，都让尚德兴时时记在心头，不能忘怀。尚德兴觉得，日子，在紧张的忙碌中，在松弛的平淡里，一天天流逝了，却没有想到，在不知不觉中，在共同的生活里，领导，同事，已经像亲人那般相互牵系铭记了。尚德兴已经习惯了这样的生活，一旦离去，心里还真有些难以割舍呢。

说起干部提拔，永安市流传着这样的段子：市委割韭菜，政府收小麦，人大种竹笋，政协养海带。尚德兴来政协工作这么多年，身边很少有人被提拔，更没有出现过政协干部被提拔交流到局委乡镇去工作的情况。一方面，因为政协年轻有为的干部少之又少；另一方面，因为领导的话语权分量不够。而现在，尚德兴正处在而立之年，这种机会应该不会太多，甚至以后更难遇到。况且，这八年来，每年四次常委会、一次全会、十多次调研，这种几乎不变的工作程序，使尚德兴渐渐感到了枯燥乏味。如果不抓住这次机会，不下到乡镇去闯一闯、拼一拼、搏一搏，他还真有点儿心不甘哪！

尚德兴曾看过哈佛的一项调查报告，人这一辈子，决定人生走向的机会只有七次，每一次相隔大约七年，第一次会在二十五岁后出现，而到七十五岁以后就不会再有了。在这中间的五十年里，第一次机会不容易抓到，因为太年轻，没经验，最后两次也不用去抓，因为年龄大，即便去抓，也是心有余而力不足的。剩下的四次，又有两次会因为不小心错过去，留下的机会实际上只有两次了。这样看来，选择一定是大于努力，选择一定在努力的前面。想到这里，他做出了自己的判断：机会，这肯定是个机会！

是机会，就一定要抓住！

他站在窗口，看到不远处的绿化带里，一簇簇桃花，如粉红云霞，绽放得那么天真烂漫，像豆蔻少女娇美的脸庞；中间夹杂的梨花又是另外一番风韵，一树树花朵洁白晶莹，“忽如一夜春风来，千树万树梨花开”。桃花的粉艳和梨花的纯白相映成趣，粉的烂漫，白的素淡，相映相照，共同描绘着春天的美丽画面。

尚德兴没有想到，他第一次偷得这半日清闲，竟也生出了这般的闲情逸致。他静静地站在窗前，一手托着另一条胳膊，另一手托着下巴，欣赏着这锦绣的繁花，也欣赏着这春天的美好，他感觉自己忽然之间成熟了许多。他的成熟不是指工作，不是指生活，也不是指心智，那是什么呢？他忽然就想到了一个词，态度！或者是另外一个词，心态！是的，是态度，是心态，是处世的态度，也是处事的心态。望着窗外的花草，他觉得在这大自然的春天里，每个人都会有自己新的春天，每个人的春天里也都会有绽放的花朵，而崇高的生命，也如这花儿一样，在这样更替的四季里不断交错，不断轮回。

一阵微风徐徐吹过，摇动了花枝，摇动了草茎，尚德兴豁然地想，自然界的生命，是需要抗争的，而我的朴素的生命，不也是正面临着一次抗争、一场挑战吗？是的，他需要抗争，需要挑战，只有抗争和挑战的生命，才是最精彩的生命，才是最有意义的生命。

尚德兴脑海里突然冒出了一句歌词，好像是叶倩文唱的吧，他拿不准，但这句歌词他记得却很清楚，“我拿青春赌明天”。这句歌词在他脑海里翻来覆去地念了好几遍，猛然间，一个决定就定格在他的脑海里。

下到乡镇去！

尚德兴做出这个决定以后，整个人一下子轻松了很多。虽然，这次到乡镇去工作，对他来说无疑又是一种抗争、一种挑战！然而，这种抗争和挑战也一定会给他带来一种不一样的人生。

此刻，尚德兴很想把这个决定告诉父亲，告诉母亲，可是父亲和母亲在老家，在尚庄，在他心中最美好的地方。

尚德兴忽然间就有些想家了。

二

自永安市向南二十多里，有一处村落，叫作尚庄。说是村落，其实就是一条沟，当地人叫它尚沟。这条沟，夹杂在青龙山弯弯曲曲的巨大的褶皱里，很是低调，很是隐蔽，也很是贫穷。这沟，很短，也很浅，在沟口处，远远的，能够遥望到悠悠流过的洛河。沟里有人家稀稀落落地居住着，这里一家，那里一户，寥若晨星。沟里住了人家，自然就是一处村落了。这一处村落，就是尚德兴的家乡。

沟的一侧，有一座古老的状元牌坊，记载着沟里的一个少年读书考取功名的故事。那少年名叫卢亚，是元朝时候这条沟里的读书人，自古至今，是这片土地上唯一的状元。南面向阳的土坡上，有一棵高大的六股柏，虽然已经在这里生长了一千多年，但却依然树干挺拔、枝繁叶茂。这柏树，上分六枝，故名六股柏，分作六枝的树冠郁郁葱葱、密密匝匝，状如一把巨大的雨伞，支撑在天空里，成了沟里人天然的一个好去处。在尚德兴童年的记忆里，时常会浮出这六股柏在风中摇曳的身姿，也会浮现出夏天凉风习习的夜晚，邻居们聚集在柏下乘凉，大人们拉着家常，讲着笑话，孩子们在树下嬉戏打闹疯张玩耍的情景。

六股柏还有一个称谓，叫作“李密挂马柏”。这其中的故事，是沟里年龄最长的二爷传下来的。二爷用“话说隋朝末年”做开头，不知将这个故事复述了多少遍，“版本”却从来没有改变过。话说隋朝末年，翟让、李密率领的农民起义军占领了洛河岸边的洛口仓，在这里建立了根据地，跟洛河对面的隋朝军队隔岸对峙着。坚持到第二年，隋军将领王世充率兵抵达这里，集结于洛河北岸，并在洛河上架起了十八座浮桥，准备渡河跟起义军决一死战，企图灭掉起义军。起义军首领李密临危不惧，亲临阵前，坐镇指挥，研究战术，加紧防御。一日，李密登上土岭，站在那棵高大的六股柏下，察看对岸敌情，随手就将马缰绳挂在了这棵六股柏的一股枝杈上。后人便又称这六股柏为“李密挂马柏”，简单省事儿的人，只说是“挂马柏”。

从沟口往里面行走，上去一座坡头，就会看到一眼古井。这眼井，很有些年头了，井筒用青砖砌成，井台用青石铺就，石缝里生长着青苔，井口上架着一挂粗笨的辘轳，沟里人祖祖辈辈摇水吃。过了这眼辘轳古井，再过一段约二百米长的水泥坡道，沿坡而上，又到了比较热闹的一处地方，集中居住着十余户人家，这便是尚沟的中心地带了。过了坡头，再走，就该下坡了。坡下，有一处院落，三面靠崖，一面敞开，也是一处聚气向阳的好地方。靠崖的三面土墙上，打有五孔窑洞，虽然显得有些粗糙，但农家的气息却很浓厚。这处院落，就是尚德兴的家。

阳春三月，坡上，沟底，院里，院外，郁郁苍苍，红红绿绿，绿的是叶，红的是花，早已绽放出了各自的颜色与风采。沟里生长最多的是一株一株的槐树。槐树也叫小叶槐，沟里人习惯叫洋槐，绿绿的枝叶间缀满了一串串白色的槐花，幽幽地散发着甜蜜和清香。有放蜂人来到这里，将蜂箱放置在槐树丛里，任蜜蜂采得百花酿造槐花蜜，为谁辛苦，又为谁甜？槐花怒放时节，沟里的姑娘媳妇们都喜欢到槐树下捋槐花；捋了槐花，滚水焯了，晾干，在蔬菜匮乏的冬季拿出来就是一道农家菜。新鲜的槐花，拿面粉拌了，蒸熟，或凉拌，或热炒，也一样的是美味。

尚德兴的母亲，梳一头齐耳的短发，穿一件蓝底白花窄腰宽摆的细布褂，着一条藏青色直筒长裤，坐一只硬硬的榆木疙瘩上，带六岁的德兴在自家院子里一把一把地捋着槐花。

邻家的毛蛋在窑头上喊一声，兴儿，二爷在柏树下讲故事哩！

“兴儿”是尚德兴的小名。尚德兴应了一声，看母亲一眼，母亲浅浅地微笑着，细细长长的丹凤眼朝他微微闪了闪，轻轻抬了抬下巴，朝着六股柏的方向示意了一下，尚德兴便兔子似的窜出去。母亲在后面喊，兴儿哎慢点儿慢点儿，早点儿回来哟！

在窑头上喊尚德兴的，是王婶家的五小子，八岁的毛蛋。毛蛋身上的灰袄蓝裤子，是两个哥哥穿过的旧衣。旧衣是土布的，虽然破旧，但洗得干干净净，也没有补丁。尚德兴是家里的老七，是最小的孩子，穿的灰袄蓝裤子也是三个哥哥穿过的旧衣，有时也是三个姐姐穿过的。虽然也洗得很是干净，可是袖子上和裤腿上却补了一块一块的补丁。那时候，农家的孩子多，都是这样的，大的照看着小的，小的捡大的旧衣穿。

走在路上，毛蛋说，昨儿个，二爷喷的是那棵柏树。

尚德兴问，就是那棵六股柏？那有啥喷头儿？

毛蛋说，二爷说这棵树，在咱沟里，都长一千多年了。

尚德兴说，一千多年，有多长？

毛蛋说，有多长？我也不知道，反正很长吧，比二爷活得都长。

尚德兴说，咱光知道，这柏树老了，谁知它能活这么长时间。

毛蛋说，今儿个，二爷说还要喷个状元的故事哩。

尚德兴说，那咱，快点儿走吧。

状元牌坊的故事很有趣，也很动听，但是，牌坊到底是何物，做何用，六岁的尚德兴却是一无所知，八岁的毛蛋也同样是一无所知。又如那青石刻就的雕花牌楼，因何而立，为谁而树，尚德兴仍然是一无所知，毛蛋也照旧是一无所知。在尚德兴眼里，那是一座高大的石雕，是一座神圣塑像，是一种无言的庄严，是一种沉默的美丽。

古老而庄重的状元牌坊，正对着那棵六股柏。威武苍茫的柏树，遮挡着暮春的阳光，树下，便形成了一片支离破碎的树荫，在那一片斑驳的树荫下，坐着一群散闲的“喷空儿”老人，那个黑衣黑裤手握黑色拐杖的瘦瘦的老人就是二爷。树的周围，远远近近的，一群孩子如风一般，呼地刮到这边，呼地刮到那边，毫无拘束地疯跑着。

毛蛋拉着尚德兴来到二爷跟前，扯一下二爷的衣襟，说，二爷，你不是说，今儿个要给俺喷个状元的事儿哩？

二爷的身子骨很硬朗，声音也很洪亮。他摆弄一下手里的拐杖，笑了下说，呵呵，想听状元的故事啊？

毛蛋说，想听，兴儿也想听。

二爷摸一摸毛蛋的脸蛋儿，又摸一摸尚德兴的脸蛋儿，说，这么小的人儿，就想听二爷喷故事了？

两个孩子灿烂着红扑扑的脸蛋儿，瞪着黑黑的大眼珠，使劲儿点了点头。

二爷挺了挺坐久的身子，指着那座牌坊说，想听，二爷就喷喷。

二爷说，可别小瞧咱这条小沟，看着不起眼，过去，可是出过大人物哩。嗯，你看你看，对面，那牌坊，就叫状元牌坊，是给沟里的卢亚状元立的。卢亚是谁？卢亚是元朝时候的人，或许是金朝时候的人吧，反正是，他从小就没了爹，家里也很穷，少吃没穿的。为了养活卢亚，他娘就在村里替人缝补洗衣，维持生计。那年啊，恰巧又遇上了大旱，庄稼都绝收了，他娘呢，生活就更没着落了，没法儿，就领着卢亚到邻村的员外家干杂活去了。这员外看见卢亚聪明、机灵，就让他也帮娘干些小活儿，胡乱混口饭吃。卢亚很是勤快，扫地，擦桌子，提茶倒水的，干得很欢实。这些呢，员外都看在眼里，默默地记在心上。后来啊，员外请了一位私塾先生教儿子念书，就叫卢亚去伺候着。别看卢亚人儿小，可他非常聪慧伶俐，讨人喜欢，每天，除了洒扫庭院、整理房间，递茶送饭，一有空呢，就偷偷站在窗下听先生讲书。不久，卢亚就认了好多字，会背好多诗。那员外见卢亚成色儿好，便让卢亚跟他的儿子一块儿念书了。有了这样的机会，卢亚很是高兴，这书，就读得更有劲儿了。再后来，私塾里就盛不下他了，那员外又资助他银两到外地求学。最后进京赶考，一下就考中状元啦！

尚德兴紧盯着二爷那张生动的脸，激动得眼珠都明亮了。

回家的路上，尚德兴一直沉浸在卢亚中状元的故事里。或许，跟在后面的毛蛋也在想着这个故事吧，他高兴地说，俺娘说了，夏天一过完，就叫我上学哩，一上学，也能中状元了。

尚德兴回头看了他一眼，低下了头。他也很想上学，眼看离开学没几天了，父母为了几个哥哥姐姐的学费愁得睡不着觉，他怎么给父母提上学的事呢？他抬脚踢起一颗小石子，石子飞了一个弧线落在路的尽头，顺着石子落下的方向，他看见了脚步蹒跚的大姐，大姐背着一捆青草，青草把大姐的腰肢压得弯曲了。

每天，大姐放学以后，都要去地里给牛割一捆青草。他快步撵上去，喊，大姐。大姐擦一把顺着脸颊淌下的汗水，喘着粗气问，兴儿，饿不饿？

尚德兴看着大姐，点了点头。

大姐说，走，回家吃饭去。

尚德兴默默地跟着大姐往家里走去。

走了几步，大姐转过头问，兴儿想上学了，是不是？

尚德兴的眼珠一下子亮了。

大姐回头对毛蛋说，夏天一过，叫兴儿跟你一块儿去上学。

尚德兴跑到大姐的前面，拦住她问，大姐，你这话，是真的？

大姐点点头说，是真的。

尚德兴高兴地说，那，我也能上学了？

大姐摸一下弟弟的小脑袋瓜儿，轻轻地说，能，大姐说能，就能！

两人一前一后进了大门，看见母亲坐在院子里低头纳着鞋底。母亲除了下地干活儿，就是在家里做针线。尚德兴几步跑过去，扯了母亲的衣袖说，娘，我也要跟毛蛋一起上学，一起考状元。母亲停下手里的活儿，看着六岁的小儿子，没有说话。她能说些什么呢？有些话，她不知道该怎样给儿子说。尚德兴见母亲没理自己，急得眼泪流了下来。他哭着说，大姐说的，叫我上学哩。母亲还是没有说话。母亲抬起头，把目光伸向了院外，伸向了远处。

大姐把那捆青草放在牛栏里，让牛随意地吃着，然后，她就进了灶间，从水缸里舀起一碗凉水“咕咚咕咚”喝下去。母亲见了，眼圈红了，她丢下针线活儿，搂起她的小儿子，喃喃地说，兴儿啊，咱去上学，过了夏天，咱就去上学。母亲的眼泪似乎比尚德兴的还要多，一串一串，滴落下来，浸在了尚德兴的嘴唇上。尚德兴觉得，母亲的泪水，热热的，咸咸的。母亲流着这咸咸的热热的泪水，喃喃地说，我的孩子，总不能都窝在这山沟里啊！

大姐走到母亲身边，轻轻地说，娘，我想好了，从明儿开始，我不去学了，回来跟爹娘一起挣工分，供弟弟妹妹们上学。

母亲停下手中的针线活说，德荣啊，可不敢这样想，咱家的奖状你挣得最多，你是个读书的好材料，更是个懂事的好孩子，咱家苦，娘就是砸锅卖铁，也得叫你们几个读书。

大姐懂事地说，娘，我是老大，弟弟妹妹们都还小着呢，你身体又不好，让我回来帮你干活儿吧。

母亲沉默了，不语了，她不知道该怎样回答闺女的话，也不知道该怎样劝说这倔强的闺女。

大姐说，娘啊，你看，兴儿多聪明，又想上学，秋天就叫他去吧，以后，他肯定会有大出息哩，说不定，真能中个状元哩。

母亲轻叹一声，说，妮儿啊，割了一捆草，怪累的，先歇会儿吧，我也该做饭了。

大姐说，娘，我帮你做饭。

母亲又轻叹一声，默默地答应了。

饭还没做好，哥哥和姐姐们都回来了。大哥二哥是疯跑着回来的，而三哥，是二姐背着回来的。大姐要帮家里干活儿，大哥德福指望不上，二哥德贵还小，招呼不住，所以出去玩儿的时候，母亲叫二姐负责照看三哥。

二姐把三哥背到母亲跟前说，娘，德旺发烧了。

母亲伸手摸一下德旺的额头，果真很热，很烫。母亲转身去窑脑的篮子里拿了两个鸡蛋，到了灶间，往锅里添一碗水，烧开，放入几片姜，把鸡蛋囫囵磕下去。不一会儿，荷包蛋做好了，母亲舀到碗里，放了些红糖，端给了德旺。

母亲说，旺啊，趁热喝了，捂上被子发发汗，睡一觉就没事儿了。

荷包蛋，红糖水，闻着是那么香、那么甜！尚德兴使劲抽抽鼻子，露出了馋相。大姐看见了，说，兴儿乖，你三哥生病了，生病的人才能吃荷包蛋呢。

生病的德旺说，爹给咱讲过孔融让梨的故事，大姐你看，我有俩呢，叫兴儿也吃一个吧。

大姐说，你吃吧，咱家的规矩，生病的人才能吃荷包蛋哩。

尚德兴使劲咽了咽口水，说，三哥我不吃，你吃吧。

尚德兴说着这话的时候，就看见父亲回来了。父亲佝偻着腰，喉咙里发出沙沙的响声，一边走，一边很响地咳嗽着。

母亲从灶间出来，问父亲，咱那宅基地，批下来没有？

父亲进了窑，坐定了，说，批下来了！

母亲一听，脸上泛起了红光，高兴地说，那，咱就能打窑了？

父亲又很响地咳嗽了几声，母亲的脸色也就随之黯淡了。

母亲说，再难，也得打啊！孩子们都大了，咱这两孔窑，住不下了。

父亲说，你身子骨不好，还有风湿病，干活儿做家务胳膊都伸不太直，你就别操这心了。

母亲说，打窑，是家里的大事儿，我咋能不操心哩？我的身子，不碍事儿。

父亲沉默了一会儿，好像下了很大的决心，说，要是这，宅基地也批下了，天也暖和了，咱明天就动土，趁上工前、收工后的空闲时间，把窑打了！

父亲是家里的主心骨，父亲说咋办就咋办，母亲都听父亲的。

六股柏下，是沟里人约定形成的饭场。吃晚饭时，邻居们就陆陆续续地把汤锅、馍菜、碗筷都端到那棵如伞似盖的六股柏下，母亲和大姐也把蒸好的槐花拌菜和小米汤端来了。一时间，六股柏下热闹起来了。大人们一边吃饭，一边拉着家常，喷着故事。女人们则相互交流着做饭的经验，也彼此赠送着自己做的拿手好饭菜。小孩儿们吃着饭也消停不下来，端着饭碗，也不耽误他们追逐，嬉闹，打烂了碗的，少不了挨大人们的一顿训斥、一顿暴揍。

母亲端着饭碗，把槐花拌菜拨一些给王婶，王婶推让着，也把自己烙的野菜合子塞给母亲一个。母亲舍不得吃，顺手递给了尚德兴，回头对王婶说，毛蛋他娘，明个儿，俺家打窑，一早起来动土嘞，你和毛蛋他爹都来给俺帮忙吧？

王婶听了，连声说，中中，可中！这窑，早就该打了，一大家子人住两孔窑，挤死了。

王婶是个爽快人，这样说着就站起身来，高声对邻居们说，哎哎，明儿个，老尚家打窑，大伙儿都去搭把手吧！

大家的目光一齐转向了父亲，父亲不好意思地笑笑说，俺家宅基地批下了。

一邻居说，好好好，这是大事儿，大事儿，明儿个，俺一定去帮忙。大家也都会去的。

母亲说，那，俺就先谢谢他伯他嬷他叔他婶他哥他嫂子了。

那邻居说，都是老邻居了，谢个啥？

第二天，母亲起得早，其实她醒得更早，或者说她一夜都没睡踏实，想到明天要打窑了，想到一家人不久就能住上宽敞的新窑了，觉得浑身都有劲儿了。母亲匆忙梳理了一下短短的头发，用凉水洗了把脸，抽开火，坐上锅，她要先烧一锅开水。

阳历的四五月间，天气不冷也不热，不管干啥活儿都是合适的。太阳还没有出来，家里人都相继起来了，先是父亲，后是大姐，接着是哥哥姐姐们，就连尚德兴也起来了。为了打新窑，为了住新窑，全家人都出动了。父亲点燃了鞭炮，“噼里啪啦”的声音打破了清晨的寂静，这声音预示着尚家动土了。空气里弥漫着浓浓的火药味，二爷扛着镢头来了，王叔王婶拿着耙子来了，菊嫂子也掂着铁锹来了，毛蛋什么都没拿，却也蹦跳着跑来了。一时间，工地上热闹起来了，男人们抡起镢头刨土，女人和孩子们往外运土，毛蛋和兴儿也前前后后地跟着跑着，虽然什么活儿都插不上手。

第一天动工就有这么多乡亲来帮忙，母亲马上想到了吃饭问题，她笑着说，感谢大家的帮忙，我回家给大伙做饭去！众乡亲说，不吃饭不吃饭，干这点儿活儿，咋还让管饭哩？话是这么说，可母亲却不这样想，邻居们过来帮忙了，怎能叫人家又搭工夫又掏气力，又怎能再叫人家饿着肚子走呢？咋说也得管顿饭吧！

母亲回家了。出门时坐在火上的一锅水，已经烧开了，母亲先烧了一大锅稀汤。面是昨天晚上就和好了，放在煤火台上发着。母亲看了，已经发开了，发得很虚，很暄。面是两种，有一小盆白面，还有一大盆玉米面，母亲把这两盆面倒在案板上，混合着揉在了一起，蒸出了两大笼白面和玉米面两掺的馍。母亲数了一下，又计算了干活儿的人数，一人还不划两个。这样不行，这样肯定不够吃，吃不饱就干不动活儿。母亲怕大家吃不饱，就把稀汤倒进水桶里，腾出大锅，又做了一锅汤面条。

饭刚做好，大姐满头大汗地进门了。母亲说，走，送饭去！母亲用一副钩担，一头桶里是稀汤，一头桶里是汤面条，一只手里还端着一盆腌萝卜条。大姐右胳膊挎着一个大篮子，装满了蒸馍，左手提了个小篮子，装的是碗筷。到了工地上，哥哥姐姐们都帮着母亲盛汤拿馍，端到大伙跟前，恭恭敬敬地递到每个人的手里。母亲和哥哥姐姐们等大伙都吃过了，才拿起碗筷，喝剩下的稀面条汤，吃上半个馍，大姐把稍稠的半碗面条端给德兴，又给他拿了半个馍，夹点萝卜条，这在兄弟姐妹中算是最好的待遇了。

打窑，是个很累人的活儿，也是个很费时的活儿。动土以后的活儿，就全靠自家人亲叔伯兄弟的壮劳力干了。除了下地干活儿，父亲就带着几个近亲戚和哥哥姐姐们，利用早上中午和晚上的闲暇时间，经过了春天，经过了夏天，又经过了秋天，五孔新窑终于打成了！父亲的脸上满是喜悦，也满是疲惫。父亲累了，父亲比以往咳嗽得更厉害了。然而，母亲的心情却是轻松的、愉快的，连走路都变得比平时轻盈了许多。母亲领着孩子们先整理出了靠西的一孔窑，做了灶间，就是沟里人常说的“做饭窑”。母亲说，中间这一孔呢，我跟恁爹住，东边上首一孔呢，三个闺女住，下首一孔呢，三个小子住。俺兴儿哩？就跟娘住，在爹娘的窑里呀，也给俺兴儿摆个小床，自己睡，再不用跟哥哥姐姐们挤了，俺兴儿啊，再也不用闻哥哥们的脚臭气喽！尚德兴说，娘，西边不是还有一孔小窑？我想睡那孔小窑。母亲笑一下说，小窑啊，咱家大黄住。很少笑的父亲也笑了，他说，看看，咱家的牛也阔气了。停一下，父亲又说，这孔小窑就当咱的牛舍吧，以往，咱家住的，人都睡不开，现在，咱家的大黄牛都有一孔窑了。母亲笑着说，这回可算是好了，咱的窑打成了，咱有了自己的新家了，咱也不用再愁啥了。

住上了新窑，尚德兴也去学校了，上学以后的尚德兴养成了一个好习惯，就是醒得早。每天早晨一醒来，就赶紧起床了，从不睡懒觉，也不留恋温暖的被窝。天刚蒙蒙亮，母亲起床做早饭，他就坐在灶台上，认拼音，读课文，尚家的窑洞里，便有了琅琅的读书声。在他奶声奶气的读书声里，母亲就把一家人的早饭做好了。这时，父亲起床了，哥哥姐姐们也陆续起床了，他们要吃了早饭下地干活儿去。父亲起来的时候总是笑着的，哥哥姐姐们也都是笑着的。父亲说，兴儿读书的声音像念经，我听了，心里很舒坦，也很美气哩。母亲说，老话讲，农家有三宝，嗡嗡纺车声，琅琅读书声，娇儿啼哭声，咱家占住这一条了。尚德兴听了爹娘的话，觉得这是爹和娘对自己早起读书的最好的奖励。

娘做饭早，尚德兴吃饭也早。当他背着书包往学校去的时候，沟里有的孩子还正在吃饭，还有的，才刚刚起床，更有那些懒惰的，还赖在被窝里不起来呢。

院子里有一块青石板，是母亲的捶布石。往这儿搬新家的时候，父亲就把它从那个老院里搬过来了。母亲已经用了很多年了，石面上也已经被母亲捶得很光滑很平展了。每天，放学以后，回到家里，尚德兴先不进窑，他直接把书包放在了那块光滑的捶布石上，或是坐在上面读书，或是趴在上面写字。这样一读一写，就把老师布置的作业完成了，也把老师这天讲的知识掌握了。到了夜里，窑里点着一盏煤油灯，有些昏暗，母亲在油灯下纳鞋底、缝衣裳，尚德兴知道，一家人四季穿的单鞋棉鞋都是母亲这样一针一线做出来的。他还知道，母亲为啥一直梳着短发，那是因为，母亲的肘关节有毛病，不太好抬，勉强抬起来了，也抬不到合适的高度。尚德兴总看见，母亲抬一下胳膊，都会皱一下眉头。尚德兴就想，母亲一定有难言的痛苦，一定有难以忍受的疼痛。尚德兴有了一个心愿，用功读书，中了状元，有了本事，一定先给娘治好胳膊！

自从有了这个朴素的愿望藏在尚德兴幼小的心里，他的学习成绩，就像是有人在后面推着，总是走在全班的最前头。

洛河的水在缓缓流淌着，时光也在静静地流淌着。尚庄的路上，尚德兴满头大汗地拼命地往家跑着，一进院门，他可着嗓子喊，娘，娘！他有一个好消息，想早点儿告诉母亲。

母亲从窑里出来了，问，兴儿啊，放学了？

尚德兴举着手里的奖状和奖品，说，娘，期中考试，我考了全年级第一名，看，这是奖状，这是奖品！

尚德兴说着，就把一张奖状和三支铅笔塞进了娘的手里。

母亲捧着尚德兴红扑扑的小脸，高兴地说，俺兴儿，真聪明！娘给俺兴儿打荷包蛋吃，犒劳犒劳！

尚德兴听了娘的话，愣了一下说，娘，我又没有生病，咋吃荷包蛋哩？

母亲说，俺兴儿考了第一名，娘奖给你的！

夜色浸润上来的时候，父亲从地里回来了，大姐也回来了，哥哥姐姐们都回来了。院子里摆起了饭桌，桌上放了一盘腌萝卜条，母亲盛汤，大姐端馍。以往，母亲盛汤第一碗先给父亲盛，今天，母亲把第一碗汤先盛给了尚德兴。锅底冒出一个荷包蛋，母亲小心翼翼地盛到了尚德兴的碗里。母亲说，这是俺兴儿的。大姐把碗递给尚德兴的时候，轻声说，吃吧，娘奖给你的。说完，顺便还奖给尚德兴一个笑脸。一家人围坐在一起，一边吃饭，一边议论着兴儿的学习，议论着兴儿的第一名，议论着兴儿的奖状，议论着兴儿的三支铅笔，也议论着兴儿的荷包蛋。院子里，饭桌上，一下子就装满了热闹，装满了喜庆，装满了农家的质朴，装满了知足的笑声。

尚德兴小学毕业的那个学期，父母无论如何也凑不够几个人的学费了。懂事的大姐早已含泪离开了心爱的学校，尽管如此，开学的头一天晚上，家里凑够了几个大点孩子的学费后，尚德兴的三块钱学费仍然没有着落，家里的气氛陷入了异常沉闷之中。

尚德兴看见父亲和母亲愁得晚饭都吃不下。晚饭后，母亲在窑里刷锅洗碗，父亲坐在院子里闷声不响地抽烟，尚德兴躺在小床上暗自流泪。他望着窑洞里两面斑驳的墙壁上贴满的奖状，有些焦躁，也有些不安，他有了一种担心，感觉到一种害怕。他想，要是真的拿不出学费，是不是就不能上学了？真要这样，那么多的奖状不就白得了吗？真要这样，那我还怎么考状元呢？想着，想着，他的泪水就落下来了。

母亲收拾停当，擦了擦手，走到床边对尚德兴说，兴儿不哭，天，塌不了，明儿个，不耽误咱上学！尚德兴说，娘，没有学费，咋去上学啊！母亲拉起尚德兴的手说，没事儿，有娘哩，走，跟娘，去拿学费！

尚德兴一脸迷惑地想，家里根本没有钱了，娘要到哪里去拿学费呢？

母亲领着尚德兴走进了越来越浓的夜色里，走进了坡上坡下邻居的家里，走进了至今都让他难以忘怀的难堪和感动里。

母亲来到王婶家，笑着说，他婶，明儿个，孩子们开学，学费还没有凑够，先来你这儿借点儿，过几天就还。

到了另一家，母亲又笑着说，他伯，明儿个，俺兴儿开学，学费还差两块，先来你这儿拿点儿，过半月就还。

最后进了二爷家，母亲同样笑着说，二爷，明儿个，兴儿该开学了，学费快凑够了，先来你这儿拿点儿，过一月就还。

每到一家，母亲都是这样的表情，每到一处，母亲都是类似的话，学费，五毛一块地拿到了手里，三块钱也就凑够了。

银盘似的月亮升起来了，水一样的月光亮汪汪地在坡上坡下荡漾，也在沟里的小径上荡漾。回家的路弯弯曲曲，细长逼仄，延伸到沟的深处，也延伸到夜的深处。微风渐起，树影摇曳，摇乱了一地的月光碎片，映照着那条忽明忽暗的回家的路。学费有了着落，尚德兴的心里是那样的兴奋、那样的喜悦。他紧紧跟在母亲后面走着，他觉得，母亲是如此的能干，如此的伟大！尚德兴不由得紧走一步，上前拉住了母亲那布满老茧的手。今夜的母亲甚感宽慰，她长长地松了一口气，压在心头的一块石头终于落了地。这时，尚德兴看见了家里的那盏煤油灯光，那灯光虽然不太亮，却很温馨。尚德兴激动地说，娘，到家了！母亲说，到家了，赶紧给爹说说，学费凑够了，让他别着急了。尚德兴晃着母亲的手说，娘，明天，我能去上学了！母亲说，是嘞，俺兴儿又能去上学了，记住，咱这学费，来得不易，到了学校，可得好好学啊！母亲话还没落地，就哧溜一下滑到坡下了。尚德兴叫了一声“娘”，没有人应，再叫，仍是没有人应。尚德兴害怕了，哭了。他哭着，喊着，他想下去救母亲，却看不清母亲滑到哪里去了。

尚德兴的哭喊声，呼唤来了父亲，呼唤来了哥哥姐姐，呼唤来了二爷，呼唤来了王婶，呼唤来了菊嫂子。他们把母亲从沟底抬上来，抬回到了家里。尚德兴看见，母亲的左小腿已经肿了。

父亲说，不敢耽搁，走，去医院。母亲忍着疼说，唉，没事，花那冤枉钱干啥？尚德兴看见了母亲手里攥着的一卷钱，忙说，娘，咱有钱，咱去医院！母亲轻轻地说，傻孩儿啊，这是，兴儿的学费！

母亲死活不去医院，父亲只好请来了王先儿。王先儿是村里的赤脚医生，除了给村里人医病，平时也治皮外伤，还会接骨。王先儿来了，摸了摸，说，断了，最好还是去医院接吧。母亲说，王先儿，你来接。父亲说，去医院，就是卖血也得去！母亲的脸上疼出了汗水，却坚持说，不碍事，让王先儿来接吧！王先儿叹了口气，说，嫂子，你可得挺住啊！又对父亲说，快去采些蝎子草，外敷。蝎子草长在沟边野地里，村里人都用它来治疗跌打损伤。父亲提一盏马灯出了院门，尚德兴追在后面喊，爹，我也去。父亲说，在家，跟姐姐招呼娘。尚德兴回到母亲身边，母亲安慰他说，娘没事儿，兴儿，不害怕。母亲又说，明儿个，就开学了，兴儿，早点儿，去睡吧。尚德兴不愿去睡，拉着母亲的手，母亲的手上全是汗水。娘，一定很疼！

母亲的腿接好时，父亲把蝎子草采回来了。王先儿将捣成糊状的蝎子草敷在伤处，用木片固定了，又拿布条绑扎稳妥，母亲长长地出了一口气。尚德兴还攥着母亲的手，不愿也不想松开。

王先儿的医术稍有一些欠缺，母亲的腿痊愈后稍微短了一些。每天，尚德兴看见母亲一跛一跛走路的样子，很内疚，很难过。母亲却说，没事儿，不耽误娘走路。

尚德兴默默地对自己说，兴儿，你一定要为娘争光！

日子真是不经过，18 岁的尚德兴收到了大学录取通知书，这是尚德兴的骄傲，这是全家人的骄傲，也是整个尚庄的骄傲！灿烂的阳光照耀在六股柏的枝杈上，照耀在状元牌坊的石雕上，也照耀在德兴家的院子里。分门另过的哥哥们回来了，出嫁的姐姐们也回来了！那一天，家里如同过年，母亲杀了鸡，割了肉，买了鱼，做了满满一桌子菜。她还特意做了当地的特色面食——烩面。做烩面，是母亲的拿手好戏，母亲的手艺不比饭店里的大师傅差。母亲先是把面和好了，却不着急去做，而是把面放在案板上“困”，给它足够的时间来“困”，越“困”，面就越筋道。然后，就掐成一个一个的“面剂”，再擀成“面坯”，抹上油，叠在一起，放在盆子里“醒”。“醒”的时间越长，面就越柔软，越有弹性。锅里的水烧滚了，就该扯面了，拿过面坯，一拉一扯，就扯成了又薄又长的条子，舞弄在母亲手上，像一条腰带，更像一条白练。母亲将这白练顺手丢进滚水里，不一会儿就煮熟了。这时，肉，切成了丁，海带、豆腐皮，也切成了丝，木耳，也用热水“发”好了，这些，也都下进锅里去。然后，葱，切成葱花，香菜，切成小段，佐料在碗里都已经调配停当，就该出锅了。哈哈，盛到碗里，面白汤浓，绿的是香菜，白的是豆腐丝，黑的是木耳和海带，泛黄的是葱花。只看一眼，尚德兴的食欲就上来了。尚德兴拿起勺子，有些猴急地舀了一口汤，喝下去，咂咂嘴，哎哟天呐，这味道，很香浓，很悠长。细细地品味着，尚德兴品出了家乡的味道，品出了亲情的味道，更品出了娘的味道！

晚上，尚德兴翻来覆去睡不着。他悄然披衣下床，来到院子里，听见父亲和母亲的窑里传来说话声。他正要回屋，听见父亲问，是兴儿吗？他应一声，进了父母的窑。尚德兴说，爹，娘，咋还不睡哩？爹说，你不是也没睡吗？母亲说，跟你一样，睡不着。父亲说，来，坐爹床上，跟爹说说话。父亲说着，掀开被角，让尚德兴坐了进来。

父亲说，兴儿啊，明儿个，你就要去外地上学了，咱村里，打我记事儿，也没有考出去几个大学生，可兴儿你，算得上一个，你可是咱家里第一个有出息的人，爹有几句话，想给你说说。

尚德兴重重地点点头说，爹，我听着哩。

父亲说，无论什么时候，都要实实在在做人，踏踏实实干事。爹这些话，可得记住啊！

尚德兴说，爹，我记住了。

母亲说，兴儿啊，到了学校，咱得学勤快点儿，比人家早起一会儿，早去一会儿，擦擦桌子扫扫地，多干点活儿，也累不着咱。

尚德兴说，娘，我记住了。

每当想起尚庄，想起爹娘，尚德兴都会对爹对娘充满了感激。

三

永安市位于黄河南岸，嵩山北麓，自古就有“东都锁钥”之美称。它历史悠久，人文璀璨，矿产丰富，物华天宝，在这块儿神奇而迷人的土地上，有嵩山风光，有河洛汇流，有宋陵，有杜甫，也有康百万，还有慈云寺。在尚德兴的眼里，脚下的每一寸土地都承载着厚重的历史，折射出灿烂的文化。

永安市是全国经济百强县市之一，经济的发展可以溯源到1915年北洋政府建立的兵工厂。兵工厂在这里发展了二十多年，直到1937年抗战爆发，才被迫南迁至湖南烟溪。但是，有很大一部分当地的技术工人却留了下来，为后来永安市的工业、手工业的发展奠定了坚实的基础。20世纪30年代，境内就有小煤窑近十家，光回郭镇，就有卷烟厂四十八家，打铁、木工、陶瓷烧制、泥瓦建筑各行各业，大小作坊遍布城乡。新中国成立后，工业产业迅猛发展，目前已形成了门类齐全、基础扎实的工业生产体系，具有煤、电、铝、铝板加工、耐材、水泥、净水剂、铸造、太阳能、光伏十大行业，在全市经济持续、稳定、协调发展中，乡镇企业起着重要的作用。伟大领袖毛主席1975年曾对永安市社队企业的发展大加赞扬，批示为“伟大的光明灿烂的希望”。

王店镇是永安市的一个偏远山区乡镇，共有十六个行政村，四万一千多口人，是一个资源型乡镇。境内拥有煤、硅石、铝矾土、铁矿、石灰石等十余种矿产资源，已开发利用的有九种，从事矿产资源的开采与加工的有一百二十多家中小企业。

尚德兴离开了工作八年的市政协，被任命为王店镇的党委副书记。

车子行驶在通往王店镇的山路上，透过车窗，尚德兴望着道路两旁一闪而过的葱葱郁郁的山峦、树木，还有盛开在春天里的妖娆的桃花、雪白的梨花。接到任命以后，尚德兴查过相关资料，在亿万年前，王店镇曾经是一片汪洋大海，经过地壳无数次的运动，水落地突，形成了现在的地矿随处可寻的地貌特征。曾经的一切，终于被岁月搁浅于此。人类在这里的出现，应是在地壳运动多少年之后了。一代代炎黄子孙，从远古他乡迁徙而来，在沙砾乱石间，在山峦沟壑中，刀耕火种，垦荒屯田，播撒着汗水和希望，生生不息，直到今天。

坐在车里的尚德兴冥冥之中感觉到王店镇是上苍赐予他的一份丰厚的礼物，现在，他怀着一腔热忱与信念来到这片土地上，去行走它，去丈量它，去感受它蕴藏的人生内涵。

在同类乡镇中，王店镇的住宿办公条件是比较差的。尚德兴的办公室被安排在镇办公楼的二楼，里面连着一间卧室，比他在政协工作的办公室大多了，但却简陋得多。屋子里摆放着桌椅、沙发、书柜、床、电视、盆架等，屋顶上吊着一盏四十瓦的灯泡。想必是，换了几任主人，这些东西还依然如故。尚德兴看着屋里的摆设，安慰自己说，这已经很不错了。窗外长着一棵粗壮高大的梧桐树，枝繁叶茂的，闲暇时间，自己能坐在这里，在窗外树叶的摩挲声中，沉醉于一方宁静和空灵，也未必不是一件好事啊。尚德兴就是这样一个乐观的人，一个知足的人，无论在什么样的环境中都能把不利的因素变为有利因素，这大概也是他这些年来走得比较顺利的原因吧。

环境换了，角色变了，一切都变得是那么陌生、那么新奇了。见到的都是一些新面孔，比如，十六个村的支书、村委主任，十多个镇直镇办的所长、主任，加上机关里的五六十个干部，这些人，年龄性别不一，衣着半土不洋，谈吐荤素搭配，文化程度从文盲到大学参差不齐。他们见了尚德兴，都主动友好地打着招呼，一口一个尚书记，这让尚德兴感到很不自在，甚至觉得还有点儿别扭。原先在政协的主席、副主席，委办的主任、副主任，见面都是德兴长德兴短地叫着名字，听着却是那样的亲切，那样的顺耳。

王店镇党委书记名叫姜石宽，尚德兴来这儿之前就跟他认识。尚德兴知道，姜书记是从乡镇一般干部干到镇计生办主任，又干到副镇长、副书记，再干到镇长，最后一直干到镇党委书记。有了这么深厚的经历，乡镇工作的经验自然也是非常丰富的。

第二天下午五点半，尚德兴走进了党委书记姜石宽的办公室，姜书记正在跟一个稍有些年纪的人说着话。

见尚德兴进来，姜书记忙说，快来快来，介绍一下，这是新来的尚书记，叫尚德兴。又指着那人说，这是镇工业公司经理郭信礼。尚德兴微笑着向郭经理点了点头，说了句“你好”，算是打了招呼。姜书记又说，这不，郭经理已经准备好了，邀请咱们过去吃饭，我正想叫你和新来的副镇长王建伟一块去呢，你们呀，也得跟这些地主老财切磋切磋，测测他们高家庄的地道里到底能盛多少水，哈哈。笑过之后，姜书记又说，郭经理，你先走，我们随后就到。

郭信礼中等身材，有些谢顶，胖胖的脸上泛着古铜的色彩，圆溜溜的一双鼓眼，配上油光滑亮的额头，让人一下就能看出，他具有很强的气场，脑袋里面装满的一定是智慧，是机敏。告辞的时候，郭信礼伸出手来，很有礼貌地握住尚德兴的手说，欢迎领导到王店镇工作，欢迎尚书记到工业公司和企业指导工作。尚德兴笑着说，哪里哪里，我得好好向姜书记学习，多多请郭经理指教啊。郭信礼赶紧说，幸会幸会，岂敢岂敢。松了手，又说，您和姜书记聊着，我先走一步，一会儿见。说着，郭信礼走出了姜书记的办公室。

只剩下两个人了，尚德兴说，姜书记，我初来乍到，什么都不懂，希望您好好带带我，传授一些乡镇工作的方法和经验啊。

姜书记笑一下，说，乡镇工作，也没什么，你不要有什么为难思想，其实也不外乎社会上流传的“催粮要款，刮宫流产”。要说方法和经验，一般人不知道，我告诉你，那就是，吵架，玩笑，喝酒，只要和这些支书、主任、厂长感情近了，关系融洽了，不用多说，就没有他们干不好的活儿，以后你慢慢就会体验到的。停顿一下，姜书记又说，不知道你喝酒怎么样，在乡镇，一定要酒（久）精（经）考验啊。今天先让你见识一下这些支书村委主任的酒品，也算是你到乡镇工作的第一课吧。说着，姜书记抬腕一看表，说，好了，时间差不多了，以后再聊，走，走，喊上王镇长，喝酒去!

郭信礼的家是一个上下两层的小洋楼，院子很大，也很整洁。进去后，有八九个人正在一楼客厅中喝茶、嗑瓜子、聊天，一见姜书记他们到了，纷纷离座，握手寒暄。

荤素搭配的八个凉菜叽里咣当摆上了桌，郭信礼招呼大家入席。姜书记坐了主位，尚德兴和王建伟挨着书记分坐两边，郭信礼挨着尚德兴，其余人也依次落了座。

郭信礼端起酒杯说，今天托姜书记的福，我们结识了两位新上任的领导，尚书记和王镇长，对两位领导的到来，咱们表示欢迎。在座的人噼里啪啦鼓了几下掌，郭信礼接着说，还是老规矩，先碰三杯开席酒，然后自由发挥，但必须陪好姜书记、尚书记和王镇长。众人都附和着说，陪好陪好，一定陪好。

以前，虽然也经历过很多次这样的场面，但今天，却是尚德兴下乡来的第一次遭遇战，心里不免有点儿紧张。喝酒看工作，酒场就是乡镇干部的战场，在这里，在酒桌上，既能喝出感情，也能喝出工作。想到这些，尚德兴端起酒杯一碰，就把第一杯碰杯酒干下去了。三杯酒过后，可能是空肚喝酒的缘故，肚里就像着了火一样，从喉咙顺着食道一路烧到胃里。尚德兴顿觉全身血脉贲张，脸上涌起了红云。

姜书记开始点将了，他让郭信礼打第一炮。姜书记说，郭经理，你先来，尚书记第二个，王镇长第三，下来挨着打关。

姜书记你不打关了？一个年轻的村委主任看他没说自己啥时打关，一脸疑惑地问。

傻了不是，这都不懂，大头儿在后头，坠子炮最后才响哪！有个支书边训斥那人，边借机和姜书记开起了玩笑。

你那最大了，我们都在你头下歇凉呢。姜书记也不吃这个亏，笑着骂了回去。

姜书记话音刚落，郭信礼已经连喝了三小杯。然后，他一手拿着酒瓶，一手举着酒杯，走到姜书记面前说，我都喝了三杯了，现在开始过关，得先敬姜书记，你说吧，咱俩喝几个？

姜书记说，要论喝酒，我还怕你不成？你说几杯就几杯！

郭信礼说，那好，今天我就当一回家，咱俩喝个六六大顺！

郭信礼先给姜书记倒了六杯，然后又把自己面前的六个酒杯倒满，端起一杯，跟姜书记碰了一下，双方都喝了。嗞溜，嗞溜，不到一分钟，郭信礼和姜书记就各自碰掉了六杯酒。

郭信礼将酒杯倒悬着，让姜书记检查。姜书记，我可是滴酒不漏全下了肚，我干工作也和喝酒一样，向来都是实实在在，从不偷懒耍滑啊。

实在实在，实实在在。姜书记说，你看我这杯子里也没剩一滴酒啊。

坐在旁边的尚德兴看得兴奋起来，刚才喝下的三杯酒也觉得没有什么劲儿了，他忽然就有了一醉方休的斗志。

郭信礼又给姜书记重新斟满酒杯，说了句“压住杯”，然后，端着酒杯来到了尚德兴面前。郭信礼说，尚书记，该敬你酒了，你是刚到咱们王店镇，又是第一次来我这里，我必须好好敬你几杯。尚德兴也站了起来，表示接受。郭信礼又说，来来来，先满上先满上。说着，郭信礼自己先喝了三杯，意思是先喝为敬。接着，郭信礼给尚德兴端了三杯，说，尚书记，咱们初次见面，初次喝酒，都很高兴，欢迎你到王店镇“入伙”。尚德兴接过喝了，郭信礼又端起三杯，说，今后，咱都在一个锅里搅稀稠，一家人了，得敬三个。尚德兴没有推辞，又喝了下去，最后二人又友好地碰了一杯。这样，前前后后，尚德兴喝了郭信礼七杯酒。

轮到王镇长，郭信礼走的也是这样的程序。

该那几位支书、村委主任了，郭信礼很随意地说，都是老熟人，大家共同碰三杯吧。

他们几个端起杯子轻描淡写地碰着喝了三杯。尚德兴看了，觉得他这关过得很有技巧，真可谓重点突出、内外有别啊。

郭经理，该谁打关了？一个村主任脸上带着坏笑问。

我来吧。尚德兴不假思索地说。

大伙儿“哄”的一下就大笑起来，他莫名其妙地看着大家。

那个村委主任说，尚书记先喝三杯酒，我来给你讲讲这个该谁“打关”的故事。

一听有故事，尚德兴说，好好，那咱们俩一块碰吧。大伙都起哄叫好，于是，尚德兴和那个村委主任连碰了三杯酒。

喝完酒后，那个村委主任笑着说，这事儿，说的是郭经理。一天中午，郭经理吃饭时喝了不少酒，喝完酒后，去参加镇工业公司召开的企业家联谊座谈会，会议由郭经理主持。因为喝了酒，别人发言的时候，郭经理犯了困，打起盹来了。有人见状，小声叫他“老郭，老郭”，叫不醒，又轻轻地拉了他一下。这下郭经理被惊醒了，满脸疑惑，没头没脑地问，咋咋，该谁打关了？“哈哈哈”，整个会场上笑炸了锅，活像老鳖翻了潭。

郭信礼瞪了那个村委主任一眼，尴尬地说，你这货，哪壶不开，专提哪壶！三位领导都在场，你还臊我的气哩。

轮到尚德兴打关了，他站起身来，说，我刚到镇里，就有缘和大家聚在一起，深感荣幸，以后的工作就靠在座的各位鼎力支持了，为了表示诚意，我先喝三个，然后再和大家每人碰三个，咋样？

好！大家一致赞同。

两圈打下来，尚德兴和王镇长都喝高了，那几位支书、主任倒没喝多少。

最后，该姜书记过关了，他把手一挥，高声说，拿大杯来，我知道你们都是海量，别喝得不上不下的，委屈难受。

说罢，姜书记给尚德兴、王镇长各倒一小杯，给自己和那几个支书、村委主任每人倒了一大杯，举起酒杯说，弟兄们的情谊都在酒杯里了，干杯！说完，仰头一下喝了。

一位支书说，姜书记，尚书记和王镇长喝得太少，这不公平吧。

姜书记说，别扯淡，大伙儿都看着哩，他俩刚才喝得太多，这次喝完，大家都算装齐了。

姜书记说着，倒悬了喝干净的空杯。大伙儿一看，只得干了。尚德兴惊得张大了嘴巴，那一大杯少说也有三两，自己说啥都难以喝下去了。这让他在佩服之余，也暗暗感激姜书记的关照。

酒喝到这份儿上，桌上人都表示“不敢再喝了”，郭信礼端着酒壶说，咱有的是酒，都别给我省啊。姜书记把杯子扣在桌子上，说，中了中了，再喝就误事儿了。郭信礼说，那好，酒咱不喝了。又扭头大喊一声，浑家，上面！王镇长笑一下，说，操，郭经理这一嗓子，都把咱们穿越到宋朝去了。

郭嫂使了个大托盘，托着几碗面就进来了。有个村支书，看见郭嫂进来了，捏着嗓门叫一声，翠花，上酸菜！郭嫂满面带笑，清清爽爽，腰里束着围裙，袖子挽过了肘，一看就是个泼辣干练、精明利落的家庭主妇。郭嫂并不多接别人的话语，只是把一碗一碗的面送上桌来，一一搁到每个人面前。桌上人接过面，玩笑着道谢，满嘴都是水泊梁山的江湖口气。这个说，谢浑家，那个说，谢娘子，还有人说，谢谢面。郭嫂一边上面，一边笑着，也不恼。轮到尚德兴了，郭嫂看着眼生，知道是第一次来家，便双手递了过去。尚德兴慌忙接了，连声说，谢谢嫂子，谢谢嫂子。郭嫂又是一笑，看着尚德兴说，噫，满桌就这一个文明人。因姜书记在座，郭信礼觉得老婆这话不太合适，就也学着宋江的口吻，喝了一声，退下！

郭嫂送上桌的是酸汤面。做这面，是郭嫂的保留节目。俗话说，打出来的女人，揉出来的面，这面，功夫全在揉面上，面揉到家了，擀出的面片才能跟纸片一样薄，切出的面叶才柔软，才细嫩，才光滑。下锅后，放点葱花、香菜和白醋，滴入几滴小磨香油，最好再放几片酸菜叶儿，那就更地道了。这面，一吃，先是感觉软，入口即化，再是感觉香，是香菜和香油的香，后是感觉酸，是白醋和酸菜的酸。这面，爽口，更重要的功效是，醒酒。所以，饮酒后，都喜欢吃这口美食。喝了一肚子酒没吃几口菜的尚德兴，溜着碗边喝了一口酸汤，似乎清醒了很多。他也顾不得许多，索性埋下头去，“呼噜呼噜”，转眼之间吃个精光；抬起头，呼口气，也没大没小地开了个玩笑，喊了一声，娘子，请给洒家再上一碗。满桌人大笑。王镇长拿筷子点着他说，看看，就这一个文明人也沦陷了。姜书记也笑着说，沦陷了好啊，这说明跟咱这一帮子怪和群，看来，以后在一块儿干事儿，肯定能拴在一个槽上。

回机关的路上，尚德兴感觉有点儿头晕，有点儿难受。姜书记笑着说，谁喝那么多都会难受，我咋？我也照样，刚才我是提着劲儿，充好汉哪。我是个酒后醉，喝了酒，一小时后酒劲儿才上来。姜书记又说，在乡镇工作，就是这么个样儿，没有办法。我刚下乡时，也不会大口喝酒，但咱们整天与村干部和企业家打交道，不喝不中啊。这些地头蛇，在当地一干就是一二十年，甚至二三十年的都有，对当地的情况，那是非常的熟悉，甩手趿拉鞋，轻车熟路就把活儿干了，根本不用咱去催。跟他们一块儿喝酒，喝的就是真诚和感情，只要他们心情舒畅了，工作起来就会掏真心、用真劲，他们的办法永远都比咱们多。姜书记又说，所以，喝酒呢，也是工作，并且是既拼身体又比智商的工作。俗话说，酒品看人品，牌风看作风，这是多年乡镇工作总结出来的经验，很有道理。姜书记又叹一声，说，唉，我的酒量也是慢慢锻炼出来的，身不由己啊！

这兴许就是一个乡镇干部要经过的第一关吧，尚德兴想。

尚德兴有记日记的习惯，这是他在上大学的时候养成的好习惯，参加工作以来，还一直保持着。晚上，尽管尚德兴的酒劲儿还没完全过去，还没有完全清醒，但他还是坚持着把这两天的所见所闻详细地记录下来。

合上笔记本，已是月上中天，窗外的梧桐树此时也安静了下来，没有了枝杈的摩挲声，也没有了风吹树叶的沙沙声。政府大院早已寂静下来，所有的干部都已经进入了梦乡。院子里没有一丝灯光，院门也早已落了锁。

看看腕上的表，已是夜里一点多了，睡意裹带着困倦一起袭来，尚德兴潦草地洗脸刷牙，就倒头睡去了。

四

尚德兴醒来的时候，天色早已放亮了。

尚德兴赶紧起床，匆匆洗漱，吃了早饭，刚刚回到办公室，党政办公室主任敲门进来说，尚书记，姜书记叫您过去一下。尚德兴答应一声就去了。

姜书记坐在办公桌前，手上的磁化保温杯里正冒着袅袅的热气，像是刚刚沏的热茶。一见尚德兴进来，姜书记放下保温杯，起身从柜子里取出一次性纸杯，准备给尚德兴沏茶。尚德兴上前一步，接过纸杯，忙说，自己来，我自己来。

姜书记的柜子里摆着好几种茶叶，有信阳毛尖、铁观音、碧螺春、普洱，还有杭白菊。尚德兴什么都没有放，径直走到饮水机前，接了杯白开水。

姜书记说，不要客气哟，喜欢啥就放点啥。

尚德兴笑笑说，就喝白开水吧，习惯了。

姜书记说，茶是好东西啊，每种茶都有不同的营养和功效，要学会喝茶。

尚德兴坐定了，姜书记看着他说，你已经来了两天了，我考虑了一下，前段，组织上调走了两个班子成员，他们原先分管的工作，就由你和王副镇长接手。你分管宣传、统战和计生，让王副镇长分管农业。计划生育是一票否决的重头戏，这牵涉到咱王店镇一年综合考评的成绩，若是出了问题，一年的工作就等于白干了。姜书记喝了口茶，又说，按说呢，计划生育是政府口的，应该王副镇长来抓，可是，在乡镇，不能分那么清，你刚来，正好下去跟各个村子的头儿接触接触，历练历练。况且，咱镇的计划生育工作底子不错，去年市里开会表彰了六个乡镇，咱镇排第五名。我相信，你肯定能够尽快适应这项工作，到年底，也一定能够保住这个先进。

一听让他抓计划生育，“嗡”的一下，头就大了。尚德兴的心里有些失望。他想，早知如此，还不如稳稳当当留在政协机关呢！他听说过，有个镇主管计生的副镇长，在省检中被查出几个计划外超生，当即就被免职下课了。自己并不是怕吃苦，怕干活儿，也不是怕别的什么，他怕的是，初来乍到，人生地不熟，两眼一抹黑，把工作干砸了，一是影响镇里的成绩；二是，出师未捷，再把自己也给弄下去了！

本来，尚德兴是想下到乡镇猛干一番，大展宏图的，不想却管了个“刮宫流产”的破事儿。他站在那里，嘴张了几张，想让姜书记再给自己换个岗位，调个分工，可他却没有勇气说出来。他呼出一口气，安慰自己，唉，这事儿肯定难干，要是换给别人，也是一样的，自己怕干砸了被免职，别人就不怕吗？唉，只能尽人事、听天命了！尽管尚德兴的心里十分矛盾，但他看着姜书记殷切的目光，还是答应下来了。他说，姜书记放心，我一定尽力干好！

回到办公室，尚德兴根本坐不下来。他在室内走来走去，左想右想，也想不出一个好的办法来解决目前的困境。他有些焦躁，有些不安，就跟那天从刘主席屋里出来时一样的难耐。这种焦躁难耐，却让他一下子想到了刘主席。对，给刘主席汇报一下这边的情况，让刘主席出面协调一下，兴许还有好的转机，说不定还能给自己调换一下分工呢。对，能调换一下更好，最好能调换一个“大事儿”，别让自己再管这个跟生孩子妇女打交道的“小事儿”了。

尚德兴定了定神，调整好了情绪，脑子里想好了词儿，小心翼翼地拨通了刘主席的电话。

电话通了，里面传出刘主席关切的声音。噢，德兴呀，听说你已经报到了，在那儿怎么样，还可以吧？

尚德兴听得出来，刘主席心情不错，他赶紧说，感谢刘主席的培养，我在这儿很好，只是，很想念您，也想念咱单位的人。顿了顿，尚德兴又说，刘主席，是这样，刚才，姜书记找我谈话了，要我抓宣传、统战和计生。嗯，就是计划生育。我觉得吧，我，我刚从机关下来，情况不熟悉，怕干不好，显得窝囊，更怕的是，若是干砸锅了，给您丢脸。喘了口气，尚德兴又说，刘主席，要不，您给姜书记打个招呼，看能不能给调换一下，等过一段，情况熟悉了，再干，嗯，您看，刘主席，您看咋办合适呢？

刘主席沉吟了一声，说，德兴啊，姜书记的分工，都是有通盘考虑的。我知道你的想法，你是嫌没有把握，怕干不好。现在，计生工作是国策，很重要啊，姜书记把这么重要的工作交给你，是对你的信任。德兴啊，依我看，咱就尊重领导，服从分配，尽力干好，行不行？再说了，我知道的，以你尚德兴的能力，没有干不好的工作，对不对？

老领导的话说到这个份上了，尚德兴还能再说些什么呢？他知道，刘主席是轻易不想给姜书记找麻烦的。尚德兴点了点头说，好吧，刘主席。放下电话，尚德兴觉得，刘主席的话，在理儿，事在人为，活人，还能让尿给憋死喽？前任不是干得挺好吗？我怎么就不能干好呢？还没开始干，怎么自己就先怯了呢？怎么就先打起退堂鼓了呢？

计生办离镇政府不远，是一个单独的院落。计生办下设户籍档案室、法制执行组、孕检室、办公室，有正式非正式工作人员十五六个人。

尚德兴刚来，还没有配车，就步行去了计生办。已经是暮春的天气了，计生办大门外的树木郁郁葱葱地撑起了一片绿荫。尚德兴还没走到，远远的，他就看见计生办楼外墙上的宣传标语，“振兴中华人人有责，计划生育从我做起”，“只生一个好，国家来养老”。

看见尚德兴来了，计生办主任马平慌忙迎了出来，握着他的手说，欢迎欢迎，已经接到镇里的通知了，知道您要管这一块儿。新领导新气象，有了您的领导，计生工作一定会更上一层楼。

尚德兴笑着说，哪里哪里，我对情况不熟，工作还得靠大家干啊。

马平说，坚决服从尚书记的领导，您指哪我们打哪。

尚德兴看了看表问，会议几点开始？

马平回答说，已经通知了，人一到齐就开始。走，先到我办公室坐一会儿。

计生办主任马平四十来岁，瘦瘦高高的个子，说话办事很是稳当。来到办公室，马平先给尚德兴介绍镇里的计生工作情况。尚德兴一边记着，一边思考着，一边不时地提着问题。正说着呢，计生办副主任敲门进来，说，尚书记好，马主任，人基本到齐了，就差李同辉了，咱不等了吧。他那股邪乎劲儿，等也是白等。马主任沉思片刻说，好，不等了，尚书记咱们开始吧。

副主任出去了，尚德兴问马平，怎么还有个李登辉？马平笑一下说，啥李登辉呀，是李同辉。尚德兴玩笑地说，我想人家李登辉也不会大老远地从台湾跑过来。马平玩笑着说，也是，人家放着那么大个台湾不管，跑来管咱这裤裆里的破事儿？尚德兴止了笑，正色说，这个李同辉何许人也？马平收起了笑容，无奈地摇了摇头，说，这货啊，是个难缠的主儿。他是我的前任，原先的计生办主任，曾在一个村里任过支书，五十多岁了，也算是咱镇的绅士。他仗着自己资格老、年龄大、阅历深，在当地又有势，从不把镇里管计生的领导放在眼里。上班也是有一搭没一搭的，想来就来，想走就走，隔三岔五，就和几个支书、村委主任喝在一起，还老爱发表些奇谈怪论。书记、镇长碍于面子，对他也是睁只眼闭只眼，按大家的说法是，好鞋不踩臭狗屎。唉，我也拿他没办法啊。

尚德兴听了，沉默了片刻，轻声说，开会吧。

会议室不大，今天来的人也比较齐，差不多坐满了。会议由马平主持，他首先向大家介绍，这是镇里新来的主管计生工作的领导，尚德兴书记。下面请尚书记讲话！

尚德兴站起来，朝大家微笑着鞠了一躬。

会场上响起了一阵掌声。

尚德兴清了清嗓子说，很高兴能和大家一起工作，俗话说，同船共渡三世修，我很珍惜这种缘分。不过，我刚下来，是计生战线的一名新兵，希望在座的各位不吝赐教，我一定会虚心向大家学习，努力工作，把咱镇的计划生育工作做好做扎实。

“啪啪啪”，掌声又一次响起来。

掌声过后，尚德兴继续说，计划生育是我国的基本国策，是功在当代、利在千秋的事情。可是这种事儿到了具体的各家各户，需要直面矛盾的时候，处理起来就异常艰难了。我看到有的报纸上说，老百姓把乡镇计生干部当作土匪，可是又有谁能理解咱们计生干部的难处啊！如何消除这种误解，怎样化解这种矛盾呢？这就需要，我们大家在今后的工作中认真进行思考，积极开展探索了。以后，咱们就是一家人了，就在一个锅里搅稀稠了，不管是公事还是私事，凡是需要我出力帮忙的，我一定义不容辞。可是，工作上的事，就拜托各位一如既往，尽心尽力干得更漂亮啊！

尚德兴说完了，会场上出现了片刻的宁静，忽地，台下爆发出一阵掌声，尚德兴再次向大家鞠躬致谢。

晚饭后，尚德兴翻开笔记本，认真看了一下今天的会议记录，他把会议过程和自己的讲话都整理出来，又看了两遍，觉得没有什么不妥之处，才洗漱休息了。

躺在床上，尚德兴一时还不能入睡，脑子里还电影似的一遍遍回放着今天发生的一切。他觉得农村工作很有学问，面对基层百姓，面对形形色色的人和事，要想在乡镇干一番事业，还真需要下一番功夫。他既为自己有良好的开端感到高兴，又对还没有开始的工作略感不安。这时，他又想起了今天没有到会的那个叫李同辉的。这是个事儿，如果处理不好，肯定会影响今后的工作。

尚德兴来到王店镇转眼已经一个月了。

这段时间，尚德兴的人脉关系发展得很顺，他和计生办，各村抓计生的副支书或副主任，妇女主任，村支书，村委主任，镇直镇办负责人，机关干部都熟络起来。尚德兴从这些人身上了解到了很多情况，学到了计生工作的很多方法，这些，他都经过归纳整理，记录在笔记本上。

星期五上午，尚德兴在永安市宾馆二楼的会议室参加全市的计生工作会议。会上，尚德兴听取了其他乡镇的工作经验，觉得很有启发。散会了，他随着人群走出会场，准备坐车回镇里，听见有人在后面叫他，德兴！回头一看，竟是很久未见的高中同学程志远。他惊喜地握住程志远的手说，你怎么也在这里？程志远说，嗨，这不来开会嘛。尚德兴说，你也管着你们镇的计生工作？程志远学了一句东北话，可不咋地。尚德兴说，真是，咱俩成一对难兄难弟了。程志远摆摆手说，别别，尚德兴你不一样啊，一下来就是副书记，年轻位重，大有前途，恭喜你啊。尚德兴手一挥说，得了得了，你也不错啊，在乡镇工作多年，经验丰富，精明能干，成熟稳重，我正想向你请教呢！程志远谦虚地说，岂敢在老同学面前班门弄斧！尚德兴不依，拉住程志远说，走走走，找个地方，好好聊聊。

两人走进了瓦肆街的“不见不散”茶吧。

程志远已经在两个乡镇里工作好多年了，从一般干部，到团委书记，到工业公司经理，到党政办主任，现在是镇里的党委委员，分管计生工作。程志远是个在政治上有想法的人，大学毕业后，被分到一个乡中学当教师，他不甘心，一心想走仕途，所以一直没去报到。他天天骑辆破自行车，跑四十里路到县城去找关系，换单位。最后，他先是调到一个乡镇的教育组，然后托关系进了镇政府。前段时间，干部调整，他是很有希望晋升为副镇长的，可是不知道什么原因没有成功。也真是应了那句俗话，谋事在人，成事在天啊！

两人来到茶吧，要了两杯绿茶，慢慢饮着。尚德兴请教道，到了乡镇，才发现人们的等级观念很森严，有这么多的繁文缛节。程志远点点头说，是啊，乡镇的副科级分为几个隐形台阶，依次为，工会主席，纪委副书记，综治办副主任兼司法所所长，党委委员算进了一步，副镇长又进了一步，纪委书记比副镇长重要，再往上就是副书记或人大主席了。程志远小呷一口，接着说，就这么几个台阶依次爬上去，没个十年八年恐怕不行。副书记或人大主席若晋升乡镇长、办事处主任，那是由副科向正科的跨越，属于真正的晋级。这一步，一得有本事，二得靠运气，三得有人替你说话推荐，这恐怕有点儿难了。

听程志远这么一说，尚德兴才明白其中的道道，若有所思地点了点头。程志远沉默片刻，继续说，在乡镇干，对自己分管的业务首先要熟悉，然后要弄懂，弄通，掌握，这样才能干好。比如咱们分管的计生工作，道理一样，自己不操心不中，另外，还得和市计生委的领导经常沟通，让他们多指导。平时，对手下的工作人员要友好，家里有个红白事什么的要尽量到场，适当时候可以搞些小范围的聚聚餐啊，喝喝茶啊，唱唱歌啊，打打牌啊，这样，既能联络感情，又能凝聚人心，还能调动大家的积极性。刚到单位，你在观察别人，其实别人也在观察你，可以说是心态各异。多数人是友好的，但也有少数人表面上对你客气，实际上是虚于应付，阳奉阴违，甚至还有欺生、出难题、摆圪垯坡的，这就要分清情况，求同存异，在工作中诚信待人，求真务实，干出让他们服气的业绩来。

尚德兴点点头，说，经验大似学问，这番话，能让我少走很多的弯路啊！

但是尚德兴又觉得，若是这样的做法，似乎是有点儿投机取巧的成分。

不过，听了程志远的话，尚德兴还是很受启发的。结合这么多天的工作情况，他的脑子里逐渐形成了一套完整的工作思路。往后，工作就能够有章可循了，能够轻装上阵了，可以有条不紊地开展了。在回王店镇的路上，尚德兴很想唱歌，一张嘴，却又忘了歌词，只得作罢。这时，他想起了昨晚读到的一首诗：

羽毛有多重？
空气托不住它。
到处都是羽毛，
它俯瞰，悲哀，绝望。
到处都是新的寄居之地。
它看见自己落下去，
都没有落在自己选定的地方，

是空气改变了它的方向。
它飞了一次又一次，
还是飞不到自己想去的地方。

此刻的尚德兴似乎看到了“自己想去的地方”。

尚德兴拿出手机，拨通了马平的电话。他说，马平你记住，计划生育工作要做好做扎实，宣传工作很重要，必须把国家的计划生育政策宣传到各家各户，落实到每家每户。市里的会议结束了，我尽快赶回去。你安排一下，明天上午八点三十分，在计生办召开计划生育宣传工作会议，咱们计生办全体人员参加，要求各村负责计生工作的妇女主任参加，同时邀请各村的支书或村委主任一起参加会议。将要挂电话的时候，尚德兴又强调说，记住，通知那个李同辉！

星期六，本是双休日，计生办的工作人员都没有休息。早上八点，十六个村的负责计生工作的妇女主任都来了，支书或村委主任大多也来了。不太宽敞的会议室，渐渐坐满了。尚德兴准备得非常充分，每一位参会者一进会议室，就会领到一个大信封，里面是省市计生文件复印件和镇里的相关文件。

八点二十分，尚德兴就走进了会议室。他不想等到八点三十，他认为，各项工作都应该往前赶，不能拖沓，不能拖后腿，不能拖泥带水。

会议室里坐着的五十多名各村的干部，有一半年龄不过才四十来岁，但长年在农村生活，在基层工作，风里来雨里去，奔波劳累，已显出与年龄不相称的苍老来了，年纪不大，却已两鬓斑白，即使年轻一些的，也是面孔黝黑、皮肤粗糙。尚德兴心想，农村工作，艰苦啊！

会议由计生办主任马平主持。尚德兴先讲了市里计生工作会议的精神，又传达了市、镇两级的计生文件，接着又安排了计生宣传的具体工作。一是标语要上墙，每个村的显著位置都要书写或悬挂计划生育宣传标语，这项工作在两天之内必须完成，各村要尽快把这项工作落实到人，计生办工作人员要下去敦促检查。二是计生办的宣传车要不断地到各村进行广播，巡回宣传。三是各村要给每家每户发放宣传材料，达到家喻户晓，人人皆知。

最后，尚德兴扫了一眼会场，问，李同辉来了没有？

马平说，没来。

尚德兴问，计生办通知没有？

马平说，通知了。通知也是白通知，该不来还是不来。

尚德兴说，明天是星期天，马平主任辛苦一下，通知李同辉，你带他到我办公室来，我跟他谈谈。

星期日，尚德兴依然起得很早。吃过早饭，他在办公室一边翻看报纸，一边等着马平和李同辉。上午十点钟，李同辉才跟着马平慢慢腾腾地进门了。尚德兴心里稍稍有了一些火气，但他压了下去。

尚德兴给两个人倒了水，这才说，老李，你比我年长，我尊敬你。

李同辉满不在乎地看了一眼尚德兴，没有作声。

尚德兴语重心长地说，我很尊重老同志，可是，尊重呢，也是双方面的事情，应该讲究个相互尊重。

李同辉疑惑地看了一眼尚德兴，还是没有作声。

尚德兴说，老李，我想请你遵守计生办的制度，按时上下班，有事儿呢，可以向我或者马主任请个假，打个招呼，这，也是一种尊重。

李同辉还是疑惑地看了一眼尚德兴，仍然没有作声。

尚德兴强压住上窜的火苗，反问他，你说呢，老李？

尚德兴冷冷地瞟着李同辉，等待着他的回答。李同辉却站起身来，朝门口走去，边走边说，哪来那么多的规矩，我，就这么个球样！

尚德兴的火苗终于按压不住了，他看着李同辉的背影，低沉地说，今天，你若走出我办公室的门，明天，就不用再来上班了！

马平赶紧上前拦住。马平低声说，老李，回来。

李同辉停下了，他站在那里，不停地喘着粗气。忽然，李同辉扭转身子，回走两步，一屁股坐在了茶几上，斜着眼睛，阴阳怪气地拉着长腔说，尚书记，哦，尚副书记，书记、镇长还敬我三分呢，你在这儿充啥大瓣儿蒜，我不上班，是有事，你怎么能剥夺我的自由呢？我对你，可是有意见啊！

李同辉那玩世不恭、不屑一顾的样子，一下子点着了尚德兴。尚德兴“啪”地一拍桌子，把李同辉吓了一个激灵。尚德兴怒目圆睁，指着李同辉，厉声说道，你，给我站起来！茶几是放茶杯的地方，不是你放屁股的地方！我尊重你，敬你是个老乡镇干部，可你自己看看，坐茶几上，歪戴帽，斜瞪眼，像个什么样子！还有点儿国家干部的样子吗？不请假不上班又不参加会议，无法无天了你？家有家规，国有国法，吃谁的饭，服谁的管，你长的就是个老虎屁股，真就摸不得了？尚德兴又朝着马平喊，马主任，明天开会研究一下，不行的话，写个报告，清理出计生办算了！

马平转过身劝李同辉说，老李，好好说话。

李同辉真没有料到，看似文静的尚德兴，竟会发那么大的脾气。一是觉得理亏，二是感到心虚，他慌忙从茶几上站起来，勾着头，显出一副输理认错的样子，嗫嚅着说，尚书记，这不，这不是，这不是来跟你，报到了嘛。尚德兴看着他，许久没有说话。

停了一会儿，尚德兴呼出一口气，才缓和了态度，怒气变和气地说，老李啊，都这么大年纪的人了，做什么事情，要先考虑一下，怎样给别人留下路子，让别人好走了，自己的路才好走。

李同辉连声说，是，是是，尚副书记说的是，尚书记说的是。

尚德兴又说，若真有事，可以请假嘛，我也不是不近人情。再说，尊重是相互的，不能，唉算了算了，不说了，说了你也不懂。

尚德兴不再说下去了，李同辉反倒是有话说了。他连连点着头说，是，是是，尚书记，你来得时间不长，可我也听说了，你，人好，有办法，是个实干家，老哥我服了你了。说到这儿，还拽了句“两掺话”，“爱服了油”。听得尚德兴又恶心又想笑。李同辉拽完了，又拉过马平说，尚书记，今天，马主任做证，我把话撂在这儿，以前老哥做得不对，你看我今后咋做吧。要是你给我面子，改天，马主任陪着您，到我家去，我让你嫂子给你擀蒜面条吃。就这，我走了。说到这儿，又弄了句脏话，“走我个球了”。

李同辉说过了，双手合掌，一边放在胸前不停地拜着，一边躬身退了出去。尚德兴觉得，他这一套告别的动作，跟他最后那句脏话，很不搭配。

马平也感觉到了这一点，朝尚德兴笑笑，就告辞而去了。

李同辉退出去很长时间了，尚德兴的心情才平静下来。

星期一上午，尚德兴刚刚走到计生办大门口，就瞅见一个人朝他快步走来了。到了跟前，那人气喘吁吁地说，尚书记，今天，我可是第一个上班的。尚德兴一看，是李同辉，就笑笑说，我知道，老李你是明白事理的人。一边往里走，尚德兴一边又说，老李啊，昨天，是我冲动了，你别往心里去啊。李同辉忙说，尚书记说哪里话来，怪我，怪我，都怪我，怪我个球了。李同辉又说，过去的事儿，不再提，尚书记，我对咱镇的计划生育工作是相当的熟悉，以后该咋弄，我有点儿想法，保证管用，想跟您汇报汇报。尚德兴一挥手，说，好啊老李，走，到我办公室谈。

尚德兴和李同辉一边聊着，一边返身走进了镇政府的大门。这时，王建伟带着几个干部正要下乡，他们的车子刚好跟他们两个人擦肩而过。有人看见了，说，我看尚书记啊，有一套，把这个刺头给拔了。随行的一个干部说，像李同辉这种见了兔子就开枪、见了老虎就磕头的人，就得尚书记这样的人来治他。另一个说，这回，真是卤水点豆腐，一物降一物，李同辉算是让尚书记给彻底震住了呀。

五

十月的田野，庄稼已经收割完了，玉米、高粱、谷子、大豆都收割完了，芝麻也收到家了，红薯和花生也收回去了，田地里，陡然显出了一片片的空白。尚德兴走在乡间的阡陌路径上，尽情欣赏着秋天独有的田园风光。这时候，田园里其实没有什么风光了，只有一片空白的田地。但是，空白有空白的妙处，空白有空白的遐想，那是水墨画中的留白，那是想象不尽的空间。除了田地里，秋天的山岭却很有些景致的，空白的田园映衬着山岭金黄的火红的秋叶，其间，又镶嵌着红顶白墙的农舍，看去，似飘逸着一种清清冽冽的诗情画意。

每天，尚德兴一早起来，总要先到野地里逛一逛、走一走，看一看景致，吸一吸新鲜的空气，然后，回来，洗漱了，就到食堂去吃饭，之后，步行到了计生办跟大家汇合，分了任务，就分别到各村开展宣传工作。这几个月里，尚德兴基本上忙着下村，晚上，才能回到镇上，才有时间读书、看报、学习。也就是在这几个月里，尚德兴已经把计划生育的业务知识熟记于心了，比如人口自然增长率，比如出生统计符合率，比如避孕节育措施落实率和及时率，比如流动人口管理，比如计生工作三结合，比如一二孩生育证的发放条件等等。这样，他就由一个计生工作的门外汉，变成了一个计生工作的内行领导了。

人们常说，“计生工作是隔墙撂砖头，砸住谁是谁”。尚德兴却不这样想，他强调，首先是计生工作人员要把台账、档案资料做细，尤其是把各村计生工作落到实处。另外，要求各村的计生对象主动参与，发放的宣传材料和学习资料也要熟练掌握。例如村组干部应知应会三十题，育龄妇女应知应会十题。镇里采取有奖竞赛的形式组织活动，广大妇女踊跃参与，普遍提高了大家的整体素质和水平。

到了十二月，很快就要进行年终总结了，市里也要对各乡镇的计生工作进行检查。其中有一项硬性指标，就是育龄妇女的结扎情况。这一条不达标，其他工作就等于白做了。恰恰是，镇上有四名生育过二胎女孩的育龄妇女没有落实结扎手术，其中两个又怀孕了，还得先流产，然后得扎住。

尚德兴给姜书记做了汇报，并提出了工作意见和落实方法。姜书记很重视，当然得重视了，全镇所有工作的成败，全在这几个妇女身上了！

姜书记看看表，已是晚上八点钟了。他当机立断，马上通知全镇干部，紧急开会。不到九点，党政班子成员和机关干部共七十多人齐刷刷地都到会议室来了。

点了名，林建设镇长直截了当地说，紧急召开一个计生工作会议，闲言不叙，下面，请尚副书记进行布置。

尚德兴没有坐下，就那么直直地站着说，这几天，市里要对育龄妇女结扎情况进行专项检查，咱们计生的其他工作都做得很好，对这次检查不能大意，这是个硬性指标，这一项不达标，计生工作等于白做，计生工作不达标，镇里其他工作就会被一票否决。

有人在下面嘀咕一句，在女人肚子上拉这么一刀，有这么重要吗？

尚德兴听见了，说，哎哟我的同志哥呀，可别小看这二指长的一个刀口，咱镇的所有工作、所有名次、荣辱得失，都在里面装着呢！

又有人说，乖乖，那，该谁去拉这一刀，就赶紧去吧。

又有人说，就是，该谁的扎，赶紧去结了不算了？

尚德兴说，要是该谁去谁就自觉去了，啥问题不就解决了？关键是，该去的，她不去。

尚德兴停顿了一下接着说，情况，我们已经掌握了，我们镇有四名生育过二胎女孩的妇女，有两个又计划外怀孕了，看来是，不生男孩不罢休，逮不住牤牛蛋子不收场啊。这几个人，必须马上做流产手术，之后，结扎。所以，我们要搞个突击行动，来个突然袭击。四名领导，各带领六名干部，分组乘车，下到村里，八仙过海，各显神通，不管采取什么方法，必须确保把这几个人带到计生服务所落实手术。下面分组。第一组，张书记带北片六名干部。第二组，王镇长带南片六名干部。第三组，李萍镇长带西片六名干部。第四组，我带东片六名干部。执行对象我写在纸上，交给各组组长。计生服务所的技术人员做好手术准备。哪一组完不成任务，每人罚款三百块！

林镇长说，德兴书记讲得很具体很详细了，下面请姜书记做指示。

姜书记说，养兵千日，用兵一时；沧海横流，才能显示出笨蛋和英雄。任务，德兴同志已经做了安排部署，四个组一会儿要根据各自情况，制订周密详细的方案，抓紧采取行动。大家要切记，时间服从任务，手段服务于效果，要想尽一切办法，圆满完成这次突击任务。否则，谁出问题，谁完不成任务，就要毫不客气地追究谁的责任。

尚德兴这组要去执行的，是东片马沟村的马爱菊，她已经偷偷怀孕四个月了。尚德兴通知这一组人员，明天早晨五点，准时在镇政府大院集合，五点十分出发。尚德兴计划着，开上面包车，半个小时就能到马沟村，再摸到马爱菊家，也不会超过六点。这时天刚亮，正是突击的好时机。

有时，尚德兴也想，自己也是从农村出来的，他对那些想生个儿子的群众也非常同情，除了传宗接代的旧思想外，他们毕竟还是农民，生个男孩儿，就是为家里生了个劳力啊。但是，计划生育是基本国策，他得按政策办事，履职尽责啊！

马沟村是个只有千把口人的小山村，地形崎岖，人口分散。马爱菊家在村东半坡的一个转弯处，一条窄窄的小道可以直接通到大门外。村间小路，在天亮前的昏暗里，白茫茫的，牲畜的粪便随处可见。面包车的声响，惊起了一阵犬吠。尚德兴让司机在不远处停下，一下车，初冬的冷风，吹得他不由得打了个寒战。

到了马爱菊家，大门反锁着，院子里静悄悄的，可能这家人还没有人起床。马平问，咱们敲门还是翻墙？尚德兴看了看形势，见院墙不太高，墙外还生长着几棵大树，可以攀着树身翻过去。尚德兴说，小徐小王留在门外，上个人翻墙进去把门打开，大家一块儿再进。尚德兴也知道，私闯民宅是犯法的，但此时，他也顾不了那么多了。

马爱菊家有两孔窑洞，一排平房，尚德兴拿不准她到底住在哪里，就看了一眼孙建平。孙建平是马沟村计生工作的包村干部，他比较清楚，就指了指平房的第二间，小声说，就这儿。尚德兴说，敲门。孙建平敲了几下，没有动静，就朝里面喊了两声，栓柱，栓柱！

门开了，马爱菊的丈夫栓柱脸色冷冷地站在门口，一声不吭，用沉默对抗着这一切。屋里床上，一个六岁多的小女孩趴在被窝里，像是受到了惊吓，忽闪着眼睛往外看，看着进来的这几个人，不知道他们要干什么。还有一个一岁多的婴儿也被吵醒了，哇哇哭着，弄不明白到底发生了什么事情。马平朝床上看了看，却没有看见马爱菊。

尚德兴走进去，问栓柱，马爱菊呢？

栓柱堵在门口，不动，也不说话。尚德兴耐着性子问，你媳妇呢？栓柱头一扭，硬邦邦地回答，不知道。尚德兴微笑着说，你媳妇你不知道？栓柱没好气地说，腿在她身上长着，谁知道她去哪儿了。马平说，问也是白问，搜搜。马平说完，就领着人到各个屋里搜去了。

尚德兴留在门口做着栓柱的思想工作。他说，纸里是包不住火的，情况我们都掌握了。躲得了初一，躲不过十五，让你媳妇出来，咱不吵不闹，把手术做了，大家脸上都好看。栓柱靠在门上，噘着嘴不吭声，神情怪怪地看着尚德兴。尚德兴继续问，咋样，你看咋样？

这时，马平过来说，各屋都看了，没有找到人。

天马上就要亮了，如果拖延得时间长了，惊动了村里人，他们不一定会怎样看待这事儿呢，人多嘴杂，可能说啥的都会有，弄不好还会惹出麻烦，可能还会造成不好的影响。尚德兴一时有些着急了，他又追问栓柱，马爱菊到底在哪儿？栓柱还是那句硬邦邦的话，不知道。尚德兴回头问孙建平，他家还有什么人？孙建平说，栓柱的父母也在这儿住。尚德兴说，喊起来问问。

栓柱的父母被喊起来了，两个七十多岁的老人来到了院子里。尚德兴问，老人家，马爱菊在不在家？老婆说，俺，不知道啊，老辈人不管小辈人的事儿，人家上哪儿去也不给俺说。尚德兴又问，那，昨天晚上在没在家里吃饭？老婆说，不知她吃了没有，好像是吃了吧。老头赶紧推了下老婆的胳膊说，哪吃了，没有吃，吃饭时候就没有在家。尚德兴紧接着又问，那她上哪儿去了？老头吭哧一下，说，去哪儿了？她去哪儿了？她，她，她回娘家去了。

尚德兴听明白了，一家人早就商量好的，串好的供啊，看来一时半会肯定啥也问不出来，他们啥都不会说。尚德兴看了看床上的两个小孩儿，就分析，这个马爱菊，肯定在家，不会远去。要是躲出去了，她会不带着小孩？于是，便对大伙儿说，仔细点儿，再找，家里就这么大地方，能藏到哪儿去？

挨着马爱菊的住室，有一间小平房，有一扇木门相通着。尚德兴领人进去的时候，很随意地瞟了栓柱一下，就看见栓柱脸上显出了紧张和惊慌。小平房里，堆满了杂物，破柜子，旧桌子，旧衣服烂鞋，还有一袋一袋的粮食和牲口饲料。尚德兴拿眼睛扫了扫，他在搜寻着马爱菊可能藏身的地方。忽然，他感觉墙角大衣柜里好像有动静，便走过去，仔细听，却又没有了声音。他断定，马爱菊就藏在大衣柜里。尚德兴上前一步拉开柜门，果然见马爱菊蜷缩在里边，只穿了背心和短裤。马爱菊见自己暴露了，“呀”的一声，就往外跑，没料到，被柜子里的衣服绊住了脚，扑通一下摔倒了，尚德兴身边的两个人上去就扯住了她的胳膊，架起就往外走。

马爱菊挣了几下，没有挣脱，索性大哭起来。她哭，并不是因为害怕，她是因为舍不得肚子里的孩子。她已经生了两个女儿，公公婆婆和丈夫都想让她再生个儿子，这样，才不会绝后。马爱菊也需要生一个儿子，这又关系着她在家里的地位。所以，平时有一些腼腆的马爱菊却使出了一副泼妇的模样，一边哭，一边扭动身子挣扎着，一边还拿肥硕的胸脯直往别人身上撞。扯着胳膊的两个干部哪见过这种阵势，有点儿臊得慌，又不敢拿手去挡，怕挡得不是地方，说不清楚，只得慌忙后退，边退边想，这活儿，要是来俩女的多好。

尚德兴也觉得马爱菊身上衣服太少，不好抓挠，也不好拉扯，更不好看。他两眼一扫，就扫见床上有一件破旧的军大衣，也不管是谁的，抓在手里，抢上前去，就强行给马爱菊穿上了。那两个干部这下没有顾忌了，扯着马爱菊的双臂拉上了车。

尚德兴就对栓柱说，你给老人说，让他们照顾好两个孩子，你上车，跟我们一起走，到镇上照顾马爱菊，她得做手术。栓柱顶撞一句，说，管球，我不去，谁把她拉走的谁去照顾。栓柱又加重语气说，你们不要把老实人逼急了，真逼急了，看老子咋跟你们算账！停一下，栓柱又说，不叫人过了，咱都不过！管球！

尚德兴只好耐下性子做起了两个老人和栓柱的思想工作。尚德兴说，栓柱你不能这么说，你看啊，已经有两个闺女了，按政策，就不能再生了，再生，就超生了。顿一下，尚德兴又说，再者说了，要是生下来还是女孩儿咋办？还继续生？非要生出男孩儿才罢休吗？这要生到啥时候？现在跟以前不一样了，跟老人那时候不一样了，以前是孩子越多劳力越多，能干活儿，现在呢？是孩子越多负担越重，这个道理老人想不开，栓柱你应该知道吧？生了孩子，就要对孩子负责，要给他们很好的教育，这些咱们都得仔细掂量掂量啊！

尚德兴的话入情入理，两个老人想了想就说，俺在家招呼着俩闺女，栓柱，你跟着去吧，政府不叫生就算了吧，不管是凤胎还是龙羔，咱都不要了，咱就要这俩闺女哩！老人说着，竟哭起来了。

返回的路上，尚德兴的心里有些苦涩，也有些沉重。他坐在车上沉思着，思索着，在农村，传统的观念根深蒂固，不孝有三，无后为大，有了儿子，才算有了后代，才算续了香火。另外，还仍然有多子多福的思想在作怪啊。但是，计划生育是国策，是压倒一切的大事，这项工作，一定得做好啊。但是，从今天的情况来看，自己的工作方法有些简单，有些直接，甚至也带着一点儿粗暴。这些，在以后的工作中，可能都要改变。看来，要把国家的政策执行好，执行到位，让百姓心里清亮，心服口服，理解配合，宣传工作得走到前头啊。要做好宣传，做好教育，得先办几期学习班，有组织、有计划地搞几次培训学习，让群众知道，生男生女都一样，女儿也是传后人，还要了解超生的弊端。然而，要想扭转千百年来形成的旧观念，几个学习班又怎么能够解决问题呢？想到这些，尚德兴就感觉，肩上的担子，不轻啊！

这次行动，虽然圆满结束了，但是，尚德兴却体会到了计生工作的艰辛和难度。且不说任务繁重，落实难度大，群众不配合，关键是，你费了好大的气力，活儿也干了，工作也做了，可群众心理，却产生了极大的反感情绪，产生了逆反心理，对党对政府还会产生失望情绪。这样想着，他不由自主地走到了姜书记办公室门口，稍稍犹豫了一下，就敲门进去了。

姜书记听了尚德兴的想法，说，宣传教育工作，以前也搞过多次，镇里还派出了专门的宣传员，但效果却不怎么明显哪。尚德兴说，这个，我做过调查，就说这宣传员，年龄都五十大几了，自己的传统观念本身就很浓厚，思想上本身就存在一些抵触情绪，带着这样的思想情绪去做工作，大多也只是应付差事，敷衍搪塞，既说服不了自己，也无法说服别人。姜书记说，你打算怎么办？尚德兴说，要想把宣传工作进一步推进，宣传员很重要，不仅口才要好，知识面要宽，还必须有一定的人生阅历。姜书记说，谈得具体点儿。尚德兴说，宣传员的年龄应该定在三十岁到四十岁之间，大专以上文化程度，有现代文化知识，又有反对传统生育观念的意识。

尚德兴的想法，得到了姜书记的支持。

很快，尚德兴就招聘更换了十多个村计生宣管员，这给王店镇的计划生育工作注入了新鲜血液，大家工作的积极性、主动性迅速提高。

这天，尚德兴接到通知，说是要召开政府机关干部和各村支书、村委主任会议，安排退耕还林和税费改革工作。由于昨晚没睡好，加之会议内容跟自己的工作关系不大，开着会时，尚德兴就有点儿迷迷糊糊，老想睡觉。忽然，手机振动了一下，掏出一看，是王建伟发的短信：大学毕业两年后，有个班组织同学搞了个爬山活动。晚上住宾馆的时候，房间紧张不够住。负责联络组织的一个女同学就和班长商量：领导要发扬风格，把房间让给大家，咱俩同住一间吧。晚上睡觉时，女同学把一个枕头放在床中间，对班长说，不许越过枕头啊！两人一夜无话。第二天一大早，班长叫醒女同学说，起床了，该去爬山了！女同学飞起一脚就把班长踹到床下去了，还大骂，爬山爬山，还爬个屁啊，枕头这么高你都爬不过来，还爬山哩。瞧你那点儿出息，还是班长呢，害得我白安排这次同学聚会了！尚德兴看了，差点儿笑出声来。他朝王建伟的方向瞧了一下，心想，自从手机问世，短信也随之产生了，嬉笑怒骂皆成文章，也成为一种独特的文化现象，传达着人们在官方媒体发表不了的心声。闲暇时，人们就互发短信逗乐，调节枯燥的生活。

这时，会议已经进入了尾声，姜书记在做最后的总结，顺便对尚德兴来到王店镇以来的工作进行了表扬，号召班子成员和干部职工向他学习，兢兢业业，守职尽责，尽快完成退耕还林和税费改革工作任务。尚德兴听见了，赶紧低下头去。

散会了，尚德兴正往外走，忽然有人在他肩上拍了一巴掌。尚德兴吓了一跳，回头一看，是负责民政和土地的副镇长李萍。没等尚德兴说话，李萍竖起大拇指，朝他晃了几晃。

六

午后的阳光有些慵怠，有些沉闷，还带着一丝懒洋洋的味道。尚德兴散散淡淡地漫步在村外，也显得有些无精打采。与其说是在散步，不如说是在消磨着午后到下午上班前这段空闲的时光。

镇里的工作其实是很琐碎的，尽管都有明确的分工，但是又有密切的协作，遇到急事儿的时候，也会临时抽调几个人，组成临时工作小组，处理紧急事务。这段时间，尚德兴分管的计划生育工作已经走上了规范化的路子，他刚刚感觉到一点儿轻松，却又被姜书记派到刘村督促退耕还林的工作了。尚德兴和张润平一到刘村，就安排人张贴宣传画页，组织村干部开会，又找群众座谈。然而，村民对这些事情却提不起精神，认为与他们关系不大，没有发救济粮、救济款来得实惠，所以，整个上午，工作根本没有什么进展。忙到中午，到村里的一个小饭店里吃了午饭，其他人都到村委会休息了，准备下午开群众大会，将这项工作推广开去。

工作不顺利，尚德兴也没心休息，他想一个人出去走走。

刘村是一个离镇政府三十多里的偏远小山村，虽然贫困，但是，绿树掩映，流水潺潺，风光却十分宜人。尚德兴一进村，就发现这里的风景很美，于是，他趁着午休时间，出来看一下小村的风景。出了村子，沿着一条小路往南闲散地走着，看着，思考着。蜿蜒的山路上，随处可以看见参天的大树，在风里俯仰作态的花草，在枝头鸣唱的小鸟，在草丛里蹦跳的山鸡，在花草间翩翩起舞的几只蝴蝶；还有阳光里，掩映在树荫深处的错落有致的石窑石屋，就像一幅淡妆浓抹的风景画。那些久居在城市里的人，他们眼中的田园生活大约就是这个样子吧。看到这田园风景，大家都会赞赏不已，然而，真要让他们长久地在这田园中生活了，又有几个人真正愿意呢？说到底，景致是好景致，但这落后的生活又有谁能够在这里长久住下呢？尚德兴转而又想，也正是这里的落后，才有了这方世外桃源，落后的村庄，还没有发展，也没有开发，所以就没有破坏，原始的传统的自然景色很容易被保留下来。

刘村，是个穷山村，只有四百多口人，散居在大山里的沟沟岔岔。女孩子长大了，她们不愿意一辈子守在这穷山沟里，都嫁到外边去了。男孩子却眼睁睁地看着姑娘们走了，心里失望着，难受着。男孩子娶不上媳妇，不是因为长得不好，而是没有姑娘愿意嫁到刘村来，他们伤心了，绝望了，远远地外出打工去了，在外面结了婚，生了孩子，也不想回来了。所以，村里一年娶不上几个媳妇，生不出几个孩子，生的还没有死亡的人口多，人口逐年都是负增长。尚德兴有一些担心，若干年后，这小小的刘村，会不会消失呢？

尚德兴边看边想边走着，迎面却碰见了一位老者。但见这老者，满头银发，长须飘飘，精神矍铄，一副仙风道骨的模样，尚德兴不由得暗暗称奇。尚德兴看着那老者，却发现，那老者也正睁大双眼细细地打量着他。尚德兴笑一下，就想起了那几句很有名的诗：

你站在桥上看风景，
看风景的人在楼上看你。
明月装饰了你的窗子，
你装饰了别人的梦。

尚德兴一时却没有想起这诗是谁写的，可是，眼前，他却顾不得多想了，因为老者已经走到了跟前。

尚德兴朝老人友好地一笑，上前打了个问询，老人家，您，高寿啊？

老者同样是十分友善地望着他，看了他好一阵子，才说，噢，八十四了，正活在节骨眼儿上。

尚德兴知道这话的意思：七十三，八十四，阎王不请自己去。

尚德兴想，这老者，走路，说话，利朗，爽快，看来不是凡人啊！

尚德兴正在沉思，老者却又开口了。老者说，我已看你多时了，知你是个诚实人，虽是悠闲地行走在村外野地，但也看得出来，你头上是顶着官帽的，身有一官半职，且有些能力，处理事情很有办法，工作干得也很不错啊。尚德兴一惊，问，老人家，您从哪里看出我有一官半职，又从哪里知道我的工作情况呢？老者没有回答尚德兴的问话，却说，年轻人，一切，都在相上，你啊，天庭饱满，地阁方圆，是福相啊，且又面善聪颖，久后，定会成就大事。尚德兴先是惊喜，后是惊奇，想要再问，老者却信步去了。尚德兴追上去又问，老者沉吟一声，说，天机不可泄露。

这时，刚好有一乖巧小孩儿跑到老者跟前，气喘吁吁地说，爷爷，赶紧回家吃饭哩。老人答应一声“知道了”，便不再理会尚德兴，自顾往回走了。走出大约十米，忽然回头说，年轻人，我叫刘正之，若有闲暇，可来家中一叙。尚德兴这才如梦方醒，忙说，改日，一定拜访!

尚德兴没有了看景的兴趣，就回到了村委会。张润平见尚德兴回来了，说，下午的退耕还林会已经通知过了，定在三点半开，现在还不到两点，您先休息一会儿，三点十五我喊你吧。尚德兴说，不累也睡不着呐，两人就扯开了闲话。

尚德兴问张润平，你是刘村的包村干部，对刘村比较熟悉，知不知道刘村有个刘正之？张润平说，知道知道，这老头儿，八十多岁了，耳不聋，眼不花，行走如风，是个奇人。张润平又说，我也没有跟他见过面，只是听说，这人，精五行八卦，通占卜星象，晓知天文地理，还会给人医病，很神秘的。张润平接着说，有不少官员商人经常请他占卜算命，每次都撇下很多钱呢。但这老人脾气十分古怪，一般不跟生人打交道的，所以有些大官富商，却不一定能见上他呢！尚德兴轻轻地“哦”了一声，看着张润平，好奇地等待着他继续说下去。张润平压低声音说，这老头儿还有个绝活，就是擅长祈禳之法，就算你时运命相不济，只要经过他给你祈禳，十有八九都能成功！尚德兴说，真的？张润平说，都是听别人传的，据说，新源市原来的市委副书记，在这个位置上混了多年，一直不能进步，就请了老头儿为他祈禳，没过多久，真的做了市长。尚德兴说，这么灵？张润平说，还有的企业老板生意不好，老赔钱，也请老头儿给他们祈禳，不久就生意兴隆，大把进钱了。尚德兴说，这么神？

停顿一下，张润平又说，还有一件奇事呢，刘村有个李姓村民，是个男的，年纪轻轻的，可常年体弱多病，四处求医问药，却不管用，最后，家人就领着他，提着礼物去找老头儿了。一进门，老头儿瞟了他一眼，说，嗯，短命的来了。家人听了，急忙问破法，老头儿捋了捋长须，慢悠悠地说，换个名字吧。家人问，换个啥名儿？老头儿说，老鳖寿命长，就叫老鳖吧。家人觉得不好听，说，咋能叫老鳖哩？老头儿说，想活命，就得叫老鳖。家人便不敢再吭声了。老头儿想了想，问，贵姓？家里人说，姓李。老头儿说，姓李，嗯，那也不能叫李老鳖啊，哎，就叫李龟吧，龟也是老鳖呀。家人犹豫着说，还是不像个正经名儿。老头说，咋不像正经名儿了？唐朝不就有个李龟年吗？想长命，就叫李龟，不是李贵，不是李珪，也不是李鬼，是李龟！停一下，老头儿换了个语气说，嗯，天命不可违啊！尚德兴好奇地问，后来呢？张润平说，那人回去后，换了名字，叫了李龟，身体真的慢慢好起来了，现在都五十多岁快六十了，还活得好好的呢！尚德兴说，简直不可思议。

张润平喝了一口水，说，不可思议的事儿多了，再给你说个老头儿治病的事儿吧。有个肝癌晚期病人，在市医院，大夫看着没救了，对他的儿女们说，回去准备后事吧。儿女们把父亲接回家后，又不甘心这么等死，于是就把老头儿请家里去了。老头儿进了他家的院子，前后左右瞅了瞅，又出了大门，房前屋后仔细勘察了一番，来到病人跟前，上下观看了很久，慢悠悠地问，今年初夏，你是不是在家里打死过一条黄蛇？儿女们相互看了看，说，有这么回事儿，那天老人中午歇晌，醒来了，见院子里盘着一条蛇，拿铁锨拍死了，扔到门前的沟里了。老头儿听了，说，黄蛇即为黄龙，你家的宅子属于龙脉，到了春天，天气转暖，蛇就醒了，龙脉兴动，所以，那黄蛇就盘在你家院子里了，这是它的地盘啊。龙现庭院，这说明你家的风水好，你却把自己的宝物给打死了，你自己去想想这个后果吧。儿女们又赶紧问，那咋办？老头儿说，嗯，也好办，买六张黄表纸，再叠九十九个元宝，本月阴历十三清早，在打死黄蛇的地方烧了，再磕三个响头，保准就没事儿了。说到这里，张润平看着尚德兴说，你猜咋着？儿女们按老头儿的嘱咐一烧纸一磕头，老爹的病奇迹般越来越轻，最后竟然好了。

尚德兴见张润平越说越神，有些半信半疑。张润平说，我知道你不信这些，但这，信则有，不信则无，信不信，全在自己。

尚德兴听了张润平的话，对刘正之老人产生了兴趣，心中暗想，如果有机会，一定要去拜访他一下，可能的话，让他也给自己算上一卦，看看他是骗人呢还是真有点儿本事。

忙碌了几天，刘村的退耕还林工作完成了，尚德兴他们要返回镇里了。他们打算吃了午饭，下午再回镇里去。

中午的时候，尚德兴忽然接到了李萍打来的电话。作为王店镇唯一的一名女副镇长，李萍分管着镇里的城建民政工作。李萍在电话里对尚德兴说，今天下午，我要去刘村核查需要救济的贫困户，麻烦你通知村干部尽快摸底，做好准备。尚德兴说，通知村干部，你自己打个电话不就行了？李萍一时语塞，停了一会儿，李萍低了语气说，咋着？就让你通知。尚德兴猛地呼出一口气，愣一下，说，好好好，我通知我通知。李萍又说，还有个事儿。尚德兴说，啥事儿？请尚大书记到时接待好我。尚德兴说，接待，得叫村里出面接待。李萍又低了语气说，咋着？就让你接待。尚德兴说，我怎么接待啊？下午我们就要回镇里了。李萍顿了一下，说，不许走，在那儿等着我。尚德兴说，不合适吧，一块儿好几个人呢。李萍说，你就给他们说，临时决定要调查核实贫困户的救济工作，晚走一会儿。尚德兴重重地叹了一口气，竟莫名其妙地答应了。

李萍的电话，传递给尚德兴的信息是，李萍要趁着来刘村的二作之便，见见尚德兴。可是，她要见自己会有什么事儿呢？尚德兴想来想去，其实是什么事儿都没有。工作上各做各的，又互不渗透，又互不牵连，就肯定不是工作上的事儿了。那么，除了工作之外，还会有什么事儿呢？难道只是为了见自己一面吗？尚德兴说不清楚，就连李萍自己，恐怕也难以说得清楚。尚德兴觉得，今天的李萍有些异样。他回忆一下李萍打电话时的语气和口吻，心里忽然就什么都明白了。

尚德兴的内心就忐忑起来。忐忑归忐忑，尚德兴还是决定在刘村等着李萍。既然说过要等的，那就等着吧，对女人，不能失信。尚德兴这样想着，忽然就对自己开了一句玩笑，失信于女人，何以取信天下！

下午两点，李萍和镇干部王红军一起来到了刘村。在刘村村委会，尚德兴接住了二人，说，李镇长，真是太辛苦你了。

李萍见了尚德兴，显然有些激动，脸色都有些微微泛红了。她豪爽地一摆头，说，哎呀，咱就是个劳碌的命，辛什么苦啊。

略略休息一下，尚德兴就陪着李萍，由村干部带路，到村委会提供的几家贫困户进行核查，核查无误后，就可以发放救济粮和救济款了。前几年，有些村干部存了私心，将一些本不该救济的亲戚朋友列为困难户，报到镇里，骗取救济钱粮，而真正需要救济的穷户，却享受不到政府的温暖。后来镇里发觉了，就派人来核查，今天李萍的任务就是在刘村核查有没有这种情况。

在一孔破窑洞里，住着一户人家，一位八十多岁的老娘，带着一个五十多岁的智障儿子，还有一个七八岁的小女孩，这是老娘为智障儿子抱养的闺女。窑里的家具只有一个上世纪五六十年代的老柜子，一张缺了条腿的破桌子，锅碗瓢盆残破不全。尚德兴看得触目惊心，没有想到，如今的山区还生活着这样的人家，不由得心里一阵发酸。他掏出身上仅有的二百多块钱，递给了村主任李大明。尚德兴说，抽空去给这孩子买两身衣服，剩下的买点儿零食吧。李大明惭愧地接过钱，说，村里一定配合镇里做好这一户的重点扶助工作，村里再想办法，让这闺女尽快上学读书。

出了门，李萍感叹地说，没想到，尚书记不但工作干得漂亮，而且还有一副菩萨心肠。尚德兴说，没想到的应该是，现在还有这么穷困的人家！尚德兴又叹口气说，唉，看那小姑娘，比我女儿大不了几岁，看着真叫人心疼。李萍说，难怪尚书记慷慨相助啊。尚德兴说，经过现场核查，这户人家列为贫困户没有问题，我们的政府，我们的民政部门，就应该救助这样的困难户。如果真正的贫困户得不到救助，而让其他人钻了政策的空子，那将是我们政府的失职啊！

很快，几家贫困户都看过来了，基本上都符合救济条件。

太阳快要落下去了，晚霞似火，燃红了天际，燃红了山峦，燃红了树木，也燃红了李萍的面庞。工作结束了，尚德兴和李萍他们一起要返回镇里去。上车了，尚德兴坐在了后排，本想让李萍坐到前面去，可她却毫不避讳地坐在了尚德兴身边。坐在车上，尚德兴也不好说什么，有人，不方便的。尚德兴索性闭上了眼睛，心里却在不停地思考着。说不上为什么，尚德兴对李萍总有一种说不清道不明的感觉。这个女人，平日里显得泼辣大方，工作也很有魄力，但在个人生活方面，却有很多传言。尚德兴提醒自己，跟李萍的关系，应该保持在工作层面上，不能跨越雷池，也不能给她造成错觉，更不能给她留下任何机会。

七

进入十二月，市里的各个单位和部门都在忙乱地进行着年终总结和考核。同样，镇里也不例外，除了对自己管辖的单位和部门进行总结外，还得精心准备迎接市里的考核。所以，一到每年的十二月，镇里的头头脑脑们，就感觉到格外的繁忙，就感觉时间过得格外的快。等忙过这一段，就进入来年的一月份了，虽说离阴历年还有一个月左右，但这段时间已经属于第二年了，人们就干点儿公事，忙些私事，办些年货，等着过春节了。

今年，王店镇的计生工作，在全市十八个乡镇中，排名第一。这个消息，使尚德兴和计生办的所有工作人员都兴奋不已。对于尚德兴来说，既出乎他的意料，又在他的意料之中。经过将近一年的努力，他们的辛苦终究是有了结果，有了回报，不仅保住了去年的先进，还在原有的基础上为王店镇赢得了荣誉和奖励。

尚德兴一时间就有了一种成就感。他觉得，选择下乡这条路，自己算是走对了。说真的，乡镇工作的确很辛苦，跟市直部门相比，任务艰巨，环境较差，但是，对于想干事的人来说，对于追求进步上升的人来说，对于有理想的人来说，乡镇的工作，乡镇的条件，又是特别地能够锻炼人的意志和能力。在乡镇里，事情琐碎，情况繁杂，每天的工作千头万绪，推着你，赶着你，逼迫着你去思考，去探索，去实践，去落实。对于群众工作，你不能应付，不能糊弄，更不能欺骗，你必须掏出真心，拿出真劲，付出真情，既要注意说话态度，又要讲究工作方法，还要有处理突发事件的能力。更重要的是，在乡镇生活，在基层工作，情况千变万化，错综复杂，你会见到形形色色的人，还会遇到各种各样的事，这些，都在无形之中开阔了你的视野，增加了你的阅历。感慨之余，尚德兴真切地感觉到，乡镇一年，比自己在市里八年来学到的东西还要多。他甚至还觉得，对于一个干部而言，没有在乡镇工作的经历，没有在乡镇这种艰苦的生活环境中经受过磨炼，那一定是一种人生的缺憾，这样的人生，自然是不够完美的人生。

这样想着，尚德兴忽然就有了一种“历经磨难，修成正果”的感觉。

按照惯例，春节前的这段时间，镇里的各个单位、各个部门都要开展“送温暖，献爱心”活动，给贫困群众捐钱赠物，上门送年货。其实这也只是个形式，单单凭这一时一会儿，能给老百姓送去多少温暖呢？不过，话虽这么说，有总比没有要强多了。姜书记和林镇长领着镇里的有关人员，就到几个贫困村走街串户访贫问苦去了。访问完了，姜书记就跟林镇长商量，市里相关的职能部门，一年来，对王店镇的建设和发展也倾注了很大的关心和爱护，给予了许多的支持和帮助，临近春节，也应该去联络一下。两个人都认为，这事儿，很有必要。于是，姜书记叫过尚德兴，安排说，青龙沟还有两家贫困户，我顾不上了，明天你带人去看望一下，我和林镇长去市里一趟。尚德兴说，好的，请放心，您只管忙去吧。姜书记又交代一声“别忘了”，就和林镇长到市里忙活去了。

到了晚上，留守下来的几个人闲着没事儿，就想放松一下，娱乐娱乐。目前工作都已经结束，只等放假了，也没有什么要紧的事儿了。副镇长王建伟跟镇人大主席周永军说，周主席，今天晚上娱乐一会儿，来几圈麻将，咋样？周永军说，来就来，再找两人。王建伟说，我叫一下李萍。李萍很热心，听说是打麻将，一喊就来了。周永军说，三缺一，还得再找个人，要不，叫尚书记来玩一会儿。王建伟说，以前没在一块儿玩过，不知他来不来？周永军说，就是，尚书记不一定跟咱们同流合污。李萍说，你们等着，我去叫他。临出门，又嘟囔了一句，叫他来，他就得来，不来还行哩！王建伟看了周永军一下，小声说，瞧这话说的，好像尚书记就听她的。周永军也笑笑说，看她那小样，凭啥听她的，又不是她男人。

乡镇干部平时基本没什么娱乐，打双升和打麻将就成了他们消磨时间的一种方式，一到闲暇时候，找一间偏僻点儿的办公室，凑上几个人，在里边稀里哗啦地就打起来了。有些看热闹的人就会悄悄走到门口，恶作剧地轻轻敲两下门，里面的喧闹声便会戛然而止。停顿一会儿，外面又敲门，里面的人胆怯地问，谁？外面大声说，姜石宽。有时也会说，林建设。里边的人马上听出来了，根本不是他俩的声音，知道是在吓唬他们，于是就骂一声，谁在哪儿装神弄鬼呢？要进快进，不进就滚！说着就开了门，外面的人就嬉笑着进来看热闹了。

今晚，姜石宽和林建设都不在，就没有什么可顾忌的了。

尚德兴本来不喜欢打麻将，如果是别人邀请，他可能就婉拒了，可是，今晚来叫他的人是李萍，不知道为什么，他竟没有推辞，跟着就来了。王建伟跟周永军相视一笑，就有了心照不宣的意思。四个人围了一桌，又有几个在旁边看热闹，这个牌场就搭起来了。有人说，尚书记打麻将可是大姑娘上轿头一回呀。尚德兴一笑，说，入乡随俗嘛，我陪几位领导开开心。李萍说，打多大？尚德兴说，小赌怡情，大赌伤身，不要太大，图个娱乐，就十块吧。四个人都没异议，于是，乒乒乓乓开火了。看热闹的人中，素质涵养也各不相同，有看牌的，有支招的，有无意中将人家要和的牌说漏嘴的，还有批评人家打牌臭的，整个屋子里闹哄哄的，喧哗一片。

麻将桌上，往往都是一边斗牌，一边斗嘴。这几个人，别看是领导，可在私下里，一打起牌来，也是一样的臭德行。王建伟打出去一张牌，说，尚书记，以后可得多多参加这类活动啊，你没听说上面都发通知了，组织部今后考察干部，要采取打麻将的方式了，说是打牌打得好，说明有头脑；打牌打得精，说明思路清；打牌打得细，说明懂经济；打牌不怕炸，说明胆子大；赢了不吱声，说明城府深；输了不投降，竞争意识强。

尚德兴听了哈哈大笑，说，没想到说起这歪理邪说，你还一套一套的。这样说着，尚德兴就又摸起了一张牌，看看，没有闲牌可打了，就在那里颠过来倒过去的，不知该打哪一张了。身后看的人说，嗨，自摸了都不知道，打的啥牌啊！尚德兴一时醒悟，连声说着自摸了自摸了，就推倒了。

尚德兴不怎么会打，没想到第一把却抠了起来，于是笑着说，对不住大家了，我这生手赢了各位麻坛高手了！

周永军行伍出身，是个直性子。他稳稳地坐在那里，嘴角叼着烟卷，吞云吐雾地一边洗牌，一边不紧不慢地接了句，别得意，莫忘形，麻谚有云，千刀万剐，不赢头一把，再往下你可就是输家了，输得裤子都提不起来！尚德兴接了话说，呵，那么神吗？我可是不大相信哦！周永军说，你们别忘了，我老周的绰号叫“百胜将周掏”，跟我打麻将，钱都会让我掏走的！王建伟笑着接了句，叫你“周掏”，是要你老周往外掏呢！

第二把牌只打出了两张，尚德兴就听牌了。刚一听牌，王建伟就打出来了，可尚德兴却没有赢。尚德兴还做着第一把牌的美梦，他还想抠。可是，抠了两圈也没有抠起来，就说，算了算了，再打出来就赢。可是，再也没有人打出来了。最后，却让周永军赢了。尚德兴说，妈的没赢，后悔了。周永军乐不可支地冲尚德兴一挤眼说，怎么样？只要我老周开赢了，就没有人再赢得了啦。李萍轻声细语地说，可别得意得太早，经常打麻将的都知道，打牌没有总幸的，你也就幸那么一会儿，花开没有百日红嘛！周永军拿了手中要打的那张牌照王建伟手中打了一下，对尚德兴说，怎么样？已经有人开始忌妒我了。

这样打过了两圈，周永军、王建伟、李萍各和了两把以后，就再也没有开和了，全都是尚德兴和，成了他的专场表演了。

人们常说，商场如战场，酒场如战场，其实，牌场也是如战场的。久经沙场的牌坛老手已经修炼得不动声色，沉稳老练了，有时，连《孙子兵法》上的都用上了，声东击西，欲擒故纵，暗度陈仓，指桑骂槐，在座的都能使上两手。另外，一个一个，故作镇静，不管牌局怎样，表面上都是不会露出一点儿慌乱来的。

这一把，是周永军先听牌了，接下来，王建伟跟李萍也听了，而尚德兴呢，只要把手里的一张红中打出去就也听牌了。就在他即将出手的那一刻，他发现周永军门前没有碰牌，脑子里突然闪过一个念头，周永军会不会赢红中啊？正犹豫间，坐在上手的周永军虚张声势地把头凑过来说，啥牌啊，这么难打？尚德兴故作憨厚地把那张红中斜过去，给他看了，说，我猜，有人可能会赢这张牌，你看你看，明知你赢它，我要是再打给你，这不是明着给你送钱，明目张胆地行贿嘛，算了算了，保险点儿吧，不打了，我也不听牌了，这把，也不准备赢了。周永军呵呵笑一下说，我才不赢你这张呢。说着就做了个要起牌的假动作。尚德兴一眼就识破了，他这招，兵法上有，叫欲盖弥彰。尚德兴心中暗暗一笑，就把红中留在手里，拆了一对比较保险的二条打了出去，随后又将另外一个夹张捞上来了，唉，好赖也算是听牌了，单吊红中，不管好赖，先听牌再说。尚德兴却还在不停地说着，算了算了，危险牌咱也不打了，谁有本事谁抠吧，我这把牌是不准备赢了。哪知又起了两圈，尚德兴起牌在手，拇指轻轻一抹，是个红中，“啪”往牌桌上一拍，说，哈哈，自摸！单吊红中。

周永军一咧嘴说，真他妈的晦气透顶了，我早就听牌了，下面没一个红中，就单赢红中，尚书记一打，我就赢了，可他不打，自己又单吊起来了。说着，推倒了牌，大家凑过去一看，也是单吊红中。

坐在尚德兴下手的王建伟，也将牌推倒了，说，真要打出来，也轮不到你赢，睁大眼睛看看，我赢啥？

三个人一看，竟然也是单吊红中。王建伟拿着那张红中，冲尚德兴翘了翘大拇指说，高，实在是高。尚书记还谦虚说不会打呢，啥也别说了，绝对一高手！

李萍也推倒了牌，拿眼睛瞟着尚德兴说，人家运气好，就是任性，三家要红中，只有一张红中还让人家给抠起来了。周主席说他听得早，我比他听得还早，我是天听，还赢三张牌哪！

大家一看，李萍要赢的是一万、四万和七万。

李萍无可奈何地摇了摇头，有些伤感地说，人生就如这牌局啊，听得早不如听得巧啊！我早早就听了这三张牌，满心欢喜要自摸呢，不自摸还不想赢呢，谁知从头到尾根本就没人打出来，更别说自摸了。看人家尚书记，刚刚听牌，还只剩一绝张，可人家还抠起来了，上哪儿说理去？这就是命啊！那句话咋说的？命里只有八合米，走遍天下不满升，人家尚书记，运气就是好，不服都不行啊！

尚德兴平时并不怎么打牌，正是生手赢了老手，靠的是运气而不是牌技。尚德兴估摸了一下，大约赢了有八九百块，就朝三位说，快一点了，看的人都早回去了，咱们别打了，再打下去，你们也捞不回去了，干脆结束吧，明天还要去青龙沟。王建伟和周永军都说行，李萍还想打。尚德兴知道，李萍的心思不在打牌上，她只是想跟自己在一起。果然，李萍不依不饶地说，不行啊尚书记，你赢我们这么多钱，光我就输给你四百多，得请我们！尚德兴说，那是凭本事赢的，又不是打劫你。周永军坏笑一下说，真要打劫，可就不是打劫这点儿钱了，恐怕还要劫色哪。李萍拿小拳头捅他一下，说，去去去，远点儿！这样说着，就瞟了尚德兴一眼。

尚德兴看李萍没有散伙的意思，就说，打麻将，就是图个娱乐嘛，其实没想赢你们的钱，可是你们呢，硬往我这儿送，我也只好笑纳了。这样吧，我请大家吃夜宵吧。王建伟说，天到这般时候了，哪里还有夜宵等着你去吃。李萍带着撒娇的语气说，我不管，反正尚书记得请客。周永军就说，那好那好，那就让尚书记带上你去市里吧，那儿有夜市，吃饱了，找个地方，也别回来了。李萍捅他一小拳头，说，去去去，再远点儿。又说，也别费事儿了，镇政府大门外有一小商店，叫开，买些零食吧。尚德兴忙说，行行行。说着就拿一百块钱，给了李萍。李萍却说，我害怕，自己不敢去。周永军说，这不明摆着，尚书记陪着去吧。尚德兴怕他们再说出什么过分的话来，让李萍难堪，就慌忙跟着李萍出来了。

买了一大包零食，又买了啤酒和饮料，两个人各提了一兜，就回来了。一进镇政府大门，尚德兴忽然碰了一下李萍的手。李萍心头一热，以为尚德兴要拉她的手，就主动迎过去，而尚德兴却把在小商店里准备好的五百块钱塞到了李萍手里。李萍一摸，知道是钱，就说，你这是干啥？尚德兴说，玩玩就行了，不能当真。李萍就说，愿赌服输嘛，你看你。尚德兴轻声说，你输得太多了，收起来吧。李萍将钱攥在手心里，心头就涌起了一股热浪。

几个人坐在那里边吃边聊，直到深夜才散。离去的时候，李萍又意味深长地瞟了尚德兴一眼。

一觉醒来，天已经大亮，尚德兴赶紧洗漱，随便吃了点儿东西，就带着两个人，到青龙沟去了。

在村委主任的陪同下，尚德兴来到了一个低矮的窑洞前。窑里有一个十三四岁的男孩儿，里头穿着一件盖不住肚脐眼的秋衣，外面穿了件破棉袄，正弯腰往炉子里添柴火。他的脸上被烟熏得黑一块紫一块，像一张画布。见有人来，那男孩儿就站在那里不动了。村主任介绍说，孩子的母亲患有精神病，天天在街上乱跑，父亲在市里一家小饭店里打工，家里还有一个卧病在床的老奶奶，生活很困难，是俺青龙沟最穷的一户。尚德兴问，这孩子，上学了吗？村委主任说，早就不上了。尚德兴走过去问，多大了？那男孩儿见问他话，赶紧低下头去，用手不停地搓着秋衣，却不吭声。尚德兴心里乱乱的，拿出镇上的二百块救济款递给了他，想了想，昨晚打麻将赢来的钱还剩三百块，便从身上掏出来，把五百块钱一块儿塞在那可怜的孩子手中了。

腊月二十六的早上，姜书记把尚德兴叫到了他的办公室。尚德兴以为是安排春节期间的文艺活动，哪知道，一见面，姜书记却说，德兴啊，今年，干得不错！你分管的计生工作很出彩，让咱们王店镇露大脸了。过了年，我想再调整一下你的工作，让你抓政法和文教卫生，你看咋样？尚德兴听了，没有马上表态。他暗想，计生工作，已经弄了将近一年了，费了那么大的劲儿，业务刚刚熟悉，却又要调整了。这样一调整不当紧，一切还得从头再来。想到这些，他说，姜书记，我，我，我能力有限，经验不足，最好还是让我干原来的工作，真要调整的话，政法和文教卫生，我只能抓一项。原先是两个班子成员的活儿，现在归我一人管，怕顾此失彼，万一出了差错，还不得让您替我擦屁股啊！

哈哈，耍滑头不是？姜书记看着尚德兴，笑着说，让你多干活儿，是认可你的能力，别人想多担担子还不一定有机会呢。姜书记接着说，政法工作，就应该是你副书记抓的，这个，你没有推辞的理由，况且，稳定，是压倒一切的大事，是各项工作的基础和前提，没有稳定，就没有好的工作环境，没有稳定，经济发展和其他工作就无从说起，只能是纸上谈兵，空中楼阁啊！姜书记缓了口气，又说，文教卫生呢，主要是考虑到，你在市政协工作时，分管这方面的工作，业务比较熟悉，这活儿分给你，是想让它大变样啊。停一下，姜书记又说，咱镇的教育早就该下大力气抓一抓了。就说咱们市里的重点高中——二中，咱们镇每年去不了几个，有时候一个，有时候俩，去年，还弄了个白板！这不丢死人嘛！我就弄不明白了，是咱镇的教师差，还是学生笨啊？

最后，姜书记诚心诚意地说，德兴弟，啥也别说了，这副担子，你就挑起来吧！

话都说到这个份上了，尚德兴不再言语了。按照姜书记的说法，这两项工作，都很重要，尤其是教育，更需要下大力气抓一抓了。

尚德兴站起身来，朝姜书记郑重地点了点头。忽然之间，尚德兴感到自己肩上的责任更重了！

八

正月初七的下午，天空里正酝酿着一场浪漫的雪。飘飘摇摇的错落的雪花把尚德兴的心情弄得也有一些浪漫，有一些诗情画意了。

初八才是正式上班的日子，可是尚德兴还是在头天下午就来到了镇政府。走进政府大门的时候，尚德兴想，新的一年，分管新的工作，自己更应该拿出新的姿态，新的干劲儿了。

昨天晚上，尚德兴看了中央一套的新闻联播，又看了天气预报，明明预报的是晴天，然而，到了下午，当尚德兴来到他办公室的时候，天空突然变得灰蒙蒙的，不大一会儿，就有雪花飘落下来了。尚德兴想到了网上的一个段子：现在，各行各业都在说假话，靠说假话过日子，只有气象台想说真话，可又老是说不准。

镇政府大院里有两幢办公楼，一幢是四层，坐北朝南，是大院的主楼。另一幢是三层，坐东朝西，由于年代久远，显得有些陈旧，在早春丝丝的寒风里显得有些凄清和落寞。尚德兴的办公室在主楼的二楼，年后的房间里显得有些清冷。尚德兴站立在窗前，出神地望着庭院里散散淡淡的细小的雪花，这些零零星星的雪花，飞舞在半空里，还没来得及落地就消失得无踪无影了。

天色暗淡下来了，尚德兴坐在沙发上，为自己倒了杯水，一边慢慢喝着，一边翻看着年前的报纸。实际上，看报纸也只是个无意识的动作，看了标题，就不再往下看内容了。他的心里，其实一直都在盘算着年后的工作。尚德兴开了灯，房间里亮堂起来，他的目光一下就落到挂在对面墙上的一幅字上了。这是他下乡前，一位搞书法的朋友送给他的。这朋友，是国家书法家协会会员，省书法家协会理事，他的书法，在国内是有些名气的，他的作品，获得过不少国家级奖项，被很多业内名家收藏，当然，也被那些附庸风雅的企业家和商家收藏着。

这位书法家朋友送给尚德兴的这幅作品，是一首宋词，王安石的《桂枝香》：

登临送目、正故国晚秋，天气初肃。千里澄江似练，翠峰如簇。征帆去棹残阳里，背西风、酒旗斜矗。彩舟云淡，星河鹭起，画图难足。

念往昔、繁华竞逐。叹门外楼头，悲恨相续。千古凭高对此，漫嗟荣辱。六朝旧事随流水，但寒烟衰草凝绿。至今商女，时时犹唱，《后庭》遗曲。

尚德兴不太懂得书法，但他也看出了这幅作品的不俗之处，凌空下笔，以气运腕，取象不惑，一派天然，具有华滋而灿烂的美感。尚德兴之所以把这幅作品挂在办公室里，是因为他对这首词非常欣赏。王安石的这首词虽然感慨多了一些，但是，这词，意境开阔雄浑，情怀悲悯广博，俯仰之间，皆是宇宙人生和万事万物的苍茫，蕴含着一个人可以毕生为之追求的人生大境界。每读一遍，尚德兴总会莫名地感到胸中有一种悲壮和苍凉。

正月初八一大早，镇政府大院里忽然响起了一阵鞭炮声。上班了，热闹一下，放上一挂鞭炮，讲究的是开门红。接着，院子里就繁乱了，忙碌了，一片喜庆，一派生机。

八点三十分，姜书记主持召开班子联席会议，传达了市委扩大会议暨全市经济工作会议精神。到了下午，又在镇政府四楼大会议室召开镇、村干部会议，会议的内容是，大上项目，上大项目，确保首季开门红。这虽然是每年必有的老套，但每年依然都是郑重其事地进行着。

下午的会议不太长，一个多小时就结束了，尚德兴就把镇文教助理、教办主任招呼到了他的办公室里，研究商量教育工作。

一进门，尚德兴起身让座，倒茶，之后说了自己的想法，跟大家一起进行商议。

尚德兴说，我考虑了一下，咱们要做的第一件大事，就是调研教育教学工作。这件事儿，耽误不得。文教助理说，尚书记，听您的，您说咋干我们就咋干。教办主任说，尚书记，咱镇的教育教学工作早就该抓一抓了，说干就干，我回去就安排。尚德兴说，调研，要细致，要认真，咱们一个村一个村地考察，一个学校一个学校地调查，听取有关人员的意见和建议，我要亲自掌握第一手情况，咱们再商量怎样开展工作。文教助理和教办主任都点头称是。

中间隔了一天，到了初十，一上班，尚德兴就带着文教助理和教办主任驱车去了羊角沟小学。车子停在一段低矮的围墙外，村支书早就等候在那里了。村支书一见尚德兴，就开始诉苦。他握着尚德兴的手说，尚书记，俺羊角沟本来就是个穷山村，又没有企业，村里年轻人都跑出去打工了，留下的净是些老人和孩子，村里也想过把学校办好，可村里穷啊，没钱盖新教室啊。没等尚德兴说话，村支书又说，就是盖了新教室，也没有好老师啊。你就是给俺派来了好老师，可俺这穷乡僻壤的，也难留得住啊！

村支书一边诉苦，一边领着尚德兴他们走进了羊角沟小学。学校没有大门，只有一段低矮的围墙，显得很是开放。尚德兴看见，校园不大，一排溜七间破旧不堪的土坯房，就是教室了。一间教室的门框上挂着一个牌子，写着“三年级”，从里面传出了杂乱无章的读书声。尚德兴一推门，开了，杂乱无章的读书声停了下来，学生们都用好奇的眼睛看着他。教室里放了四排破旧的桌子，每排三张，坐了十几个学生，可他们拿的课本却不一样。尚德兴看了支书一眼，支书忙说，是这样，二年级的教室裂缝了，成了危房，怕出事儿，就把他们班的学生也集中在这里一起上课了。尚德兴问，校长呢？教办主任回答，没有校长，只有几个老师。尚德兴转身对文教助理说，把情况详细记下来，回去商量解决方法。又对村支书说，村里也考虑一下，回头拿个方案，咱们一起想办法。村支书说，中啊中啊，一定想办法。尚德兴出了学校，说，走，到蝴蝶峪学校去看看。

时间抓得很紧，尚德兴只用了一个星期，就跑遍了全镇十六个村庄，把全镇的学校，包括小学和初中，都挨个转了一遍。越转，尚德兴的心里越沉重，越看，尚德兴越觉得自己身上的责任重大。根据他调查的结果来看，除了羊角沟小学，其他学校的校舍还可以，但桌椅黑板都有些陈旧，教具也有点儿简单原始。有两个初中，教室少，学生多，比较拥挤。还有一个初中，挂在另外一个初中的名下，只能算是一个分校，教室多但教师学生都较少，连校长都没有，校长是另一个初中的校长兼任着。问题比较突出的是小学，这一茬小学生，都是在生育高峰期出生的，人数多，所以，小学的容量得扩大。再等两年，等他们上了初中时，又会给初中增加压力。其他的问题是两个小学没有校长，由副校长主持着工作，三个小学的校长已经超龄了，到现在还没有合适的人选。

尚德兴问教办主任，为什么会出现这种青黄不接的现状？教办主任无可奈何地说，镇里经济不太好，支持力度小，有门路的老师都想法调到市里了，或是调到了离市区近点的乡镇，我担心选个新校长照样弄不好，就只好推着走着了。尚德兴说，咱们得想个办法，尽快改变这种状况啊。

文教助理和教办主任茫然地望着尚德兴，一副无可奈何的样子。

尚德兴知道他们也是没有什么办法，说，通过前一阶段的调研，我考虑了一下，有了一个初步的设想。

文教助理和教办主任愁眉苦脸地望着尚德兴，期待着他说下去。

尚德兴说，根据目前的情况，咱们面临的问题不少，困难更多。我梳理了一下，大致理出了个头绪。尚德兴往两个人跟前挪了挪，又说，你们看，初中比较拥挤，而咱们镇的高中不是停办两年了吗？那个校园，还有校舍不是还在那儿闲置着吗？那么大一块儿地方，放在那儿不用，不是浪费了吗？咱把第三初中和另外的一个分校迁过去，合并成一所初中，仍旧叫第三初中。把这两所初中的校舍干脆就让给附近的小学，这样一弄，小学的校舍也就不紧张了，还可以解决附近几个村子小学生的上学难、大班额的问题。文教助理和教办主任听了，点点头说，嗯，是个好办法。

尚德兴接着说，如果再把全镇所有初中的教师、学生来个大洗牌，优中选优，把优秀的学生都选送到第三初中去，这样，咱就把第三初中打造成示范初中，也就是咱王店镇的重点初中。第三初中的校长及学校班子，还有教师，都调配成全镇最棒的，看着吧，到时候，到他们考高中的时候，第三初中的毕业生，可能会有更多的学生考入二中！文教助理和教办主任一听，脸上露出了憧憬的神色。

尚德兴最后说，我们再把小学里到龄的和空缺的几个校长配齐，再想法争取或购置充实一些教学仪器和设备，这样，小学方面也就稳定下来了。不过，从根本上来说，还是要下功夫狠抓管理，这样才是提高教学质量的关键所在。文教助理和教办主任听尚德兴这么一说，心里一下子就豁然开朗了。

尚德兴连夜把这些想法、措施进行了归纳整理，写出了书面汇报材料。第二天，又征求了一下教办主任和文教助理的意见，他们两个稍稍又做了些补充，尚德兴觉得没有什么问题了，才走进姜书记的办公室，汇报去了。

姜书记很是认真地看了以后，点点头说，这一块儿的工作，你们做得很细致，很扎实，操作性也很强。这样吧，下周一召开党政班子联席会时，你把情况通报一下，让大家提提意见，力争更完善一些，然后就可以实行了。尚德兴高兴地说，好，好。

从姜书记办公室出来，尚德兴直接去了林镇长的办公室。林镇长看见尚德兴拿着厚厚的一沓材料，笑着说，我知道这阵子你一直在调研咱镇的教育教学工作，这么快可有改革方案了？尚德兴笑一下，说，林镇长料事如神啊，我还没有开口说话，就知道我要干什么了，莫非林镇长学过麻衣相术，研究过奇门遁甲？真的是“看了奇门遁，进门不用问”了。林镇长说，别卖关子了，只说，是不是这事儿？尚德兴这才恭恭敬敬、老老实实地说，初步有个设想，请林镇长给把把关支支招。尚德兴说着，就把材料递了过去。

看过方案，林镇长说，这个点子出得好，也可以说是金点子，可行性非常强，这样弄，一定能够解决咱们镇教育方面的实际问题。

姜书记和林镇长的支持，让尚德兴有了更大的信心。

尚德兴有些兴奋，也有些激动。晚饭后，他再次坐在办公桌前，把方案又详细地看了几遍，还做了一些必要的补充，进行了修改和完善。之后，看看时间还早，就又把这两天的工作总结了一下，记在了笔记本上。他的笔记做得很认真，很细致，也很完整，这是他多年养成的好习惯。

夜已经很深了，尚德兴望着面前的笔记本，信心十足地想，我做的这个方案，如果能够实行下去，将会解决多少孩子上学的问题，将会解决多少教育难题，又将会给王店镇的教育事业带来什么样的变化，带来什么样的希望！

尚德兴想到这里，忽然翻开笔记本，又在上面写下了两句很有哲理的话来：

教育有希望了，孩子就有希望了；孩子有希望了，王店镇就有希望了！

九

星期一上午，在党政班子联席会上，尚德兴把他的教育改革方案提了出来。经过讨论，大多数人都比较赞赏，认为可行，心细的人还提出了补充完善意见。

姜书记大手一挥，说，既然都没有意见，就算通过了。停顿一下，姜书记瞄了一下会场，整个会场一下子就安静下来了。姜书记要的就是这个效果。他接着说，具体工作，就由德兴书记负责安排吧！

会议结束后，尚德兴一回到办公室，马上拨通了文教助理和教办主任的电话。不到十分钟，两个人就到了。

德兴开门见山地说，咱们的方案，会议上一致通过了，姜书记和林镇长都很支持，并且寄予了厚望。两个人高兴地说，太好了。尚德兴接着说，马上就要开始付诸实施了，咱们抓紧时间合计一下，第一步怎么走，下一步怎么干，怎么弄才能既着重长远又兼顾眼前，起到立竿见影的效果。

文教助理和教办主任都很熟悉镇里的教育教学工作，他们在一起研究、讨论、商量、斟酌，很快一套改革方案和工作程序就制订出来了。

星期五上午八点半，在原来高中的大礼堂里，尚德兴召开了全体教师、各村支书、村委主任、镇直镇办负责人共同参加的教育教学工作大会。会议由教办主任主持，尚德兴做了书面报告，他把王店镇教育的现状，面临的问题，变革的原因，调整的动机，以及整个工作的具体措施，都条分缕析得一清二楚。

最后，尚德兴说，要想办好咱们王店镇的教育，把各个村的学校管理好，把教学质量搞上去，那么，选好校长是至关重要的。校长，是一个学校的灵魂，是领头羊，是主心骨，是掌门人。那么，什么样的校长，才算是优秀校长呢？我想，必须有德，有才，识大体，顾大局，有号召力，有凝聚力，有专长，并且一专多能，在与常人相比的同点上有过人之处，在与常人相比的异点上有独到之处。请学校和村委经过慎重考虑后，认真举荐，当然，也可以毛遂自荐。

我们的方法是选贤任能，坚决杜绝凭关系，走后门，请客送礼，行贿打招呼，否则只能事与愿违，适得其反。

教办主任说，这次，我们选聘的校长，不但要懂管理，会经营，还要亲自教课。小学校长提倡教主课，校长要当领头羊，做表率，而不是只当牧羊人，一味地站在一边指手画脚，指挥别人干活儿。

尚德兴说，这项措施很好，接下来，我们将在全镇的教师队伍里公开选聘第三初中和五个小学的校长。俗话说，兵熊熊一个，将熊熊一窝。这次招聘，我们要本着公开、公平、公正的原则，把那些德才兼备、有教学经验和实际工作能力的优秀人才选拔上来。下一周，各个学校要通过学校推荐、教师测评、教办考察，推选出校长候选人。

会后第六天，也就是周四下午，第三初中的两名校长候选人很快就上报到了尚德兴的办公室。

一个是原来高中的校长，叫王权，现在是镇里一所初中的校长。另一个是现在中心小学的校长，叫凌雪。说起来，尚德兴对这两个人都有印象，但是都不太深刻，没有什么过多的了解。

几天来，尚德兴一直在考虑着这个校长的人选。根据教办主任、文教助理的详细汇报和上报的材料看，这两个人都是校长，但是，工作方法和风格却大不相同。王权，工作起来很有魄力，要命的是工作方法简单粗暴，教师测评满意度较低。凌雪呢，工作细致扎实，敬业实干，经过教师测评，反映她人品好，跟教师比较贴心，能够率得住一帮子老师，并且，她所在的学校连续三年在全镇小学的考试考评中都夺得了第一。

尚德兴看着，想着，又私下拜访了镇里的老教办主任等几个人，他的心里渐渐有数了。

周一，尚德兴走进政府大门，碰上了工业副镇长，也许，他已经有意在院里等一会儿了。老远，副镇长就笑着跟尚德兴打招呼，尚书记最近忙啥，咋见不着你人影哩？尚德兴说，嗨，整天瞎忙活呗。副镇长问，听说第三初中要竞聘校长，事情进展得怎么样了？尚德兴说，候选人已经出来了，目前正在考察阶段。副镇长就直截了当地说，尚书记，这两个候选人中，我看王权就怪合适，你想啊尚书记，人家在高中就当过校长，现在又正好在初中当校长，轻车熟路的，当个重点初中的校长也是顺理成章嘛！尚德兴笑笑，嗯，啊地敷衍着。

刚到办公室，手机响了，一看，是王建伟打过来的。接通了，王建伟也不寒暄，一上来就说，一个亲戚的事，希望尚书记帮帮忙。尚德兴说，咋这么客气？王建伟也不拐弯儿，一枪就扎过来了，他说，要说是个小事儿，就是第三初中校长的事儿，听说两个候选人，其中一个是王权。尚德兴说，你都知道了？王建伟说，知道了知道了，可你知道王权是谁？是我一个没出五服的兄弟。尚德兴说，真的假的？王建伟急忙说，真的真的，你看俺俩不都姓王嘛，这还有假呀？一会儿咱们开班子汇报会时，请多关照，回头请你客啊。尚德兴哈哈一笑说，我知道了。

尚德兴拿着笔记本赶紧来到姜书记办公室，简明扼要地汇报了两个候选人的优缺点。姜书记问，你认为谁中？尚德兴说，要想让咱镇的教育教学尽快发生变化，就得不拘一格，起用有潜力的新人，而不能按老套路走，更不能照顾人情，凌雪应该就是一个最合适的人选呀！姜书记说，我要的就是开拓创新，一上任就能大锯见末的好校长啊，你这样一说，我心里有数了。尚德兴又到林镇长办公室汇报了这俩候选人的情况，取得了林镇长的支持。

在九点召开的党政班子联席会上，尚德兴把两个校长候选人一提出来，马上，工业副镇长和王建伟副镇长等几个班子成员就发表意见，说让原来的高中校长王权来出任。理由是，王权，人家连高中的校长都当了，现在还是个初中校长，由他来当，那还不是张飞吃豆芽，小菜一碟！也有人赞同让凌雪当校长。

大家说完了，平静了，尚德兴才发言说，这两个人，各有所长，各有优劣。我和教办的几个人一再比较，反复权衡，认为凌雪当这个校长更合适些。

会场上出现了短暂的沉默。林镇长说话了，他说，各位都发表过自己的看法了，我看呢，让王权当这个校长，肯定也没问题，他毕竟当过高中校长，又是现在的初中校长；要是让凌雪当校长呢，虽然有些破例，但可能就会扭转我镇教育的落后面貌，一举打个翻身仗。我支持德兴书记他们的选择。

最后，姜书记一锤定音，他说，德兴书记搞的这项工作，我相信是经过认真考察和反复权衡的，不掺杂一丁点儿的个人感情。我同意林镇长的观点，那么，我们就决定，凌雪，任我们镇的重点初中——第三初中校长！

散会后，尚德兴跟教办主任商量说，第三初中的校长已经定下了，那几个小学的校长也要快点儿到位啊。教办主任说，按照您的要求，公开招聘也有了眉目，就差张榜公示了。尚德兴说，好，要快，校长一到位，下面的工作就好进行了。教办主任点点头说，放心吧尚书记，三天之内就能确定。尚德兴说，下一步的工作，是要把第三初中打造成王店镇的重点初中，那么，就应该配置一些先进的教学设施，咱得商量一下，看这个问题怎么解决。教办主任说，一提到这，问题就出来了，教学设施，要买，可镇里的那点教育资金还不够填牙缝，看来咱作难的还是资金啊。尚德兴说，我也在想这事儿，这几天满脑子都是钱、钱、钱，想钱都想疯了。教办主任说，车到山前必有路，先不说这，咱还是把眼下这几件事儿弄利落了再说吧。尚德兴说，好吧，要说这也不是着急的事儿，饭，要一口一口地吃，事儿，咱也得一件一件地办。

教办主任告辞离去了，尚德兴还在那里思考着。下班了，他依然在办公室里思考着。开饭了，他一边吃饭一边仍在思考着。夜深了，他躺在床上却还在不停地思考着。尚德兴能想出什么办法来解决这个问题呢？后来尚德兴脑子里就冒出个怪想法，如果，我是上级教育部门主管财务的领导该多好！或者，我是个大老板大企业家也行啊！可惜啊，不是。尚德兴笑一笑，暗暗摇了摇头说，这算什么狗屁办法！

尚德兴想不出更好的办法，干脆就不想了。他刚要熄灯睡觉，手机响了。拿起一看，是程志远。通了，程志远说，不好意思，打扰你休息了。尚德兴说，不打扰，还没睡呢。程志远说，这么晚了，忙啥呢？尚德兴玩笑说，等你电话呢。程志远说，呵呵，还是埋怨我打扰你休息了不是。不过，埋怨也不行，打扰就打扰，我等不到明天了。尚德兴说，啥事儿啊这么着急？程志远说，简短说，帮个忙。尚德兴爽快地说，啥忙？说吧。程志远说，我一个叔叔在地区教育局财务处当处长，知道咱俩关系好，托我让你帮个忙。他有个外甥，在你们镇二初当教导主任，想去重点初中当个副校长。尚德兴一听，很干脆地说，现在太晚了，我明天早上问问情况，咱俩再联系。

说到这里，尚德兴“呼”地坐了起来，有些急切地追问，二初的这个主任叫什么？程志远回答说，这个人的名字叫曹兴学。尚德兴说，噢——你也早点儿休息吧，咱们明天联系。

尚德兴一下子兴奋起来了，如果这个人品行能力可以，任命他当个副校长也不是太出格的事情，那么一直困扰着他的这个资金难题，也许就会迎刃而解了。

第二天，尚德兴顾不上吃早饭，打电话让教办主任到他办公室来，了解二初那个教导主任的情况。教办主任说，二初教导主任啊？他叫曹兴学，年龄不大，三十来岁，原来是二初的初三语文老师，讲课有特点，学生喜欢听，在镇里语文成绩比较靠前。另外，他还爱好写作，班里学生的作文水平高，可能就是因为这些吧，前年他被破格提拔成教导主任了。尚德兴问，还有什么情况？教办主任说，对了，他之所以能够破格提拔，跟他的一个舅舅有关系。他的舅舅在地区教育局财务处当处长。

尚德兴问，他要是到重点初中当个副校长能胜任吗？

教办主任说，他的资历较浅，当副校长有点儿破格了。不过，您要是让他当副校长，兴许他能干好，我做工作运作就是了。教办主任似乎明白了什么，忙讨好地对尚德兴补充道。

尚德兴把自己的计划和盘托出，教办主任才如梦方醒，知道了尚书记原来是为了工作啊。教办主任忙不迭地说，没问题，没问题，我一定尽快安排好。

尚德兴这才给程志远回电话，把破格任用曹兴学的事告诉了他。

曹兴学很快被调到重点初中任副校长了。

星期天一大早，阳光明媚。尚德兴带着教办主任，校长凌雪，还有副校长曹兴学，教办主任亲自驾车去拜访曹兴学的舅舅，就是那位地区教育局财务处的处长。

事情是按照尚德兴的计划一步步走下去的。

在约定的时间，上午十点钟，他们到了那位处长的家。尚德兴带去的王店镇的土特产，十斤柿饼，十斤柿子醋还有小米和玉米糁，处长都一一笑纳了。

说了会儿话，处长说，兴学啊，去帮你舅妈买菜，中午就在家里吃吧。尚德兴赶紧拦住说，外面吃外面吃。处长也不推辞，打电话订了个包间，路不远，一行人走着就过去了。落座后，也不点菜，处长对领班说，老规矩，上菜吧。领班问，喝什么酒？不等处长说话，尚德兴说，喝我们带的吧。领班带上门就出去了。尚德兴说，程处长，今天请您尝尝这酒，永安茅台。处长说，这是啥酒啊，以前没喝过。曹兴学接过话头说，舅，你不知道，这是咱们永安市跟茅台镇一个酒厂合作特酿的市委、市政府招待酒，虽然赶不上真正的茅台，却比较正宗，市场上也没有冒牌货，挺好的。处长笑着说，嘿，那得尝尝。

说着话，菜就上来了。三杯酒下肚，尚德兴起身端起一杯酒说，程处长，今天见到你，很高兴，敬你一杯。处长忙端起酒杯说，按咱永安的规矩，咱俩儿一块碰一杯吧。酒杯一碰，一饮而尽。服务员要倒酒，凌雪抢先执了酒壶，款款说道，程处长在外工作这么多年，还是没忘家乡的规矩啊，我也给程处长敬一杯。处长说，咱俩也碰杯喝吧。说完，两人都爽快地喝了。

菜上齐了，酒也正喝在兴处，除了教办主任要开车，每个人都碰着喝了三杯，就连凌雪也豁出去了，喝得满脸通红。

尚德兴看看火候差不多了，就执杯来到处长跟前，说，程处长，今天来您这儿，是想请您在权限之内帮帮忙啊。处长也端杯在手，站起来说，只要是我能办的，请你直说。尚德兴说，您知道，咱王店镇穷，教育资金少，现在刚办了个重点初中，人员是配齐了，你看，校长副校长都在这儿了，但是，巧妇难为无米之炊呀！学校缺少配套的教学仪器和设备，没有这些东西，打造重点学校就是一句空话，所以……尚德兴说到这里，端着酒杯望着处长。处长想了一下说，你是咱王店镇抓教育的主官，我也是咱王店镇人，咱俩喝一个，算是我敬你。尚德兴说，不敢当不敢当。说着，就先喝下去了。处长搁下酒杯，神色庄重地说，对我来说，能为家乡的教育发展出点力，也是我的荣幸，这个事儿，我尽快尽力运作。听了这话，大家都有点儿高兴过头了，纷纷给处长敬酒，满桌人都有了醉意，竟连主食也忘记点了。

回来的路上，尚德兴靠在座位上，“呼噜呼噜”地睡着了。

没过多久，地区教育局就为王店镇配备了一批数量可观、先进的教学仪器设备，尚德兴把这些东西全都调配给了第三初中。

但是，这些还远远不够，还有许多物品等着添置，比如电脑，比如活动黑板，比如体育器材。另外，还有许多陈旧的东西需要更换，需要修理。这些，要弄齐，又是一笔不小的开支。怎么办？怎么办？尚德兴在心里不住地问自己，可他也实在是想不出好办法来，于是不由得连连叹气。

“咚咚咚”，尚德兴办公室的门被敲响了，他的思路也随之被打断了。他没好气地问，谁？外面答，我。尚德兴说，“我”是谁？赶紧进来，让我看看“我”是谁。门被推开了，进来的是郭信礼。郭信礼进门就说，尚书记今天是咋着了，吃炮药了，说话这么冲？尚德兴说对不起对不起，正想事儿呢。郭信礼轻飘飘地说，啥事儿啊快中午了也不吃饭，把自己关在屋里愁得跟小媳妇生孩子似的。尚德兴说，我比小媳妇还愁呢，人家愁吧，是肚子里有货，可我呢，肚子里没货，干发愁，啥也生不出来。郭信礼说，别在这儿瞎愁了，现在一块儿喝酒去。尚德兴问，都谁？郭信礼大咧咧地回答，净是些企业家，想跟你在一块儿坐坐，都在我家里等着呢，这不让我上门来请你嘛。尚德兴说，企业家，这些个土老财，哼哼，哼哼！郭信礼说，尚书记你哼哼个啥，你要生吃他们啊？尚德兴说，哼哼，刚好有事儿要找他们帮忙呢。郭信礼说，啥事儿？尚德兴说，对他们来说是小事儿，嗯，小事儿。郭信礼又说，到底啥事儿，弄得神神道道的？尚德兴说，走走走，一会儿就知道了。

尚德兴推掉了一个应酬，跟着郭信礼去了。走到院门口，听见里面传出一阵大笑声。尚德兴和郭信礼进了门，桌上酒菜已经摆好了，只等二位入席了。郭信礼说，尚书记推掉了别的酒摊儿，专门来见大家，大家欢迎。说着，郭信礼带头鼓起掌来。尚德兴赶忙止住说，行行行，行啦，都老熟人了，别弄得跟欢迎美国总统似的。一位五十岁上下、穿着名牌西服的人说，你看你看，主位可给你留着呢，请坐吧。尚德兴说，这位是？郭信礼说，陶粒砂厂老板刘爱国。尚德兴过去握了手，就坐下了。郭信礼一行随着入席。

接下来就是老一套了，碰杯，敬酒，互斟互敬，一切都按正常程序进行着，慢慢地，气氛进入了胶着状态。尚德兴现在也学会大杯喝酒了，加上他喝酒实在，不会耍滑，所以喝得有点儿多，有点儿猛，也有点儿高了。

尚德兴端起酒杯，朝刘爱国说，刘总，咱俩是第一次喝酒吧？来吧，咱俩单独整一个？刘爱国说，好，尚书记真给我面子。二人碰杯饮下，刘爱国的手机"嘟"地就响了一下。刘爱国放下杯子，拿起手机一看，说，嗯嗯嗯，开心一刻，开心一刻。众人说，啥好消息？刘爱国说，一个短信，有意思，都听着，我播送一遍：猴子对医生说，我要做人。医生拿起镊子就给它拔毛。猴子大嚷，靠，做人还得拔毛？医生说，一毛不拔，怎能当人呢？大家听了，一阵哄笑，尚德兴也禁不住笑起来了。

尚德兴又把自己酒杯倒满了，起身说，各位老总，我希望，大家都不要像猴子，一毛不拔啊！桌上人都愣了，低声说，这是唱的哪一出啊？尚德兴趁着酒劲儿，把重点初中成立，设施不配套，器材用品短缺，镇里财政困难难以支援等问题向几位企业家诉说了一番，最后说，希望大家伸出援助之手，帮学校渡过难关啊！

话音刚落，桌上站起来一位煤老板。他也给自己倒了一满杯酒，"吱溜"一下喝了，说，咱干的是煤矿，黑货，可不是黑行。整天黑里来黑里去，看看，咱都黑成啥了，头黑，脸黑，手黑，哎，可不是手狠，更不是心狠手辣。咱哪儿都黑，浑身上下都黑，他奶奶的连咱的家伙都是黑的，可咱，心不黑，心是红的！支持学校，咱赞成。煤老板又朝着尚德兴说，尚书记，听说你喝酒是个人物，喝酒看感情，刚才你说的无非是钱的事儿，只要是钱能解决的问题都不是问题。这样行不行？桌上人，每人敬你两杯，一杯一万，咋样？咱出钱，不求回报，可也图个仗义！

尚德兴瞪着眼说，算数？煤老板说，君子一言，驷马难追。其他老总也起哄说，算数算数，老郭记数，最后兑现。尚德兴一拍桌子说，好！倒酒，倒满！

尚德兴好像是没有喝完，就啥也不知道了。

酒醒时分，梦醒时刻，已经是第二天的上午了。

醒过来后，尚德兴却已记不起昨天喝了几杯酒，也记不起来到底是怎么回来的，但他却记住了煤老板的那句话，一杯一万！尚德兴忍着头疼拨通了郭信礼的手机。郭信礼说，醒过来啦？尚德兴说，醒了，还在床上，头疼。郭信礼说，不疼才怪呢，你那个酒喝得，简直是要钱不要命。尚德兴叹了一口气说，唉，也是没有办法啊。哎老郭，我喝了几杯？郭信礼说，十二杯，换了十二万。尚德兴说，老郭你现在在哪儿？郭信礼说，我在哪，你说我在哪？我正挨个给你收钱哪！

过了两天，尚德兴邀请刘爱国、煤老板，还有那天在座的几位企业家，来第三初中指导工作。老总们一下车，学校门口顿时锣鼓喧天，掌声雷动，学生们穿着新校服，像阅兵一样，列队欢迎。几位老总也像首长一样，被众星捧月，前呼后拥着。尚德兴、教办主任和凌雪陪着老总们参观了校园、教学楼、实验室、宿舍楼、操场、食堂，看过之后，他们又在一起美美地撮了一顿，酒足饭饱之后，在尚德兴的“煽动”下，老总们情绪亢奋，除了那天的十二万，又慷慨解囊，自动认捐了十万元。

实际上，这也是尚德兴策划的一个“捐赠仪式”。这些老总们，既然为学校捐了款，就应该弄得隆重一些，正规一些，让他们充分享受一回被人尊敬、受人崇拜的感觉。老板们，不差钱，可他们都好讲排场，爱虚荣。

有了这些钱，重点初中的一切问题都迎刃而解了。尚德兴又从这中间调出八万元拨给羊角沟小学，加上他们村里自筹的资金，把学校重新进行了修建，压在尚德兴心头的另一块石头也总算落地了。

而后，尚德兴让教办主任给各个学校下发了“关于开展提高教学质量大讨论”的通知，让教师们各抒已见，出谋献策，最终的目的，是要制定一套切实可行的管理制度。

过了几天，尚德兴对教办主任说，星期五晚上，咱们在第三初中召开一个各校校长、教导主任和三初中骨干教师参加的座谈会，讨论一下如何提高教学质量和学校的管理。教办主任说，咋放在晚上开会哩？尚德兴说，一是我白天杂事多，镇里还有其他事儿要干；二是晚上开会不影响校长工作和正常的教学，主要是，我想以此为契机，改变王店镇教育上长期形成的懒散习气。教办主任点点头说，好吧！

星期五晚上，习习的凉风，轻轻吹拂着校园里几棵法国梧桐，一阵风掠过，树叶啪地响了一声，又一阵风掠过，又是啪地响了一声。尚德兴来得比较早，树叶婆娑间，他竟有些沉醉了。

八点钟，会议开始了。教办主任首先说，王店镇教育上已有许多年没有在晚上开会了，突然开这么一次，大家一定觉得很稀罕，不管稀罕不稀罕，以后咱们的会议尽可能都要在晚上开，这要形成一个制度。前几天，教办下发了“关于开展提高教学质量大讨论”的通知，今天把大家召集来，就是要讨论这个问题。咋个改法，如何管理，尚书记想听听大家的意见。下面，请大家自由发言。

首先发言的是凌雪。她说，我们王店镇的教育教学工作一直排在全市的后面，主要原因就是领导不重视，二是没有一个好的奖惩制度，教好教坏一个样，这样，教师就没有了积极性。所以，我认为，只要校长带好头，并建立一套行之有效的奖罚制度，王店镇的教育教学改革一定能取得很好的效果。

尚德兴一边听着，一边做着记录。

凌雪说完了，另一个校长接上了话茬，他把憋在肚子里的话语，憋在心里头的苦恼，多少年想发而发不出的情绪和牢骚，一股脑地全倒了出来。他说，当个校长，要么不干，要么就干好，千万不能占着茅坑不拉屎，净干些误人子弟的事情。一石激起千层浪，他的话，让与会者产生了共鸣，调动了大家的积极性，大家争先恐后地发言。教办主任激动地说，慢慢来慢慢来，一个一个说。大家情绪高涨，畅所欲言，七嘴八舌，议论纷纷，找根源，查问题，出主意，想办法，会议一直开到深夜十二点才结束。

尚德兴回到办公室，已是凌晨一点。他用凉水洗了把脸，顿时觉得清爽了许多。他翻开笔记本，会议上所有的意见建议又像过电影一样在脑子里回放了一遍。他的心情，还没有平复下来，就又坐在办公桌前，趁热打铁，着手起草教育教学改革方案了。

很快，镇教办根据尚德兴的方案，修改完善后形成文件下发，把教师工资分成两块儿，一块儿是基本工资，占百分之六十，另外百分之四十是绩效工资，与考核考勤、学期成绩挂钩，分优秀、良好、合格、不合格四个档次，这些制度，由校长监督实行。学年结束，进行评比。同时，对各校校长也要进行考评，评出前三名，进行表彰奖励，最后一名，通报批评。

方案一出台，各个学校纷纷照办，重新完善了各项规章制度，装订成册，各校校长教师之间，明争暗赛，你追我赶，生怕自己落在后面。校领导开始全心全意抓工作了，都想在镇教育教学方面成为标杆和榜样。任课教师也开始玩真的了，备课讲课也不敢马虎了，都想在学校里占有一席之地。就连一般员工，也都紧张起来了，完全不像过去那样吊儿郎当，做一天和尚撞一天钟了。

尚德兴了解到这些情况，跟教办主任商量，要想提高教学质量，讲课效果很关键，咱得再加把力，下去听课促促。教办主任也有同感，他认为，听课观摩最能激发讲课老师的技巧和热情，也最能调动讲课老师的积极性，他建议说，咱们先到第三初中去听课吧。

尚德兴事先也没跟凌雪联系，更不提前跟讲课老师打招呼，带着教办主任和老师随到随听，一听就是半天。听完课，还要和校领导、讲课教师碰头见面，由教办的权威教师进行点评，并形成书面材料，交给学校存档，作为教师今后评优晋级的根据。

连续听了几次课后，尚德兴问教办主任，感觉咋样?

教办主任想了想，笑着说，实话实说，以前还真没有像这样一听就是一上午或一下午的，况且像英语啊，化学啊，也听不太懂。

尚德兴说，有些课，嘿嘿，我也没听懂，但我觉得，咱们来听课，对讲课老师不仅是一种压力，更是一种激励，说白了，权当是给教师们鼓劲儿加油吧。

教办主任若有所思地点了点头。

一次在第三初中听完课，尚德兴跟凌雪、曹兴学一起探讨教学工作时，曹兴学说，尚书记，最近，凌校长总结了一套工作方法，我给其命名为“凌雪工作法”，很有意义，不妨让凌校长谈一谈。凌雪忙说，别听曹校长忽悠啊，什么“凌雪工作法”，只是一点儿心得而已。尚德兴说，哦?说说看。

凌雪浅浅一笑，竟露出了一丝羞怯，她镇定一下，说，搞好教学，我认为，要突出四个字，就是高、严、实、巧。

尚德兴赶忙把这四个字记在了笔记本上，画了个大圈，又在边上写了五个字：凌雪工作法。

凌雪接着说，高，就是高标准，大目标，为自己定的标准高了，工作起来才有压力，有了压力，才会有动力，加压驱动嘛。严，就是要求要严，管理要严，人，都有惰性，严格要求、严格管理与一般的要求和管理，效果是绝对不一样的。实，就是实干，教学，讲的是质量和效果，咱干的是良心活儿，实干最重要。你真干假干，干多干少，要对得起自己，对得起学生，对得起学校，对得起家长，对得起社会。巧，就是巧妙，有窍门，学习工作，刻苦是一方面，方法和技巧也不可忽视，做事，都有规律，都有诀窍，方法大似气力，要实干，还要巧干，方法对头，扬长避短，就会产生事半功倍的效果。

尚德兴一边听着，一边记着，一边思考着。谈话结束的时候，教办主任看见，尚德兴的笔记本上，已经密密麻麻地记录了三页。

十

刘爱国第一次看到赵倩，是在第三初中那天的“捐赠仪式”上。

那天，在尚德兴主持的“捐赠仪式”上，刘爱国第一次品尝到了被人尊重的滋味，尽管，这种尊重，是他和他的同行花钱买来的。不过，刘爱国认为，区区三万块钱，对他来说，可以说是九牛一毛，但这三万块钱，却让他体会到了“赠人玫瑰，手留余香”的愉悦。

刘爱国正享受着那种高傲，那种自豪的时候，忽然，他的眼睛被一位漂亮高雅的女老师吸引住了。那美女，亭亭玉立在台下，领着她的学生正在为他们鼓掌呢。她上身穿着一件玫瑰红的小款西装，下身搭配一条黑色一步裙，在一群学生后面显得格外端庄，秀气。刘爱国看见她的时候，她的巴掌拍得正响亮，两个人眼神对视的一刹那间，刘爱国感觉到自己的心一下被俘虏了，那颗心“咚咚咚”慌乱地跳动着，直想窜蹦出来。他下意识地挺起胸，做了一个深呼吸，强迫自己镇定下来。

这个吸引了刘爱国眼球的美女，就是初三2班的语文老师兼班主任赵倩。

刘爱国的儿子在她的班里，学习成绩算是中等水平。刘爱国能够为学校捐款，也是因为儿子的原因。星期六的晚上，一家人在饭桌上一边吃饭，一边聊天，儿子忽然说，爸，我们赵老师不但语文课教得好，声音也甜，人也漂亮，更厉害的是，她的文章还经常在报纸上发表呢，我们班同学都喜欢上她的课。刘爱国知道，儿子特别喜欢语文课，对其他课却不怎么感兴趣。不过，十五岁的儿子说这话的时候，言语自豪，满脸放光的样子，让刘爱国有了一些兴趣。说实在的，很多时候，儿子的教育确实令他头疼，半大不小的孩子，正在叛逆期，你说东，他偏要往西；你说红，他偏要说绿，还打不得骂不得的，对什么事情都满不在乎，可没想到，儿子竟然还有他在乎的老师。刘爱国忽然就有了一个想法，他要见识一下这位语文老师，这位班主任老师，看一看到底是什么样的老师会让儿子如此喜欢。

每个星期一的早上，赵倩都要从市里匆匆赶到王店镇第三初中。

赵倩居住的小区是丈夫单位集资建的税务局家属楼，在永安市区。每次，为了赶车，她都起得很早。五点三十分，许多人还在做着美梦的时候，赵倩已经起床了。她简单收拾一下，就赶紧叫醒熟睡的女儿，在女儿懵懵懂懂半梦半醒之中为她穿衣，帮她洗漱，做完这些的时候，女儿才渐渐清醒了。五点四十分，是她和女儿出门的时间。她一手牵着女儿，一手提着一只布袋，肩上还挎着包，快步下楼，快步出门，沿着家属楼旁边的梧桐路，先把女儿送到幼儿园去。女儿今年六岁，在市区中心幼儿园上大班，每个星期一也和她一样，也是慌慌忙忙的，一边走，一边吃东西。赵倩把女儿送到幼儿园，才恋恋不舍地离去，这一走，直到星期天才能再见面，整个一周时间都是公公婆婆接送照顾女儿。送女儿去幼儿园，得花费她十分钟的时间，接下来，她必须再花费十分钟，赶到汽车站去，那里有城乡小中巴公交车开往王店镇，最早一班是六点五分发车。她必须乘坐这一班，只有这一班车才能让她按时赶到学校，别的车，别的班次，都不行。她坐车又用去一个小时的时间，当赶到王店镇的时候，已经是七点十分左右了。然后，她还要再走十分钟的路，才能赶到她教课的第三初中。勉勉强强的，七点三十分的签到时间总算赶上了。这样，送女儿，行走，坐车，加上转车，两个小时的时间就消耗在奔波的路途中了。

每个星期一的早上，刘爱国都是开着他的宝马车送儿子上学。

那个早上，到了校门口，儿子刚要下车，忽然说了句，爸你看，那个就是我们班主任。刘爱国顺着儿子手指的方向看去，只这一眼，就把他震在那儿了。刘爱国惊喜万分，这不是我在“捐赠仪式”上看到的那位美女老师吗？

这时候的赵倩正好赶到了学校大门口。

赵倩是个标准的美女，名如其人，看上去三十来岁，个子高挑，两腿修长，体态丰盈，皮肤白皙光洁，高耸的乳房顶着白色的内衣显得格外突出，瞩目，饱满，鹅蛋形的脸上有一双极为传神的丹凤眼，面容端庄谦和，略略带着笑意，浑身散发着知识女性特有的魅力和风韵，一副中学教师的标准风范。她给他的感觉很好，该挺的地方挺得到位，该翘的地方翘得恰如其分，柔韧的腰肢也很有风情地摇曳着。加上赶路，娇喘吁吁的赵倩脸颊泛着微微的红晕。这姿态，这气韵，一下把刘爱国的心迷惑了。

刘爱国坐在车里想，儿子眼力不错。他做了一个深呼吸，平息一下快速跳动的心脏，开门下车，快步上前，说，赵老师你好。赵倩正自顾慌忙行走，忽然被人拦下，愣了一下，疑惑地说，您是？刘爱国握住赵倩的手说，我是你们班刘小伟的家长，嗯——孩子，嗯——让你费心了。赵老师浅浅一笑，说，没有没有，小伟很用功，品行也好，谈不上费心不费心。快到上课时间了，又是在学校门口，不能再说下去了，刘爱国很有礼貌地说了声“再见”，就回到车里去了。赵倩转身，领着刘小伟进了校园，向教室走去。

望着赵老师袅袅娜娜的背影，刘爱国觉得自己的心在怦怦狂跳，之后，就有了一些失落感。

这是刘爱国第二次见到赵倩。

刘爱国自己也很奇怪，从那天起，他总是找各种借口频繁地往学校里跑，说是看儿子，又说是送东西，还说是了解儿子的思想动向和学习情况，其实他心里明白，他有一个小九九，他是想借机见一见儿子的班主任赵倩，和她说上几句话的。在和赵倩的交谈中，刘爱国了解到，赵倩是永安市区人，师范毕业后，分到了一初中，也是这次选调到第三初中来的。丈夫在一个乡镇国税所上班，女儿在上幼儿园。

中秋节的前一天晚上，刘爱国开车到了赵倩家附近，停好了车，就进了一家超市。超市里人很多，熙熙攘攘，货架上品种繁多，琳琅满目。刘爱国不知道该买些什么，最后，他挑了两盒高档月饼和一篮火龙果。

街上人潮汹涌，一城的灯火，伴着即将满轮的月亮，将整个城市映照得金碧辉煌。有风吹过来，人行道旁的树丛，依然是碧绿的，但绿得更见深沉。那些树，都比人高些，却被风吹得低下去，又低下去。

刘爱国在树影里打电话约出了赵倩。见了面，刘爱国说，赵老师，过节了，嗯，不成敬意，请你收下。说着，刘爱国递上了礼物。赵倩说啥也不要，她说，教育孩子是老师的职责本分，不需要这么客气的。刘爱国站在树下，讪讪地说，我，大老远，嗯——来了，你总不能，让我把这些东西，再带回去吧？赵倩一时间觉得盛情难却，推辞一番以后，也就收下了。

回来的路上，刘爱国看着车窗外的城市，夜空被灯光映照着，有一点儿梦幻般的诗情画意了。

期中考试，儿子考了个班上第五，年级第十，刘爱国摆了一桌谢师宴，邀请班里所有的任课老师吃了顿饭。宴席结束了，送走其他老师后，刘爱国最后才送赵倩回家。刘爱国一手握着方向盘，一手从副驾座上拿起一块女式名牌手表和一套兰蔻，递给坐在后排的赵倩，说，赵老师，这是我的一点心意，算是谢师礼吧。赵倩一看是这么高档的化妆品，连忙说，这我可用不起，再说已经请吃过饭了，这就不必了吧。刘爱国说，这套化妆品，还有手表，是我作为家长的一点儿心意，用了化妆品，老师会更美，戴上手表，能掌握时间。你看你看，我又不会表达，你就不要难为我了，赶快收下吧。赵倩听了，笑一下，心想，这话说的，倒有几分可爱。不一会儿，车子就到了赵倩家楼下，刘爱国快步上前去给赵倩打开了车门。一下车，刘爱国不容分说把东西塞到赵倩手中，头也不回，开车走了。赵倩摇了摇头，暗自笑了一回，拿着这东西上楼了。

男人和女人，感情裂变的起源往往就是一句话，一个动作，或是一个眼神，或是一个细小的情节。那次赵倩接了礼物后，两个人看似纯粹的关系就变得微妙了，大家看似照旧在各自的圈子里忙碌着，但很多东西却已经似是而非了。

赵倩只知道刘爱国为学校捐了款，却不知道他捐了多少。有一次两个人聊到这个话题时，刘爱国无意中透露了出来。赵倩伸出大拇指，朝刘爱国竖了竖，赞叹地说，爱心企业家，向你致敬！刘爱国连忙摆摆手说，哪里哪里，只不过是为咱镇的教育事业，尽了点儿绵薄之力吧。赵倩说，像你这么有觉悟的企业家，如果再多点儿，那咱镇的教育事业一定会更上一层楼的。刘爱国"哈"地笑了一声，说，这话，像尚书记说的官话。赵倩说，尚书记讲话，从来不打官腔的，我在学校听过他的讲话，很有水平的。我们学校的老师都说，这样的领导来抓教育，我们镇的教育肯定有希望。刘爱国用调侃的语气说，看来，你是尚书记的粉丝喽！赵倩说，人家是领导，我们也够不上跟人家说话，哪里谈得上粉丝？刘爱国说，想跟他说话还不容易。停顿一下，他略显神秘地问，想不想见他？明天我邀请尚书记过来吃饭，你也来。赵倩开玩笑说，我一个小老师，怎能跟尚书记同桌进餐？你折煞我吧。刘爱国说，哼哼，说能就能，有我呢！

第二天下午快下班的时候，尚德兴的手机响了。按下接听键，刘爱国在里头嚷嚷着说，尚书记，上午上班不是跟您约好了，您不会忘吧？咱哥俩好久不见，到我这里坐坐，我叫后厨做了几个家常菜，咱喝几杯。尚德兴还没说话，刘爱国又在里头说，没几个人，你都认识的。又强调说，还有你的一位粉丝哟！尚德兴刚想问是谁，刘爱国就又说，人都到齐了，就差尚书记您了，快来快来吧。

尚德兴赶紧放下手头的事情，把自己从繁忙的公务中挣脱出来。他伸了个懒腰，说，放松放松去。起身换了衣服，走出了镇政府的大门。

刘爱国的陶粒砂厂离镇政府也不太远，不到一公里。尚德兴没有开车，步行着去了。尚德兴其实也想走一走的，坐的时间长了，他想散散步。

尚德兴进厂门的时候，刘爱国已经等候在那里了。

刘爱国引着尚德兴到了餐厅的一个雅间，里面的四个人赶紧起身相迎。工商所长和副所长，认识，另外两个，眼生。刘爱国说，两个所长都认识，不用介绍了。刘爱国指着一位穿西服的男子说，这位是，我厂的陈总，主抓业务。又朝着赵倩说，这位是赵倩老师，尚书记的粉丝，听了你两次讲话，佩服得五体投地，说了几次要跟你认识一下，今天算是如愿以偿了。

尚德兴握了握陈总的手，微笑着朝赵倩点了点头，算是跟这位美女老师打了招呼。

尚德兴第一次到刘爱国的餐厅来，虽说是在镇上，却也不比市里的酒店差。房间里装修得豪华大方，墙壁是素雅的软包，顶部是富丽堂皇的吊灯，地上铺着鲜艳的纯毛地毯，桌椅沙发一色花梨木，盘碗碟筷也都是十分讲究的。

依次落座后，就开始上菜了。尚德兴发现，端菜的服务员同样也是漂亮端庄，婷婷袅袅的，和宾馆酒店里的相比，一点儿也不逊色。菜，大都是素菜，尝一口，很清新的味道。酒，是“酒鬼”牌子，更是好酒。工商所长可能是触景生情吧，指着酒瓶说，讲个不是段子的真事，前阵子，我家电棒坏了，水龙头也有点儿漏水，老婆就让她同科室的两个男同事去修。修好后，老婆说，歇会儿，我炒俩菜，在家吃饭。同事说，在家吃怪麻烦的，要不，喊上咱科室那两人街上吃去，嫂子你带两瓶酒，我们四个请你吃火锅去。老婆一听是个便宜事儿，就开始找酒。同事看见客厅里放着一箱酒鬼酒，说，嫂子你看，茅台五粮液是好酒，咱喝了可惜，剑南春也不赖，咱喝了也浪费，咱就凑合点儿，喝这酒鬼吧。老婆连说好好好，掂了两瓶就去了。吃火锅花了二百八，她还直说不好意思，她哪里知道，我这酒鬼酒，一瓶八百多，两瓶一千六，奶奶的，修个水龙头都合啥价了！

刘爱国说，女人嘛，一辈子谁会不办点儿傻事，我家那位更逗。有次我带她去一个同学家，人家两口子都是教师。同学爱人问她，嫂子贵姓？她说，姓张。人家又问，弓长张还是立早章？听听，多有学问。后来有个客户到我家来，还捎了些他们当地的土特产。我不在家，她就问客人，贵姓？客人说姓侯。她也想装个斯文，就又问，你是哪里的猴，是公猴还是母猴？客人笑笑说，嫂子真幽默，你看我像母猴吗？刘爱国说完，一桌人早已笑成了一团。

等大家笑够了，刘爱国说，不说了不说了，尚书记你先过一关吧。尚德兴说，你是地主，应该你先来。刘爱国说，你是领导，得先给我们赐酒，你先过，我跟着。

尚德兴说，过就过吧，反正谁也躲不过去。又说，我喝五个，先干为敬，然后给每位端两个吧。座上人都没意见。其实，尚德兴下乡一年多来，他已经掌握了这种技巧，在酒桌上，自己先多喝点儿，让别人少喝点儿，这比跟每个人都碰杯还是要少得多，爱护别人，就是变相地保护自己。

接着是刘爱国他们几个人轮流过关，他们选择的是挨个每人碰三杯。赵倩不喝酒，但禁不住几个人的劝，也喝了两杯，此时已是两颊绯红了。

轮到赵倩时，她起身给自己杯里添了些酒，又给所有人都满上，说，有幸跟尚书记，还有几位领导一块相聚，我敬各位一杯。

工商所长和副所长都不愿意，说，你过关呢，杯里酒太少，再添些。

赵倩满脸歉意地说，不敢添了，我真不能喝了。

工商所长说，哎哟赵老师，说话真好听。你呀，只管把酒满上，能不能喝不要紧，有人在等着“英雄救美”呢。

赵倩只得满上了，她不好意思让刘爱国替，眼睛一闭，一口就喝下去了。

所长高声说，好，爽快。我就说嘛，酒桌上这四种人是不可小视的，一是戴眼镜的，二是揣药片儿的，三是红脸蛋儿的，四是扎小辫儿的。

刘爱国高兴地说，今天就让你们见识一下咱这“扎小辫儿的”。

赵倩嗔了一眼，刘爱国就不说话了。

尚德兴见三瓶酒已经喝光了，摆摆手说，算了吧，都差不多了。刘爱国却说，不行不行，这才哪儿到哪儿啊？再喝一瓶。刘爱国说着又要开酒，赵倩拦住说，可以了，听尚书记的。刘爱国这才住了手。陈总见了，说，刘总，嘿嘿，往后啊，不愁没人管你。刘爱国瞟了赵倩一眼，很亲昵的样子。

工商所长也说，不喝就算了，酒这东西，喝多了还真出洋相。前段时间，我的一个朋友，晚上在洛河边上的一个养鳖场附近喝酒，结果醉了，回家路上吐了一地，迷迷糊糊地就在路边睡着了。一觉醒来，他发现自己身边黑压压围着很多老鳖。原来是老鳖吃了他的呕吐物都醉了。他一看，高兴坏了，心里说，这一醉，发财了！就爬起来找了个编织袋把老鳖都装起来，背着就往家走。走一会儿，觉得老沉，就把老鳖扔掉几只。走一会儿，老鳖还是老沉（陈），就又扔掉几只。走一会儿，老鳖还是老陈；走一会儿，老鳖还是老陈。

陈总猛然醒悟了，他是在骂自己呢，就起身指着所长笑骂道，你这货，吃荆条屙箩头，净在肚子里编吧。

大家这才回过神来，哈哈哈大笑起来。

刘爱国或许是因为赵倩在场，他想充一把好汉，或许真的是觉得没有喝过瘾，就又拿起酒瓶说，就冲这笑话也得再喝点儿。这个笑话是骂陈总的，所以他不想喝，但他又无法阻止他的老板，便朝着赵倩说，赵老师，你看刘总，你得管管，得管管。

赵倩可能是喝多了，歪在椅子上，细柳的腰肢，肥实的臀胯，既反差明显又过度自然，让几个醉醺醺的男人不由得心生慕妒，流连窥顾。她听见陈总给她说话，迷迷糊糊地说，我？我管？我可管不了啦。说着，就趴在了桌子上。

尚德兴见状，说，算了算了，有机会再聚，再聚。

众人出了雅间，相互握手话别，各自走了。

人都散去了，刘爱国推了推赵倩的肩膀，说，醒醒，醒醒，我送你回去。

赵倩轻轻“嗯”了一声，刘爱国架起她的胳膊，半搀扶半搂抱地扶她上了车。刘爱国一直开车把她送到楼下，拉开车门，把她扶出来，说，赵老师，到家了，叫你爱人，让他下来接你吧。

这么一折腾，赵倩醉得头都直不起来了。她有些语无伦次地嘟囔着说，他，怎么会，在家呢？我，自己，能上去，你别管，你，走吧。

怎么能让她自己上去呢？

刚才，刘爱国是嫌天太晚了，自己扶她上去，怕见了她爱人，造成误会，弄得尴尬。现在得知，她爱人不在家，也就放心了，便扶着她上楼去了。

赵倩摸出钥匙，抖抖索索打不开门，刘爱国接过来，才打开了。进去，家里静悄悄的。

刘爱国问，赵老师，你女儿呢？

赵倩说，啊，放学，奶奶，接走了吧。

刘爱国置身在别人家中，况且，又是女人，况且，又喝醉了，况且，又是深夜，他到底是有一些胆怯的。于是，他又问赵倩，你爱人，他，工作很忙吗？夜里，不常回家吗？

赵倩断断续续地说，嗯，是，这两年，很少，回家。嗯，不要，不要提他。

刘爱国开了灯，把赵倩放在沙发上，说，你先歇一会儿吧。

赵倩仍在说着，嗯，不提他，你，走吧，我，不送。

刘爱国的胆子忽然之间就大了起来，他扶起赵倩，一边往里走，一边说，来，我把你，扶进卧室，再走。刘爱国扶赵倩进了卧室，开了灯，又扶她慢慢躺在床上。看着床上的赵倩，刘爱国对赵倩的爱人有些不理解了，便想，这货，娶了这么个美人儿，晚上不回来，不是可惜了？

卧室的灯光很是柔和，刘爱国帮赵倩脱了鞋子，又脱了袜子，怔怔地看着那一双白皙而乖巧的小脚，心儿，如逃命的兔子一般，怦怦蹿跳。刘爱国愣了一下，便放开胆子摸了一下，又摸了一下。那双小脚只是颤抖了一下，并没有躲避，刘爱国的心儿，跳得更快了。忽然，刘爱国平静了，暗自说道，不可趁火打劫。思绪定了，刘爱国把赵倩放好，拉过被子，轻轻盖上，随即坐在床前，用手指刮了一下赵倩那泛红的脸蛋，很轻地说，你，很难受吗？赵倩摇摇头，闭着眼睛说：我，是不是很狼狈？刘爱国说，没有。

刘爱国说着，起身去给赵倩接了杯水，端过来说，喝点儿水吧。

赵倩接了，抿了一口，说，谢谢你了！

刘爱国说，不谢。这样说着，见赵倩有泪水滑落，刘爱国从纸盒里抽出纸来，在赵倩的眼角搌了一下，让那颗泪珠洇进纸巾里。刘爱国又抽出一页纸，递到赵倩手里，说，难受，就哭吧，一哭，就好了。

赵倩接过擦了擦眼泪，往地上狠狠一扔，说，哭啥，我才不哭呢，离了谁日子都能过。

刘爱国一下子显得有些无所适从了。他静了一下，说，那好吧，你也累了，睡吧。我在客厅，有事儿，只管叫我。

一夜相安无事。

赵倩是被客厅里那此起彼伏的呼噜声惊醒的。她睁开眼睛，阳光已经照射进来了。出来一看，刘爱国歪在沙发上睡得正香。刹那间，赵倩的心里泛起一丝活波波的涟漪。她返回卧室，拿了条毛毯搭在他身上，转身，进了厨房。

刘爱国醒来的时候，赵倩已经弄好了早餐。刘爱国喝了碗面汤，擦了擦嘴说，赵老师可真是上得厅堂，下得厨房啊。赵倩才喝了小半碗汤，她看着刘爱国说，你不知道的还多着呢。刘爱国说，有些事，我也知道一点儿。赵倩一惊，说，我说醉话了吗？你都知道什么了？刘爱国低声说，你的家。赵倩低了头，脸儿，忽地就红了。刘爱国说，没有他，你的日子未必就过不下去了吗？赵倩轻叹一声说，没有云，风也不会迷失方向。安静了一会儿，刘爱国忽然起身说，人，高兴，是一天，痛苦，也是一天。同样都是一天，何不快乐一天呢？赵倩吃惊地望着他，慢慢放下小碗，缓缓走到了刘爱国身边。刘爱国的目光变得柔软了，他说，我先下楼，等你，你赶紧收拾了，我送你去学校。

第一次听到这么暖心的话儿，赵倩的鼻子一酸，眼泪差点儿掉下来。转而她又笑了，这个土豪，以前，还真小瞧了他。

很快，赵倩就收拾好了，挎了包，锁了门，下了楼，上了车。关上车门的那一刻，赵倩忽然感受到了家庭般的温暖。

两个人的交往，渐渐地，密集起来了。

永安的春天，向来极短。刚刚还是满眼繁花，一眨眼，却已是初夏的光景了。或许真是因了匆匆二字，才叫人万般流连吧。在还没有开始的时候，便已经怀了一腔惜春之意，仿佛每一寸光阴，真的都是金子般的。然而初夏的绿，说到底是不同的，退去了年少的轻狂，平添了一些深沉老成的意思。

那是个雨过天晴的星期天，刘爱国出差回来了。他开着宝马，接了赵倩去野外散心。车子驶出市区，顿时有一种远离尘世的清静。洛水碧蓝，蓝到了人的心里。雨后的花草，树木，都像洗过似的，鲜润光亮，充满了朝气。

车子行驶在乡间的路面上，两边的油菜花正开得芬芳，满眼的黄，犹如仙境一般。正陶醉在美丽景色中的赵倩突然觉得车子在晃，回过神来，才发现，车子陷在路中央的泥潭里了。刘爱国脚踩油门，手打方向，讪讪地说，怎么会有这种情况呢。费了半天劲，车子还是在原地打转。刘爱国不好意思地说，我的技术不行，看来，咱得先下车了。赵倩问，下车，怎么办呢？刘爱国说，等吧，有过路的车，拖出来。说完，下车，打开后备厢，找钢丝绳，可是，翻了半天，也没有找到。

赵倩推开车门，愣住了，地上淤泥很深，根本没有下脚的地方，难怪车子开不出来呢。她犹豫了片刻，伸出脚，向事先看好的地方探了一下，却够不着。正自无奈，刘爱国却朝她喊，别动！赵倩吓了一跳，忙收回了脚。刘爱国过来，小声说，别动，我抱你下车。淤泥漫过了脚脖子，刘爱国啥也不顾了，他抱着她踮着脚涉过了淤泥地，来到了干燥的路上。赵倩被放下的一瞬间，忽然感觉，他的怀抱，是那样的踏实，那样的温暖，仿佛回到了从前，她真想在这踏实温暖的怀抱里踏踏实实地睡上一觉。

乡下的路，过往的车辆是很少的，两个人站在路边，就那么等待着。清爽的风，轻轻吹过，夕阳，映照着两个人的脸庞，那一刻，时光，似乎要静止了。

一辆农用车打破了乡村的平静，从远处驶过来了，赵倩赶紧招手。司机把车停下来，头伸出了窗外，看到陷在泥里的车，说，得拖出来，可我车上，没有钢丝绳，你跟我去前面厂里借吧。刘爱国说了声“行”，又朝赵倩说，钥匙还在车上，你在这儿等着，我一会儿就回来。说着，上了农用车，就去了。

太阳渐渐落下去了，赵倩一个人站在路边，心里突然害怕起来，也有了一些慌乱。

这时，一辆面包车从她身边驶了过去，却突然停了下来，难道是司机掉了什么东西？赵倩看见司机把头伸出窗外，张望了一会儿，掉转车头拐了回来。赵倩朝周围看了看，一个人也没有，她又一次慌乱起来，这个人，想干什么？车停在赵倩跟前，司机落下车窗问，咋了？赵倩懊恼地说，车，开不出来了。司机下车，看了赵倩一眼，说，让我试试，于是跳过淤泥，上车，打火，踩油门，把方向，前后左右一晃，车子，就从淤泥里开出来了。赵倩一下子兴奋了，说，谢谢你啊。司机说，小菜。说完就上车走了。赵倩赶忙拨了刘爱国的手机，对他说，你赶紧回来吧。刘爱国说，他们正在忙，不想去，我正跟人家商量拖车的事儿呢。赵倩说，你赶紧回来吧，车，开出来了。刘爱国一听车开出来了，连声说，好好好，马上回去。

天色渐渐地，渐渐地暗了下来，赵倩真的是有些害怕了。她焦急地等待着刘爱国，她盼望着他快点儿回到她的身边来。时间，一分一秒地流逝着，身处荒郊野外的她，却是越来越胆小了。她害怕了，她害怕黑暗。

刘爱国走进了赵倩的视线。赵倩彻底地崩溃了，她一阵风似的，扑了上去，扑进了刘爱国的怀里。赵倩觉得，她就像是扑进了一处安全的港湾。赵倩的手是湿润的，带有玉般的质感。她在抚摸他，轻轻的，缓缓的。她拉过刘爱国的手，放在自己的胸口上，让他感受到她心脏的狂跳，还有她的惊乱。赵倩突然依偎在他的怀里，闭上了眼睛。

赵倩享受的是跟刘爱国在一起的那种感觉。这个从小在城市里长大的女人，在田野里认识了蒲公英，认识了面条菜，认识了许多的树木花草，还有庄稼。这些，都是刘爱国教她的。刘爱国弯下身子，为她拔几棵野菜，告诉她，熬进汤里，清热。赵倩跟在他的身后，感受到的是父亲般的温暖。赵倩虽然没有离婚，但丈夫长期不回家，婚姻已是名存实亡，她便有了一种“恨别鸟惊心”的孤独感。但是，刘爱国的一句话，却醉到了心里，热到了骨子里。

黄河水，洛河水，在汇流处翻腾着，一会儿，缠在一起，一会儿，又分离开来，刘爱国在她耳边轻轻地说，这辈子，我，不想让你受委屈。

那一夜，她就轻而易举地心甘情愿地被刘爱国俘虏了。她不是小姑娘了，但也不轻佻，教师的职业情操让她慎之又慎。但是，在他面前，她就变成一个小女人，变成了一个大男人的小媳妇。她感觉到了，她被捧在心窝里了，如果，这个刘爱国，把她当作一块酥饼，一口一口地吃了，她也愿意。

有那么几次，刘爱国试试探探地说，咱们，在一起吧，我来，照顾你。她没有吭声，她是不会答应的。她想到了他的老婆，想到了他的儿子，她也想到了自己的丈夫，想到了自己的女儿，甚至还想到了公公婆婆，想到了学校和学生。她不想让他伤筋断骨，这样的疼痛自己又何尝没有尝过？她尝过，自己一个人，饭都顾不上吃，就去给学生上课，女儿在家哇哇啼哭，丈夫却在别处笙歌艳舞。她恨死了那些不要脸面的女人，可是现在，自己是怎么了，怎么也走上了这条通往歧途的岔道？她一次次地想过，要拒绝和他见面，但她，总也做不到。

和刘爱国在一起的日子，她觉得，自己的灵魂变得轻盈了，也忘记了自己究竟是谁了。一个辗转难眠的深夜，她披衣而起，写了一条短信，发给了出差在外的刘爱国：有一种陪伴，不在身边，却给了我一世的温暖。有一种爱，无关婚姻，却是我生命中无可替代的风景。习惯依赖，习惯有你的日子。每每想起，有人每时每刻都在惦念着，好暖！就这样把你念在了心间，念着每一天，一念，倾城，一念，永远！

十一

尚德兴每天的工作是琐碎而又忙碌的。时间，就在这忙碌的工作中流逝，时间，也被这琐碎的事情分割得零零散散，细细碎碎。

这几天，有几件事情让尚德兴感觉到有些棘手，有些头疼。事情不算太大，但绝不能轻视。下面的几个村子里忽然冒出了几起邪教，有呼喊派的，有信全能神的，另有几个村子里，搞起了封建迷信，大张旗鼓地在建庙宇，也有传言，说是“世界末日”到了，传得人心有些慌乱。还有几个村子闹了几起上访事件，这就把局面闹得很不稳定了。

其他都好说，最不好收拾的是那几起上访事件。也不是什么大事儿，实际上都是些没有处理好的矛盾，比如邻里纠纷，比如干群矛盾，比如家庭不和睦，都是些鸡毛蒜皮的事儿。没有什么更好的办法，也没有什么捷径可走，尚德兴就跟镇干部一起，在村干部的配合下，来到村里，上门入户，排查各村各组的热点矛盾和不稳定因素，并予以疏导化解。对于应该解决能够解决的事情，就尽快解决；不好解决的事情，能解决多少就先解决多少；当时不能解决的，给当事人说明情况，求得谅解，限期解决；有些涉法涉诉的事情，就通过法律渠道解决；对于那些胡搅蛮缠，无理强占三分，不听解释，到上级上访，劝阻无效的，就强制遣送回去，避免他们到处乱跑，扰乱社会秩序，破坏稳定局势。

经过集中整治，这一摊子麻烦事儿刚刚按下，那边的迷信活动就又失去控制，猖獗狂妄起来了。烧香、磕头、祷告的，一起子又一起子，把启里搞得乌烟瘴气，还引发过一起山林失火。丢了东西，或是被偷了东西，不管丢的是啥，也不报案了，也不寻找了，而是去找巫婆神汉算卦。有人生了病，也不去医院治疗，却去求神拜佛，结果把病给耽误了，让人丢了性命。更有甚者，有人故意装神弄鬼，妖言惑众，骗人钱财，镇政府就有些坐不住了。经过上报请示，王店镇决定拆庙扒神像。

这个任务理所当然地落在了尚德兴的头上。

拆庙，这可不是个美差，一般没人愿意干的。拆庙是对鬼神的不敬，扒神像又是亵渎神灵的事情，按照迷信的说法，是要遭报应的。小庙，都是建在村里，里面供奉的有观音菩萨、关老爷、龙王爷、土地爷、送子奶奶、卢医爷、山神、财神、仙姑等。村民们有什么愿望了，就选个初一或是十五的黄道日子，去庙里拜神，烧香，许愿，不管能不能解决问题，反正信则有，不信则无，心诚则灵，求得一种心理安慰。其实这又管什么用呢？那些享受了人们顶礼膜拜的泥胎塑像，它又能给人们带来什么福音呢？传说有个叫“张打油”的农民，他用数字作了一首《骂菩萨》的打油诗，形象，传神，脍炙人口：一声不响，两目无光，三餐不食，四体不勤，五谷不分，六神无主，七窍生烟，八面威风，九（久）坐不动，十分无用。然而，就是这样的菩萨，给人带来安慰，带来心灵的寄托。

但是，安慰也好，寄托也罢，尚德兴已经很难顾及这些了。镇里的决定无法更改，领导的想法也不能改变，尚德兴能够做到的，只有执行。所以，天刚麻麻亮，尚德兴就带着十几名机关干部和几个民警，分乘几辆车，往南面的青龙山去了。

善男信女们修建的一座玉皇圣母庙就坐落于半山腰上，殿宇毗连，掩映在葱茏的古木之中，很有气势。曲径通幽处，禅房花木深。有人说，这庙里供的神仙是三圣母，非常灵验，在这一带，香火也是最旺盛的。

尚德兴带着人就是要拆这座庙的神像。

对于这事儿，尚德兴也很忐忑，心里也多多少少有一点儿不情愿。俗话说，头顶三尺有神灵，拆神灵大仙的庙宇住处，毕竟不是一件好事儿，说不定真要遭报应的！然而，镇党委、镇政府的决定总不能违抗，不执行吧！

奶奶的！那就拆吧！可是，叫谁先动手呢？谁会愿意先动手呢？尚德兴就有些犯愁了。

坐在身旁的张润平似乎猜透了尚德兴的心思，凑过来说，尚书记，我知道你在发啥愁哩。尚德兴疑惑地看了他一眼，反问道，你说我发啥愁哩？张润平狡黠地一笑，说，扒庙不是修庙，也不是扒一般的违章建筑，大家心里都比较忌讳，更没人愿意动手扒第一下，大家心知肚明，都不想说出来而已。

尚德兴不置可否地笑了一下。

张润平继续说，前一段盛传，说是老庙山里有一棵两千多年的老栎树，因为树龄很长，被当地人奉为神树，神树前摆着供桌和香炉，许多人有事没事都来烧烧香拜拜神树。偏偏有个二愣子，不信邪，非要上树砍树枝，结果你猜怎么着，树枝没砍断，自己不知怎么就掉下来摔成了半瘫。大家都说，这是神灵不可欺，年轻人遭了报应，活该！

尚德兴皱皱眉头说，我也听说了这件事，不知是真是假？传得神乎其神的。

张润平说，因此啊，您作为这次行动的指挥长，很伤脑筋。不过，我给您出个主意，到时，您让咱们机关的“老机灵”晋才打头炮，大伙跟着就好办了。

尚德兴点点头说，也好，就是不知道晋才今天买不买我的账？

张润平底气十足地说，应该没问题，他虽然只是一名普通干部，是个见谁都爱开玩笑的大活宝，但脑子灵活，办法多，也最听领导的话了。有时，老机灵想的办法，一般人还真想不出来呢。

张润平看看尚德兴继续说，镇上的人都知道，早些年，晋才跟人合伙做生意，想弄点儿外快，结果被骗了，贷款还不了，合伙人也跑了，银行就把晋才起诉到法院了。有一天，身着便服的三个法院人员找到了他家，正好，他和他老婆都在院子里。法院人问，这是晋才家吗？他一看就知道是咋回事儿了，可他也没有慌张，而是连连点头说，就是就是，他不在家，这是他老婆，我正等他要账哩。晋才老婆也觉出事情不妙，怯怯地问，你们是哪儿的，找他弄啥？法院人说，我们是法院的，找晋才说点事儿。老婆还没来得及接腔，他对自己老婆说，噫，嫂子，你们家有客人，我就不等了，我那俩钱，改天再来找晋才哥要吧。这样说着，他就大摇大摆地从法院人员的眼皮底下溜走了。后来，这事儿传开了，都说，法院的人真窝囊，三个大盖帽被一个“老机灵”给耍了。

尚德兴听了，哈哈一笑说，晋才这个人，果然机灵。张润平说，在咱这地方，还流传着他一个段子哩。尚德兴笑着“噢”了一声。

张润平说，在他老家一带，有个习惯，小孩儿拉屎了，就让狗来舔吃。有一回，他两岁的孙子在院子里拉屎了，儿媳妇说，爹，咱的大黄狗哩？赶紧叫回来。晋才就出去找他家的大黄狗，可出去看到，大黄狗正骑着邻居家的黑母狗交配哩，就扭头回来了。儿媳妇问，狗呢？他没法说，只好胡乱应付着说，狗，狗不回来。儿媳妇说，咋啦，你不会把它叫回来？晋才说，叫了，叫也不回来。儿媳妇又说，到底咋啦？晋才支吾着说，它，正忙着哩。儿媳妇有点儿生老公公的气了，气呼呼地说，噫，它个畜生，还会咋忙？我去叫。儿媳妇说完，噔噔噔地出去了，不一会儿，红着脸回来了，一气儿不吭，拿起铁锨，把那泡屎铲起来扔到院角的粪堆上了。

他的话音刚落，一车人都笑翻了。

说笑间，车子已经开到了半山腰的玉皇圣母庙。下车一看，这庙建得果然气派，门楼高大，庭院宽阔，那天是个烧香的好日子，还有几个进进出出的香客呢。大家进了庙堂，朦朦胧胧中，只见一尊神像高踞神龛之上，供桌前香炉中燃着三炷手指粗的高香，香烟袅袅，雾气四散。神像前的黄色幔布，长年被烟熏火燎，一片灰黑。正堂那张红木桌，斑斑驳驳，上面供着几盘水果，桌脚上隐隐约约现出几行描金篆字，诉说着这红木桌的历史。眼前的一切，叫人觉得森严肃穆，庄严神圣。

虽然是泥土做的神像，但是，在场的人多少都有一些敬畏感，谁也不愿意第一个动手。

尚德兴见众人在三圣母大殿站定，笑着招呼说，大家往后边退退，旁边站站，请晋才老师往前面来。

平常晋才好开玩笑，人缘好，但镇领导叫他老师，尤其是当着这么多人的面叫他老师的，应该还是第一次。

大伙儿有点儿意外，但也知道这是赶鸭子上架，哄着死猫上树哩，赶紧闪到一边，中间留下一片空地。

晋才无可奈何又受宠若惊地几步来到尚德兴身边，也即是佛像前的位置。

尚德兴说，老晋，您在机关工作时间长，今天来的这些人中，您年龄最大，经验丰富，见多识广，您先说几句，带个头咱把活儿干了？

“老机灵”脑子飞快地旋转着，这真叫越是怕狼来吓，本来想着在人群中胡乱干点儿就万事大吉了，没想到尚书记当着这么多人的面把自己恭维了一番，戴个高帽，又将了一军，罢罢罢，也只有勉为其难了。

晋才口中答应着，中啊，中啊，就走到三圣母神像面前说，大慈大悲的三圣母啊，您要是怪罪，要是报应，这都是上级安排的，您就怪罪报应他们，包括尚德兴，包括今天来的其他人，可别怪罪报应我噢。可是这话他并没敢说出口，只是在肚子里咕哝了一下。大家看到，晋才来到神像面前，虔诚地拜了三拜，又跪下去，恭恭敬敬地磕了三个头，然后一本正经地说，大慈大悲的三圣母，您宽恕我们吧！我们也是迫不得已，奉命行事，今日毁了您的贵体，您老人家可别记恨怪罪我们，等到以后政策允许，俺们大伙儿一定再给您翻修庙宇，重塑金身！说完，起身，抡起镢头，朝着神像砸了下去，那泥塑的胳膊就掉下了一截。晋才抡了第一下，扔了镢头，转身就出去了。有人带了头，大伙儿就没有什么顾忌了，尚德兴喊一声“上”，大伙儿一起动手，镢飞锨舞，不一会儿，就把神像拆掉了。碎砖烂泥土坯垃圾，也不用清理，一行人上车就回去了。

返回镇里的时候，开饭时间快到了，他们提前来到了食堂里。大家一边等着开饭，一边议论着上午的事儿，也议论着“老机灵”。可是，晋才一点儿兴致也没有，也不跟大伙儿说笑，耷拉着头，坐在一边，很无趣的样子。食堂的司务长赵国才走到晋才跟前，摸着他的头说，我的干儿子，你咋这么能干哩？

赵国才和老机灵年龄相仿，两人平时一见面就没大没小，老是玩笑不断。

晋才这时候还没有缓过劲儿，心里正烦躁，就有些不耐烦了，一把挡开赵国才的手，说，你才是我的干儿子哩，快点儿，喊干爹！

就有人起哄说，别光耍嘴皮子，来点儿真的，干爹得给干儿子发压岁钱！

赵国才抢着说，中中中，只要“老机灵”当着大伙儿的面，给我磕仨头，喊我一声干爹，我当场给他二百块钱！

晋才看了他一眼，说，你这话，当真？

赵国才拍着胸脯说，君子一言，驷马难追！

大伙儿都没想到，晋才“扑通”一声，趴在地上，“咚咚咚”，真的磕了三个响头，站起来，拍拍腿上的灰，朝着赵国才说，干爹，给孩儿发钱。

大伙儿嘻嘻哈哈地笑将起来了，都不明白，也不理解，从来不吃亏的老机灵，今儿个是咋了？莫非是刚才冒犯了三圣母，脑子里进水了？不然，咋会为这区区二百元钱，又是磕头，又是喊爹，真就给人家当干儿子了？

赵国才也没有防住这老机灵真来这一手，可是，人家头也磕了，爹也喊了，自己的话也说出去了，不能耍赖皮，也不能说话不算数，他只得从口袋里掏出二百块钱，扬了扬说，给给给，拿去花吧我的儿。

晋才走过去，并不接赵国才的钱，而是笑着说，咱都是一家人了，咋好意思拿你的钱哩？这不，大伙儿都等着开饭呢，正好食堂饭也没好，你请大伙儿到“鸿福楼”吃顿饭，就当你认干儿子哩。

众人起哄说，中中中，应该应该，认这么大个干儿子，请客请客。

赵国才笑着说，中！中中！今儿个干爹高兴，大伙儿都有份儿，走，喝酒去！

大伙儿闹闹哄哄地来到镇政府附近的“鸿福楼”酒家，晋才他们一群人兴高采烈地又吃又喝，赵国才去结账的时候差点儿晕过去，酒菜钱一共一千三百多元。

这事儿，还没有到头。

从那儿以后，晋才去食堂买饭，饭票也不掏了，打完饭菜，笑着对厨师说，记账记账，记俺干爹账上！厨师问，谁是你干爹？晋才大拇指一挑，说，司务长，赵国才！到月底一算账，赵国才又贴进去二百块。赵国才嘟囔着说，这个“老机灵”，老这样弄，谁受得了？

一天，赵国才的老婆来镇里看他，中午时候，晋才在食堂里碰见了，就死皮赖脸地喊了一声“干娘”。赵国才老婆不知道咋回事儿，弄了个大红脸。晋才笑着对赵国才说，干爹，干儿我饿了，俺干娘也来了，叫俺吃口奶吧！赵国才老婆听见了，羞红了脸，骂一声“鳖孙”，撂下饭碗就走，饭也不吃了。

赵国才脸上有点儿挂不住了，生气地说，晋才，老机灵，你这样，有点儿过分了吧！晋才也没客气，冷了脸，说，过啥分？我那干儿是白当哩！赵国才就说，老机灵，你饶了我吧，这回，算我输了，我真服你了，以后咱俩，再也不乱了，这干爹，我也不当了！晋才说，你说不当就不当了？我可是当众给你磕过头的，你要不愿当，也得当着大家的面给我磕三个头，咱俩重变回原先去。赵国才真不愿意再这样乱下去了，无奈地说，好好好，不就仨头嘛，我磕给你！

赵国才趴在地上，“咚咚咚”给老机灵磕了三个响头，这事才算扯平了。

十二

年底前，接二连三的应酬，尚德兴整天喝得昏天地暗的。

尚德兴说，我不行了，真受不了啦，我怕是坚持不下去了。

姜书记鼓励他说，坚持，再顶几天，等几项检查完了，我给你放假，让你歇够！

尚德兴只得硬顶着，只得坚持着。

尚德兴害怕的并不是工作累，他是喝酒喝怕了。

这段时间，市里对各部门各乡镇进行集中年底检查，由于尚德兴年轻，又有酒量，姜书记就让他负责接待。现在上头的检查，无非是下来听听汇报，看看资料，走走过场，谈谈聊聊，这些都好应付，比较艰巨的就是招待工作，招待好了，工作也就干好了，吃好了，你好我也好，一切都好了。姜书记对招待的规格非常重视，对于上头下来的检查人员，无论是领导还是一般干部，都把他们视为领导级别，都要尚德兴亲自招待。尚德兴抱怨说，我现在，简直成了三陪了，陪吃陪喝陪唱歌跳舞。尽管尚德兴的酒量很大，可偏偏下来的这些干部中也不乏酒坛高手，每次招待，双方都喝得天昏地暗。这种喝法，谁受得了？几次下来，尚德兴就有些招架不住了，就感觉胃部也隐隐作痛了。尚德兴说，中午陪，晚上陪，终于陪成了胃下垂，这话，就是说我的。可他却没有退路，他就是把自己的胃垂到屁股上，也照样得喝！那天晚上的招待宴，尚德兴又喝多了，躺在床上，给程志远打电话，硬着舌头说，快来看看我吧，我要死了。程志远就担心起他来了，嘱咐他少喝点儿，悠着点儿，注意点儿。但他却是身不由己呀！第二天下午来检查的是市政法委的三个干部，到了晚上，尚德兴又是硬着头皮一顿猛喝，不用说，又喝高了。尚德兴勉强把他们送走，一进办公室，就觉得胃里翻滚着直往上涌。他冲向卫生间，还没跑到，就哇哇哇地吐起来了，屋里顿时狼藉一片，充满了刺鼻的酒臭。刚巧，刘爱国来找他，碰上了，一边埋怨着，一边就帮他打扫了，安顿他睡下，这才离去。

好不容易应付完了检查，尚德兴可算是松了一口气。刚有个喘息的机会，姜书记又叫他了。他跨进姜书记的门，苦着脸说，是不是要给我放假啊？姜书记叹口气说，唉，你还不能歇啊。姜书记忽而又变得严肃了，他说，这一阵子，出现了一个邪教组织，活动很频繁，气焰很猖獗，全国上下正在整治。这个邪教也传进了咱王店镇，先在冷沟出现了，你带人去调查一下，看是个什么情况，抓紧把这个邪教给连窝端了，把参加的人员控制住，好好说服教育，然后送他们各自回家。尚德兴点点头说，好，我马上就去。

尚德兴不敢耽搁一分钟，出门叫了辆车，就领人往冷沟出发了。车上，尚德兴说，情况比较紧急，咱商量一下咋弄吧。大家议论来议论去，最后尚德兴一锤定音说，咱们先从外围了解情况，接着帮教转化，对那些顽固不化的，强制惩处。有个干部说，这些人，受了李洪志的蛊惑，顽固着哩。又有个干部说，这些人，不知道咋想哩，连政府的打击都不怕了，还说，怕啥怕，头掉了，身子照样打坐！尚德兴说，咱不说那么多了，咱只说咱冷沟的事儿。尚德兴又说，邪教分子的帮教转化，事关全镇社会大局的稳定，这事儿，不敢有半点儿马虎啊！

冷沟是王店镇最偏僻的一个村子，尚德兴他们赶到冷沟的时候，已经是上午十点多了。一下车，尚德兴顾不上喘口气，就召集支村两委成员和村民组长开会，了解邪教分子的活动情况。村支书说，这些邪教分子大都他娘的一根筋，对他们的教主，忠诚得很！也有人说，这些人，平常看不出有啥特殊的，谁知道，不吭不哈地可就入教了。也有人说，入教就入教吧，你信个主信个神有啥不好哩，还跟政府作对，这回，不收拾他收拾谁？尚德兴纠正说，咱们注意方式方法啊，不是收拾，是取缔组织，就是取消他们这一伙人的活动场所，对这些人，是转化，是帮教，改正了，回家该干啥干啥。尚德兴看了下时间，已是中午了，说，人是铁，饭是钢，先吃饭，下午，咱们大家要根据情况，见机行事，用真情感化他们。

下午，村干部就通知了几个邪教骨干到村委会开会。

会上，尚德兴对他们说，这个组织，党中央已经明确定性，属于邪教组织，李洪志的那些主张，都是歪理邪说，又有反党性质，是非法的，政府明令一定要取缔，大家都醒醒吧，别再执迷不悟地跟着瞎跑了。有人小声咕哝说，俺信个这，咋着啦，政府不是说信仰自由吗？尚德兴说，信仰自由的前提是要拥护党和政府的领导，不造谣惑众，不蛊惑人心，不扰乱社会的公共秩序。尚德兴苦口婆心地谈了几个小时，天快黑的时候，一群人嚷嚷着说，就这吧就这吧，既然是政府不让练，那就不练了。尚德兴看看天色已晚，无奈地说，其实呢，大家也都是受害者，能够悬崖勒马，回头是岸，这就很好，以后，大家都要崇尚科学，远离邪教。他顿一下接着说，大家都回去吧，该吃饭吃饭，该干活儿干活儿，要始终跟政府保持一致，这就对了。

那些人都散去后，尚德兴对村支书说，不敢放松啊，还得密切注意他们的动向，有啥情况随时联系。他交代过了，就带着人返回镇里去。路上，尚德兴感觉，好像是没费什么大劲儿，就把问题给解决了，因此，他的心情就有些轻松，有些舒畅。快到镇里时，尚德兴的手机响了，一看，是冷沟的村支书打来的。支书慌慌张张地说，不好了不好了，尚书记，你刚走，那些人吃过饭后，又换了个地方，就聚在村东头的几孔大窑里练开功了，你说咋弄吧？尚德兴一听，忙对司机说，停车停车。又对着手机说，你赶紧通知村干部，先监视他们，我马上返回去。挂了电话，尚德兴说，调头，回冷沟！车子调过了头，尚德兴又给镇派出所所长打电话，说了冷沟的情况，让他马上出警，到冷沟来支援一下，把这些聚会的邪教人员控制起来。

尚德兴快要到冷沟的时候，派出所的警车赶上来了，他们直接就去了村东头，支书领人也在那里等候着。三支人马会合后，所长问，尚书记，咋弄？尚德兴果断地说，控制起来，带回镇里。一帮人一拥而上，包围起来。所长喊一声，都别动都别动，排队，上车！窑洞里的人一看事儿不妙，乖乖地跟着上车了。

也有两个机灵的，趁人不注意，偷偷跑掉了。尚德兴看见了，问，刚才逃跑的两个人是谁？有人回答说，是狗儿两口子。尚德兴说，咋叫狗儿？支书说，这家伙好养狗，就得了个外号叫狗儿。尚德兴对所长说，你看住这群人，我和支书去找他。所长说，去俩民警。四个人到了狗儿家，见大门紧闭着，支书扯着嗓子喊，开门开门！喊了几声没人答应，一位民警大喊，我是警察，赶紧开门，再不开就强行进去了！喊过后，院子里有了动静。一会儿，大门开了，尚德兴一步就迈了进去。支书喊一声，注意狗！话音未落，一条大黑狗呼地扑上来，朝着尚德兴的右腿就咬了一口。尚德兴“啊”的一声，坐在地上，捂住了伤口。狗儿两口子赶紧跑出来，见尚德兴坐在地上，众人都围在那里。狗儿到跟前一看，见尚德兴腿上流血了，知道闯了大祸，吓坏了，掂根杠子就撵着狗打。支书生气地骂起来，日你娘狗儿，你想弄啥？逃跑不说，还放狗咬人，你看看，把尚书记咬伤了不是？逮捕你个鳖孙哩！狗儿慌忙丢下杠子，到尚德兴跟前，说，书记书记，我可没有故意放狗啊。尚德兴忍住疼痛说，你也别打狗了，赶紧把狗拴好。尚德兴吸了一口气，说，啥也不说了，你们两个，跟民警去镇里。民警领着狗儿两口子一边往外走，一边给所长打电话，让过来辆车，送尚书记到防疫站去打狂犬疫苗。

镇里给这些邪教分子举办了一期学习班，专门派人讲课，进行帮教。帮教人员给他们讲了邪教的危害，讲了崇尚科学远离邪教的好处，这些人都认为，这是一次洗涤心灵、净化灵魂的全新过程。尚德兴瘸着腿也来讲了两次话，让这些人很受感动，他们感激政府、感激尚书记让他们走出迷途，回到了正常的工作和生活中。学习班结束的时候，这些人真诚地说，啥也不说了，尚书记为了教育咱，腿都受伤了，就看在这一点儿上，咱们回去好好干活儿，好好挣钱，说啥也不再练邪教了。

那天下午，已经下班了，尚德兴正在办公室里总结这次帮教活动的材料。快写完时，忽然收到程志远发来的一条短信：一个局长嫖娼被捉，纪委书记责令他用简练的语言写下事情经过，并做深刻检讨。局长一句话就高度概括了：在屁大的地方犯下了天大的错误。纪委书记看后觉得很深刻，但过于抽象，要求他细化、量化，用数据说话。局长又进行了充实，改成了：因一个人寂寞，找二个人快活，得三分钟快感，付四百元小费，遭五千元罚款，扣六个月奖金，受七天拘留，倒八辈子血霉，借九个胆也不敢了，现在十分后悔呀。组织部评价说，深刻，直观，具体，很好很好，继续提拔！

这样的段子是任何时候都消灭不了的，现在手机短信的盛行，又为段子的肆虐泛滥提供了更大的平台，更使各色各类短信在空气中乱飞，随手一抓一大把，虽然有些粗俗，甚至下流，但也不乏切中时弊的神来之笔。

尚德兴刚看完，程志远又发了一条：妇联主席、组织部长、宣传部长、财政局长、纪委书记一起吃饭，酒喝到一定程度的时候，大家就提议，以在座人的职务特点来行酒令，说不上来的喝酒。妇联主席指着右边坐主位的组织部长说，组织部长死后三年撬不开牙。大家喝彩。组织部长指着右边的宣传部长说，宣传部长死后三年闭不上嘴。大家又喝彩。宣传部长指着右边的财政局长说，财政局长死后三年还紧捂口袋。大家就笑了。财政局长指着右边的纪委书记说，纪委书记死后三年还瞪着眼。最后轮到纪委书记了，他呵呵一笑，指着妇联主席说，我们都不算什么，妇联主席最牛，死后三年还合不拢腿。

尚德兴回了程志远一个短信：老同学的日子挺滋润啊。程志远却回短信说：其实很沮丧，烦心事特多，苦中作乐而已。尚德兴又回过去：有什么不开心的？把你不开心的事情说出来，让大家开心一下。

没等程志远回复，尚德兴听到门外响起轻轻的叩门声。他又发过去一条：有人来，撤了。尚德兴一边按下“发送”，一边说，请进。

进来的是李萍。李萍一进门就说，听说你被狗咬了，我来看看你。说着就把带来的水果放在茶几上。尚德兴忙说，快坐快坐。一边倒水，一边又说，没事儿没事儿，这点儿小事，还惊动你亲自来看我。李萍说，咋不小心哩？快让我看看。李萍说着就要拉尚德兴的裤腿，尚德兴慌忙护住说，别别别，真的没事儿，都快好了。说着就把李萍让在沙发上坐了。李萍说，唉，我听说后，真为你担心，幸亏有惊无险，受伤不重。

说到这里，两个人一时都无话了。沉默一会儿，李萍的情绪忽而就低落下来，她轻呷一口水，说，尚书记，你天赋好，起点高，又勤奋，肯定有前途，祝愿你能早日晋升！尚德兴摆摆手说，我这人，得过且过，没想太多，只管耕耘，不问前程。李萍笑笑说，尚书记就是和别人不一样，有种特别的气质，我就喜欢这种气质的男人。尚德兴觉得，李萍的话有些露骨，他笑了一下，没有接腔。其实，他也是无法接腔的。李萍并没有顾忌尚德兴的情绪继续说，我希望，能跟这样的男人一醉方休，哎尚书记，咱俩喝一杯怎么样？尚德兴在心里暗暗地说，这女人，进攻太直接了吧。转而又想，是不是自己太敏感，想得太多？或许，是她遇见了什么事儿了吧，只不过是想找个人倾诉一下，或许是想借酒消愁一下？可是现在，孤男寡女的，又是在办公室里，被人看见，影响多不好。这样想着，尚德兴就木木地坐着，显出了犹犹豫豫的样子。李萍盯着尚德兴说，我知道，尚书记，你身上有伤，不能喝酒，那就，我喝酒，你喝茶，怎么样？尚德兴还是犹豫不决。李萍索性撒起娇来，嗲声嗲气地说，行不行嘛尚大书记？尚德兴听了，不得不应允了，他便起身走进卧室，拿出来一瓶仰韶酒，搁在茶几上。尚德兴说，你等会儿，我出去弄点儿菜，你就着喝吧。李萍见状，从随身的小包里掏出一袋薯片，还有一袋豆干，放在茶几上，莞尔一笑，说，自带着呢。尚德兴只得拉把椅子与李萍对坐了，少不得要陪她喝一杯。

李萍先给尚德兴倒了杯水，然后打开酒瓶，拿过一个茶杯满上了。李萍端起来，小声说，尚书记，嗯，兴哥，还是你，嗯，善解人意。尚德兴无法接话，只好端起茶杯，跟她碰了一下。李萍瞟了一眼尚德兴，豪爽地喝下去一大口，呛得她直咳嗽。

尚德兴隐隐听说过一些李萍的伤心事。李萍农大毕业后，分到了一个偏僻的小镇里，年轻漂亮的她很快就和镇党委书记有了暧昧关系。在那个书记的帮助下，两年以后，李萍被调到王店镇，当了副镇长，在这里一干就是九年。虽然她的工作比较出色，但是别人都知道她跟那位书记的绯闻，对她就有一些轻看，每逢有升迁机会，镇领导总不推荐她。她也几次向组织提出想调回市直单位去，但是每次都不能如愿。结婚几年了，她也没有生孩子，丈夫虽然嘴上不说，但也风闻了她的过去，夫妻关系就这么一直半死不活着。去年，倒是有一次调回市里的机会，她幻想着，赶紧调回市里，跟丈夫生个孩子，改善一下家庭关系。可是，不知什么原因，她的希望却又落空了。或许，她的伤心，就在这里吧。

李萍见尚德兴没有说话，端起酒杯，头一扬，把剩下的酒一口喝下去，然后，又把杯子添满了。尚德兴赶忙劝住她，说，你，少喝一点儿。李萍已经有了一些醉意，端起来，又抿了一口，就有泪水顺着眼角细细的鱼尾纹滑落下来了。

尚德兴起身拿过一条湿毛巾，递到李萍手里，示意她擦擦脸。李萍伸手接过，顺势却把尚德兴的手给握住了。李萍的手，在颤抖着，身子，也在颤抖着。尚德兴一时窘在那里，想抽，却没能抽出来。李萍就那么紧紧握着尚德兴的手，抽泣着说，我知道，你们谁都看不起我，觉得我是个轻薄的女人，可是，又有谁，懂得我的苦衷呢？尚德兴轻轻抽回自己的手，怔了一下，便在李萍的手背上拍了两下，说，李镇长，你，醉了，我送你，回去吧。李萍冷笑一下说，哼哼，笑话，我醉了吗？没有，我清醒得很，我清醒得连你现在想的什么，都知道。尚德兴说，李镇长，我对你，很尊重的，我其实，也没有想什么。李萍又轻松地笑一下说，我的尚大书记，你也不必掩饰，我能感觉到的，你和他们一样，看不起我，在你心里，我就是个不正经的女人！可是你知道吗？那个人仗着书记的地位和权势，先是威逼我，然后强行，强行占有了我，我一个弱女子，又能怎么样呢？我想了三天，也哭了三天，最后，我只能，认命了！

李萍说到伤心之处，竟呜呜咽咽抽泣起来。好在，她还没有醉得扶不起来，她还知道压抑着自己的声音。她这样压抑着，也是在为尚德兴着想，她也害怕，别人要是听到了，不知又会制造出怎样的桃色新闻来。

李萍的年龄跟尚德兴相当，又颇有些姿色，无论如何都算得上是一个美女，或者说是风韵犹存的徐娘。只是，由于是在乡镇工作，经受了太多的风吹日晒，才使她的容颜显得有些沧桑。其实，要不是那个书记后来被双规，说不定她会爬上更高的位置，可能也不会一直待在乡镇里吧。

此时，尚德兴真的不知道应该怎样劝她了，只得敷衍着说，咱们，在一起，工作了这么长时间，印象，都是不错的，你，工作能力这么强，是大家公认的好干部，好领导，谁也不会对你有什么看法的，我，对你也是，很敬佩的。

李萍止住了哽咽，无奈地摇头笑一下说，唉，我知道，你是在，安慰我，其实，你的心里，是在拒绝我呢！

尚德兴忽然有了一种被别人揭穿谎言般的尴尬，她说得不错，在心里，自己确实在拒绝她，排斥她，刻意跟她保持着特定的距离。李萍这么说，着实让他有些羞愧，但他还是说，你，别这么想，真的，我对你，是很尊敬的。李萍听了，撇了下嘴，很有些嘲笑的意思。尚德兴看见了，又说，你别不相信，真的，你一直在乡镇工作，我得多多向你学习呢。

在那杯仰韶酒的侵蚀下，李萍的那颗心，萌动了，面庞，如桃花娇艳，眼睛里放出柔柔的光来，仗着这二两的酒意，站起身，把尚德兴连身子带椅背一下搂住了。她在尚德兴耳畔哈着热气说，我知道你是个好男人，你是我唯一可以说说心里话的男人，如果，如果你真的，在乎我，就用行动，来证明吧！

尚德兴一下子愣在了那里，他的心，怦怦跳动，好像就要从胸腔里跳出来了。在以往的日子里，他能够感觉到李萍对自己的那份心思，但他没有想到，这个女人，竟然如此大胆，如此泼辣。其实，这么些年，她一直压抑着自己的感情，先是被人逼迫，后是跟丈夫淡漠，生活在真情之外的她，现在遇见了年轻实干又心仪的男人，怎不叫她忘乎所以，不顾一切呢？

不过，很快地，尚德兴就镇静下来，他在胸前捏住了李萍尖尖的手指，说，李镇长，你醉了，回去，休息吧。

尚德兴明显感觉到，李萍的身子“咯”地僵硬了一下，随后，就“吱吱”地慢慢松开了。李萍放开了尚德兴，站直了身子，转过去，朝门口走去。尚德兴轻轻叫了一声，李萍。李萍轻叹了一口气，说，我知道，我是什么样的人，怎么能奢望，得到你这正人君子的感情呢？尚德兴连忙说，李镇长，你，别那么想，我，不值得你这样，何况，我有家室。

一句话，惊醒了痴迷的人。李萍猛地站下了，她回头默默地望着尚德兴，虚了声音说，你，就当我，什么也没说，我，走了。她缓缓地走到门口，就在她将要拉开门的时候，忽然又停下了。她回过头来，垂下眼睑，似乎在思索着什么，最后，又似乎是下了决心，朝尚德兴说，你，能吻我一下吗？尚德兴没有说话，也没有动，就那么僵持着。看了这情形，李萍黯然叹息，自己开了门，踉跄而去。

李萍走了，她其实是被尚德兴的“家室”击退了。那一刻，尚德兴想到的是自己的家，自己的牢不可破的家。对于家，尚德兴是有责任感的。李萍走出门去的那一刻，尚德兴想起了他的家，想起了他的妻子，想起了他的女儿，也想起了他年迈的父亲和母亲。因为工作太忙，他已经有很长时间没有回尚沟老家了，有机会，也该回去看看父母了。

尚德兴走到窗前，一轮明月孤独地挂在深蓝如墨的天幕上，幽然地释放着清凉的光辉。院子里，静静流淌着清冷的花香，与若有若无的几声虫鸣遥相呼应，越发显示了夜的寂静。

他的思绪，回到了十年前。

大学时，他们教学楼的历史是最悠久的，因而也就最陈旧，走廊悠长而黑暗，连穿梭而过的风也是阴凉阴凉的。

尚德兴总也忘不了初见殷桃时心底的震荡。人生的际遇非常奇妙，与谁相遇，何时相遇，冥冥之中似乎是都有安排。那天吃过午饭后，宿舍里吵吵嚷嚷的，弄得尚德兴躺在床上怎么也睡不着。他随手拿过一本书，想找一方清静之处，于是，便来到了第一阶梯教室。明亮的阳光自宽大的玻璃窗户照射进来，照在那一排排木质座椅上，泛滥起一片柔和的淡淡的橙光。前面讲台的右侧，放置着一架钢琴，凳子上坐着一个女孩儿，长发婉转依肩，白衣胜雪。那个背影窈窕的女孩儿正在弹奏着一支练习曲，一个又一个破碎的音符间断响起，清脆地滴落在空旷的教室里。尚德兴拿着书，静静地倾听着。一会儿，琴声却停了，女孩儿打开琴架上的琴谱，静默片刻，琴声就再次响起来了。一个个音符轻轻柔润地响起，泠泠然如水击石，叮叮咚咚如雨打芭蕉。一个又一个清远的音符跳跃在琴键上，低回辗转，缠绵悱恻。飘浮着闪亮微尘的空气仿佛一丝丝沉淀下来，尚德兴的心也一点点沉静下来了。当最后一个音符如一声似有若无的叹息淡淡消失在空气里以后，许久许久，尚德兴才鼓起掌来，寥落却有力的掌声引得那女孩儿惊慌地回过头来。女孩儿乌黑清亮的眸子也在清纯的阳光里散发出宝石般灼人的神采，脸部轮廓与颈子弧线柔美得不可思议，白色长裙也洇开了一团淡淡的光晕，让人生出微微的眩晕。

后来的一次晚会上，女孩儿演奏了她那天练习的曲子，这时，尚德兴才知道了那首曲子叫《命运》，他也才知道了她的名字叫殷桃。米脂的婆姨绥德的汉，殷桃是陕西米脂的女子，她的美是有历史渊源的。她是一个美丽善良而又有才气的陕西女子，尚德兴就把她恋在了心里。

那一天是她的生日，尚德兴却不能为她送上一份礼物。同样在追求她的一个男生故意要让经济拮据的尚德兴出丑，就带头起哄要尚德兴请同学们去吃肯德基。她暗暗地替尚德兴着急，也暗暗地将身上的钱偷偷塞到尚德兴的手心里。死要面子的尚德兴一下涨红了脸，狠狠甩开了她捏着钱的手。尚德兴说，我就是把衣服当了，或是卖血，也要为你举办一次生日宴席。

她不忍心让他为难，硬是把那一叠钱塞进了他的手里，又坚持着把一群同学领进了一家饭店，要了小菜，要了啤酒。她暗暗流着泪，脸上却始终挂着微笑。五月的夜晚，昏黄的灯光，大家用啤酒祝福殷桃生日快乐，他们又用啤酒把自己灌醉了。殷桃也喝了许多啤酒，她不知喝了多少杯，不知是什么时候醉的，更不知是什么时候回到了宿舍。

第二天，她醒来的时候却不想起床，她第一次逃课了。尚德兴来到她的宿舍楼下时，已是午饭时候，校园里播放着一曲《爱》，莫文蔚淡定的歌声忧伤而缠绵。男生是不能上女生宿舍楼的，他就在楼下的电话亭给她打电话。她握着听筒倚在窗边，一眼就看见了绿色亭子下的他。人语嘈杂，广播里的歌声断断续续的：若不是因为爱着你，怎会不经意就叹息……每个莫名的日子里，我想你，想你，好想你……爱是折磨人的东西……不停揣测你的心理，可有我姓名……听筒里传来咝咝的电流声，她不说话，依稀听见尚德兴深深吸了口气，沉沉地说，我想，见你，现在！殷桃放下电话，像一股旋风一般跑了下来。

殷桃爱上了这个来自洛河岸边的贫穷青年。

后来，殷桃听说，尚德兴的父亲生病住院，母亲在家束手无策，她就背着他，把自己的生活费悄悄地以尚德兴的名义寄了回去。这一切，都是他们结婚以后，他才知道的。

到单位工作以后，他很是努力，他想让父母过上好日子，更想让妻子过得舒心。这些年，为了爱他，她背井离乡来到永安市，尽管付出了很多，却从没有过怨言。有时候，尚德兴甚至认为，如果没有殷桃，他在永安市娶个媳妇可能都是个问题。所以他相信缘分，相信爱情，他知道她或许就是前世埋他的人，所以他倍加珍惜他们之间的情，之间的义，也更加珍惜现在拥有的一切，不敢有半点懈怠。

现在，在这寂静的夜晚，他想起了家，尚德兴的心里就又多了几分牵挂。他知道，父亲有老胃病，已经很长时间了。在这静无人语的夜里，此刻的他是这样牵挂着父亲，牵挂父亲的身体，牵挂父亲的疾病。怀着几多牵挂，尚德兴一夜未眠。

第二天，见到李萍，她的眼睛也有些红肿，显然是哭过的。尚德兴不觉就对眼前的这个女人怀有了一丝歉意。

十三

王仁义跑了！这消息像长了翅膀一样很快传遍了王店镇的大街小巷。

王仁义是王店镇基金会主任，他这一跑，王店镇的储户慌了，也势必引发一系列的问题。尚德兴刚到办公室，就知道了这个消息。这个消息，是镇党政办主任告诉他的。

尚德兴一上班，就有一摊子的事儿等着他去处理，去落实。他正要下楼，办公室主任就慌慌张张地跑进来了，连门都没敲。主任一进门就说，尚书记，附近几个村的群众把镇政府大门给堵了。尚德兴忙问，咋回事儿？主任说，基金会主任王仁义卷款跑了，储户们打着横幅，开到镇政府来，要“讨还血债”哪！尚德兴说，这是什么话，什么讨还血债。主任说，反正是来要钱的。尚德兴说，你慌什么，稳住点儿。又问，姜书记知道不知道？主任说，姜书记和林镇长都不在家，你快出去看看吧。尚德兴沉思了一下，说，抽空给姜书记和林镇长电话汇报一下情况，犹豫了一下又说，我现在出去，现场那么多人，乱糟糟的，人多嘴杂，这不是个说事的办法。尚德兴很快地捋了一下思路，沉着地说，马上通知派出所民警过来维持秩序，你和综治办主任带几个人先下去，让他们选五至七个代表，到会议室去，我在那里等着他们，你们先跟他们沟通沟通。主任答应一声转身要走，尚德兴叮嘱他，注意态度，不能激怒他们，这件事儿如果处理不好，就会影响咱镇的大局。

主任慌忙下去了。

半个小时过去了，主任领着七个人走进会议室。他们一坐下，尚德兴觉得，这七个储户代表，内心似乎积攒了太多的不满，还没说话，空气里就弥漫着一股浓浓的火药味。

等他们坐定了，尚德兴说，自我介绍一下，我姓尚，叫尚德兴。

主任补充说，是咱镇的党委副书记，尚书记。

尚德兴说，你们七个选一个人把情况说说，其他人重复的情况就不要说了，没说到的可以补充补充。

一个为首的人站起来说，尚书记，政府得给群众做主啊，俺们也不是要闹政府，也不是要给政府添乱，俺也是没办法啊！接下去，他就一五一十地把情况全部述说了一遍。

尚德兴说，想必大家都有一肚子的委屈和无奈，还有一肚子的怨恨和愤怒，那咱们就开诚布公，把心里的想法说出来吧。我想，闹政府，肯定也不是目的，咱们的最终愿望应该是解决问题，大家说，是不是这样？

其中一个人说，尚书记，老百姓挣个钱，不容易啊，俺们存在基金会里的钱，那是一辈子的积蓄啊，都是口里攒肚里省的钱哪，本想弄点儿高息，结果，鸡飞蛋打了，现在人都跑了，您说俺不找政府找谁去？

另一个人说，俺们这么多储户的存款，有的是准备给儿子娶媳妇的，有的是积攒了大半辈子想盖房子的，有的是给子女上学交学费的，有的是卖鸡蛋卖猪卖羊一点点积攒起来准备养老治病的，现在，基金会主任都跑得没影了，政府得帮俺讨要啊！

尚德兴说，这个事儿，政府肯定不会不管的，不过，希望七位代表，多给其他储户做一下思想工作，得给政府一些解决问题的时间，现在赶紧撤了，你们看，围住镇政府大门，咱们怎么开展工作，事情啥时候才能解决？

一个代表担心地说，是这样尚书记，俺们一撤，政府又不管了咋办？

尚德兴说，放心，百姓之事无小事，百姓的事就是政府的事。这件事情，政府不但会管，而且一定会管好，管到底。请大家相信政府。

另一个代表说，相信？说的比唱的好听，凭啥相信，政府有啥具体的措施和方法？说出来听听。

这句话，一下子触动了尚德兴的神经，他没有想到，政府的诚信在群众心中是如此的不堪，如此的低微！他觉得，他现在必须要带着责任与感情去解决这件事情了。尚德兴斩钉截铁地说，问题，肯定是要解决，但是，在解决问题之前呢，我们先要把账目弄清楚，得清查债权债务，还得对基金会清产核资，弄清楚存款贷款的账目，这些，都核实准确以后，再催收贷款，到时一定给大家一个满意的说法。

七个储户代表被尚德兴的诚意感动了，说，俺相信尚书记，相信政府，俺下去给大伙儿讲清楚，叫大伙儿撤离现场，这事儿，就拜托政府了！

尚德兴说，好，我和七位一起下去，跟大家见个面。

几个人到了大门口，群众仍然堵着不让人进出。尚德兴说，乡亲们，大家的意见，刚才，七位代表都讲了，我代表镇党委、政府，一定会尽力尽快研究解决这个事情，请大家相信我，相信政府，一定会给大家一个说法！

七个代表也说，老少爷们，咱先回去吧，尚书记说得在理，镇里很重视，这事儿，一定会处理好的，大伙儿散了吧。

围堵上访的储户，有的点头，有的摇头，其中有人嚷嚷，到时处理不好，我们还来堵政府。

储户们散了，尚德兴长长地吐了一口气，正准备上楼，见姜书记的车回来了。姜书记摇下车窗说，尚书记，走，去我办公室，给你说个事儿。

两个人来到姜书记的办公室，尚德兴说，一定是基金会的事儿吧？姜书记说，是啊！姜书记示意尚德兴坐，说，我在市里，接到办公室主任的电话，说是基金会的储户围攻镇政府，我一听，头都大了，可又听他们说你在家，就放心了，好在，处理得不错！尚德兴说，这算个什么处理，只是把人劝退了，真正的问题还没有解决哪。姜书记说，这样就争取时间了，现在，咱们抓紧时间商量这事儿的解决办法。尚德兴说，我正考虑着。姜书记说，这件事儿，是眼前的头等大事，我想，就由你负责吧，先给你配两个班子成员，再从信访、农业、办公室、城建等部门抽调十五名干部，加大工作力度，尽快给储户们一个满意的结果，可不敢把事情闹大。尚德兴说，干部就是一块砖，哪里需要哪里搬，这事儿，我们尽全力做好工作。

镇里给尚德兴配了王建伟和李萍，从各部门抽调的其他十五名干部里，尚德兴特地点了李同辉、晋才，还有张润平等精兵强将。

人员确定后，尚德兴给李同辉和晋才打电话，叫他们赶紧来办公室一趟。

放下电话不到五分钟，李同辉就大咧咧地来了，还没进门就扯着嗓门喊，尚书记，今儿个，咋想起来给我打电话了？尚德兴说，给你打电话肯定是有事情相商啊。李同辉说，啥事？尚书记尽管吩咐，只要我能办得到，赴汤蹈火，在所不辞。尚德兴说，基金会的事儿。李同辉说，听说了。尚德兴又说，老李呀，这事儿，姜书记交给我了，咱自己的活儿，就得叫咱自己人多干，这不，就把你招来了。李同辉说，尚书记放心，我就是你手里的一头牛，只要你把我套上车，我就狠狠地给你拉。尚德兴说，谢谢啊老李。李同辉说，谢啥，只要你挂帅，我保证给你当好兵。眼前，这件事，群众议论得比较厉害，都说这个王仁义，其实真不仁义，白叫了“仁义”二字。听说，他曾把十几个大储户的五百多万元存款用另外一个票本开，上面公章、会计专用章、经办人私章和正常的一模一样，然后再把这五百多万元放贷给两个企业，存贷款都不入账。这样一来，中间的息差就落入他个人腰包了。现在基金会出事了，他跑了。听说，还卷走了不少钱哪。这种人，奶奶的，就得好好治治他，让他咋吃进去，咋屙出来！

晋才一进门，接上李同辉的话茬说，这货，以前还是村里的副支书，在镇办企业跑过销售，头脑灵活，为人精明，办事心细，汤水不漏，村里人都叫他“皮笊篱”。这种人，吃进去了，你想让他再屙出来，可是有点儿难啊。

尚德兴见晋才来了，笑着说，刚好你们两个都到了，咱合计合计，从哪儿入手，有眉目了，下午把人召集齐，也好布置。

晋才说，这事儿，首先，账目要弄清楚，谁存多少，谁贷多少，得有谱。另外是，找到王仁义，一切都好说。

李同辉点点头说，嘻，真不愧是老机灵，脑子就是活，可到哪儿去找他哩？

尚德兴说，这个思路好，清查账目，贷款的，赶紧清贷，有钱了，再兑付给储户。另外，还是得想法找到王仁义。

下午两点，尚德兴和王建伟、李萍先碰了个头，商量着要成立个“基金会清理整顿工作组”，具体工作分为三项，一是清理账目，二是清欠贷款，三是寻找王仁义。

下午三点，抽调来的十八名工作组成员集中到了二楼会议室。尚德兴说，我不说，大家也已经知道了咱王店镇的金融风波。现在的主要问题是，储户存在基金会里的钱拿不到手，肯定是不会罢休的，任其发展下去，有可能会出现大的乱子。有些储户，恨不得把一块钱掰成两半花，这些钱都是他们省吃俭用的血汗钱、保命钱，现在放在基金会里，看不见了，摸不着了，他们会咋想？换位思考一下，如果这些钱是咱们自己的，或者，是咱们父母的，咱们是不是比他们还着急呢？咱们都是干部，干部是个啥？干部就是领着干活儿的那部分人，“干部”的“干”字怎么写？简单得很，谁都会写，上边是个一，下面是个十，这就是说，别人干工作出一分力，咱们当干部的就要用十分劲，一个人要顶几个人用。今天，咱们基金会清贷工作正式开始，我在老百姓面前可是立过军令状了，一定要把他们的钱还给他们！这，就看咱们大家的了！

会后，这十几人会同财政所人员日夜加班，一周时间，就把存款、贷款、往来账目弄清楚了。

账目清楚了，尚德兴他们开始走第二步棋，清收贷款，想办法找王仁义。

他把十八名工作人员分成三组，尚德兴、王建伟和李萍各带一组，分片行动，必要时相互支援，联合出击。

第二天，三组人员按照各自划片分包的范围早早地出发了，可是跑了半天，中午回到镇里一碰面，说是根本没有见着人，都扑空了。晋才分析说，可能是人家早知道咱们要去清账，躲了。要是咱们再去，可以悄悄地进村，来他个出其不意，攻其不备。尚德兴说，晋才分析得有道理，这回用上他的机灵劲儿了。

再去的时候，他们就改变了策略。一般是，早上天不亮就去堵门，中午趁吃饭时去家催收，晚上等睡觉了上门找人，这样一弄，几天下来，竟然小有收获。

初夏的清晨，原野是活跃的，美丽的。农人们在田野里劳作，牛羊在地头上悠闲地吃着草。天上的白云缓缓地飘荡，柔嫩的柳丝低垂在静谧的小河边。尚德兴却无心欣赏车窗外的风景，他有一些郁闷，有一些懊恼，因为今天，他们又要去崔黑子家催缴贷款。

其实，崔黑子的贷款也不多，只有三千元。问题是，王仁义一跑，就这么三千块钱，崔黑子根本没打算再还。尚德兴已经领人去过好几次了，第一次去，见到崔黑子了，他说家里财政大权是他老婆李桂香掌握着，自己不当家。第二次见到的是李桂香，她说这钱是丈夫崔黑子贷的，找他要去。说来说去就是不还贷款，看样子是想当赖账户了。

村子里有人反映说，这两口子是出了名的赖账户。前几年，崔黑子向邻村的一个朋友借了两千块钱，两年多了也不提还钱的事。朋友想，我的钱也不是大风刮来的，好借好还再借不难，于是就去催要了几次。去的次数多了，崔黑子躲着不见，李桂香也只是拿好听话推托，拖延一天是一天。后来有一回，朋友又去要账，只有李桂香在家，等到晌午了也不见崔黑子回来。朋友想走，李桂香说，哎呀哥呀，你看天都晌午了，你要不嫌弃，就在俺家吃吧，妹子陪你喝一杯！朋友盛情难却，留下了。李桂香炒了两个菜，拿出一瓶孔府家酒，两人推杯换盏就喝起来了。几杯酒下肚，李桂香说，天怪热哩。说着就把外衣脱了，光穿个低领羊绒衫，故意露出白白的乳房，还嗲声嗲气劝酒劝菜。朋友看李桂香三十来岁，身材苗条，面容姣好，就有点儿把持不住了，趁李桂香再次倒酒时，捏住了她的手腕。李桂香叫了一声，哎呀哥呀你这是干啥？就顺势坐到了朋友腿上。一看这，朋友就彻底缴械投降了，抱着这浪荡女人，就弄到里屋床上去了。正想好事时，就听“咔嚓”一声，便被照了一张相。朋友一惊，回过神来，一看却是崔黑子站在床前。崔黑子撂下相机，二话不说，抡着菜刀就上来了。朋友吓得抱拳求饶，连说，兄弟兄弟别打别打，咱好好说好好说，你说咋弄吧咋弄吧！崔黑子说，你敢趁我不在，跑到家里强奸我老婆，公了还是私了？直到这时，朋友才如梦方醒，知道是中了圈套，李桂香发贱是假，赖账是真。去他娘的自认倒霉吧，谁让自己犯贱哩！朋友就说，私了私了，那两千块钱我不要了。崔黑子就让朋友拿出欠条，一把扯烂，两清了。

今天，尚德兴再次来崔黑子家时，心里还在犯嘀咕，不知这一回这个赖账户又会耍出个啥花招哩！

车子停在了院门外，张润平啪啪地敲响了大门。等了一会儿，门开了，开门的正是崔黑子。一行人刚进院子，李桂香也打着哈欠从屋里出来了。尚德兴说，今天正好，你们两口子都在，你们自己说吧，那三千块钱贷款啥时候还？崔黑子说，啥贷款？基金会主任都跑了，你们不去抓他，老来弄俺这小鱼小虾有啥意思？尚德兴说，王仁义的问题我们会处理，你只说你自己的事！崔黑子说，我不就贷了三千块钱嘛，只要别人都还了，我也还。尚德兴说，都要照你这么说，怎么办？要说你的贷款也不多，我们都跑了几趟了，赶紧办手续，把钱还了！空气一下子紧张起来，崔黑子不吭声了。这时，李桂香黑着脸说，你们跑了好几趟不假，实话给你说吧，要钱没有，要命有一条，你们干脆把我抓去吧！尚德兴忍不住火了，脸一板说，你们欠贷不还，还要赖取闹，真是名副其实的赖账户！那好，贷款人崔黑子，请你和我们一起到镇政府解释解释吧！李桂香见势不妙，挡在门口说，你们想把人弄走，门儿都没有！尚德兴根本不吃她这一套，严厉地说，国有国法，家有家规，有你说理的地方，走吧。崔黑子站着不动，尚德兴大声对张润平说，过来几个人，把崔黑子请上车，带走！张润平领人刚一上手，李桂香突然撒起泼来，高声喊叫着，干部打人啦！国家干部打人啦！李桂香一边呼喊，一边抱住了张润平的腿。村民们不知道是咋回事，纷纷跑来看热闹。尚德兴板着脸说，把这女的拉一边去，崔黑子欠贷不还，带走！院子里围满了人，都是嘻嘻哈哈来看热闹的，见政府的人要带走崔黑子，不但没人讲情，还自动让开了一条路，由此可见，崔黑子两口子的为人怎么样了。不知是被这阵势吓住了，还是真的没啥花招可耍了，李桂香一看不对劲，立马赔着笑脸走到尚德兴跟前说，哎呀哥呀，俺还钱还不中，俺还钱还不中嘛！

说着扭身进了屋，不一会儿，拿出了一沓钱，连本带息付清了贷款。

尚德兴这一组，清缴了崔黑子这个赖账户，在镇里引起了不小的轰动。许多欠贷人看见这么硬的钉子户都被拔掉了，知道这一回政府是动真格的了，也不敢不还钱了，都自觉地配合了这次行动，把贷款还上了。

当清欠工作顺利进行着的时候，那边，基金会主任，“皮笊篱”王仁义也有了消息。这消息，是李同辉和晋才打探出来的。

李同辉和晋才不知使的啥法，了解到王仁义并没有远逃外地，而是蛰居在永安市区的一个小区里，虽然不知道确切的位置，但是，打听到王仁义的小女儿在市区第三小学上四年级。他们就把这个消息汇报给了尚德兴，尚德兴听后，高兴地说，好，抓住这条线索，跟踪他的小女儿，应该能找到王仁义的住处，只要找到王仁义，款是经他手放的，清收贷款工作就更好办了。对了，找到王仁义的家，确定他在家以后，咱们再作商议。还有，谁认识王仁义的女儿？晋才说，我认识。尚德兴说，这就好办了。另外，跟踪的时候，别暴露了，争取一次成功。

下午快放学时，李同辉和晋才开车来到了三小门口。李同辉说，老晋，你是名副其实的“老机灵”，你进校园去，盯着那个小闺女儿，我在外面接应，咋样？晋才说，中，你看着门口，看见我出了学校门，你就开车在后面紧跟着，可别跟丢了。李同辉说，放心，跟不丢。晋才说了一声“好”，就往校园里头进，却被门卫拦住了。门卫说，弄啥哩？陌生人不准入内！晋才说，谁是陌生人？我都见你多少回了，我去学校办事呢。门卫说，你是学生家长？晋才说，啊，是啊，俺孙女在四年级，在班里出了点儿问题，老师让喊家长，你看，她爸她妈都上班了，就叫我这当爷爷的来了。学校门卫看了看，也怪像，就放晋才进去了。

进了学校，晋才找到了四二班的教室，之后，就在不远的地方圪蹴着，目不转睛地看着教室门。放学了，各班学生陆陆续续地出了教室，出了校门，这时，一个穿着红上衣的女孩儿跟着一群同学从楼梯上下来了，晋才看见了，不声不响地跟了上去。

小女孩儿出了校门，晋才就不远不近地跟在她的后面，这时，李同辉也发动了车，悄悄跟在后面。小女孩儿过了马路，晋才也过了马路。小女孩儿上了公交车，晋才赶紧也跟着上了公交车。公交车开动了，李同辉开着车就紧紧地跟在公交车的后面。

到站了，小女孩儿下了车，一边玩着一边往家走，晋才小心地跟踪着。小女孩儿走进了小区，走进了一幢家属楼二单元一楼左边的一家。

晋才看得很清楚，用心记住了具体位置，就回到车上来了。李同辉说，看好了？晋才说，嗯，一直看着她进了门。李同辉说，咱别急着回去，等会儿再确认一下。夜幕降临，小区里的夜灯亮起来了，他俩从车上下来，蹑手蹑脚地来到王仁义家的西窗下。王仁义一家正在吃晚餐，晋才看清了王仁义，看清了王仁义的老婆，看清了王仁义的小女儿，他轻轻扯了下李同辉的衣服，两个人相视一笑，赶紧离开了。

回到镇里已是晚上七点了，他俩顾不上吃饭，走进尚德兴办公室，给他汇报了侦察的情况。尚德兴兴奋地说，太好了，现在时间也比较合适，马上行动！七点三十，尚德兴拨通了派出所的电话，让所长派警察增援晚上的行动。

李同辉和晋才在前面开车引路，一帮人来到了王仁义居住的小区，来到了王仁义的住处。透过挂着厚厚窗帘的阳台窗户，大家看见客厅里隐隐有光亮在闪动，想必是这一家人正在看电视吧。尚德兴对派出所所长说，干这种事儿，你们在行，这一帮人，都归所长你指挥。所长说，就按在路上商量的第一套方案行动吧。

所长布置人看住前后窗户，其余人都跟着所长。按计划，所长让一便衣女警掂着一箱康师傅方便面，直接去了门口。女便衣到了门口，按响了门铃。叮咚，叮咚，叮咚，门铃响了很久，王仁义的老婆才透过防盗门的纱窗问，谁呀？女便衣回答说，是我呀婶儿，我是咱村的王二梅，来找俺叔说个事儿。王仁义老婆说，他，不在家呀。女便衣又把提着的方便面搁到身前，说，哦，这么不凑巧，那这样吧婶儿，你开下门，我把给俺叔带的东西给你。王仁义老婆犹豫了一下，正要打开防盗门，却又警觉起来了。她说，咱村的王二梅我倒是听说过，你叔不在家，婶儿啊就不留你了。说着，“砰”的一声就关上了里面的门。

精心设计的第一套方案失败了。

躲在门外的人相互看了看，悄悄撤回到一边的车里。所长说，没关系，咱使用第二套方案。

派出所所长让一名警察不停地按门铃，与此同时，十几把手电筒同时从客厅、卧室、厨房、厕所的窗户照进屋里，另一名警察开始喊话，王仁义，我们是派出所的，赶快开门，跟我们回王店镇，配合镇里处理基金会的事！喊了一会儿，里面没有动静，警察继续喊，请你赶紧开门，再不开门，我们就要采取措施了！里面还是没有动静，见此情形，所长上前一步喊，王仁义，限你一分钟时间，再不开门，后果自负！里面还是一点儿动静也没有，整个世界死一般寂静。大家都看着尚德兴。

尚德兴看了一眼所长，所长摆了一下手，示意让开。他下了最后通牒，王仁义，给你的时间到了，再不开门，我们就要实行强制措施了！所长一边喊着，一边从一名警察手里拿过铁锤，朝着防盗门用力重重地砸了一下，随着一声震耳欲聋的巨响，第二下还没砸下去，里面就传出了王仁义沙哑的声音，哎哎哎别砸别砸别砸了！话音还没落，王仁义打开了房门，耷拉着脑袋说，我跟你们走！

在王仁义的配合下，基金会清贷小组很快就把大部分贷款基本上催要回来了，但是，这些钱，跟储户的存款数字还有较大的差距。

临近春节，怎么兑付呢？尚德兴和清理整顿小组人员对储户名单和存款数额进行了梳理，整理出了一组数字，一万元以下储户占百分之五十五，存款数额占百分之十；一万至五万元储户占百分之二十五，存款数额占百分之二十；五万至十万元储户占百分之十五，存款数额占百分之三十；十万元以上储户占百分之五，存款数额占百分之四十。根据现有资金，清理整顿小组很快就拿出了兑付方案：给储户还本挂息，一万元以下的，付清本金；一万至五万元的，付本金的百分之五十；五万至十万元的，付本金的百分之四十；十万元以上的，付本金的百分之三十。接下来的工作，就是要开始追缴贪污挪用的款项，继续清贷，酌情兑付。

这样一弄，小额储户都非常满意，担心打水漂的本钱一分不少地又回来了，那点儿利息，要不要都行，也不放在心上了；中等额度的储户比上不足，比下有余，觉得也不错；大额储户也看到了希望，不错，本钱毕竟也拿回来快二分之一，至于其他的，不是还在慢慢地催着吗？最后一种人毕竟是少数，又是有钱户，没有这个钱，也影响不了他们的生活。

尚德兴总算给了储户们一个满意的交代。

十四

初冬的下午，阳光看起来有一些明亮，但却已经失去了娇艳，失去了温度。阳光从窗外照进来，尚德兴没有感觉到明媚，也没有感觉到温暖。

尚德兴正准备把基金会的事情总结一下，写个汇报材料，却接到大姐打来的电话。大姐着急地说，兴儿，爹的老胃病又犯了，叫他住院，他也不听，死活不去，你回来劝劝他吧。

基金会的事情刚刚处理完，暂时也不太忙，尚德兴很爽快地说，大姐，你在家照顾好爹，我下班后回去。

挂了电话，尚德兴怔怔地坐在办公桌前，他忽然觉得，自己是那样地想念父亲，是那样地渴望见到父亲。他一时也记不起究竟有多长时间没有见到父亲，没有见到母亲了。一时间，他的心里烦躁起来，也没有心思做任何事情了。他把刚刚写了个开头的汇报材料收起来，临时决定，尽量早点儿回去，多跟父亲待上一会儿。

尚德兴给大姐打电话说，大姐，你给爹说，我现在就回去。大姐说，中，我给咱娘说一声。

放下电话，尚德兴觉得心里平稳了许多，不一会儿，就自己开车出了政府大院。

车子一进尚沟，尚德兴远远地望见了那棵在村头生长了千年的六股柏。太阳快要落下去了，温润的红日照耀着六股柏，阳光，被六股柏的枝枝杈杈分割得支离破碎，像是明亮的碎片，分布在地面上。尚德兴看见，在那棵六股柏下的明亮的碎片里，静静地站立着他的父亲。父亲翘首朝大路上张望着，冬天的寒风吹乱了他的头发。在父亲的身旁，站着的是大姐。

尚德兴的鼻子酸了一下，他知道，父亲是来接他了。也许，父亲已经在那棵六股柏下等候他多时了。

尚德兴赶紧停下车，落下车玻璃，叫了一声，爹！

大姐高兴地说，爹，是德兴，爹你看，是德兴回来看你了。

父亲看了一眼坐在车里的尚德兴，脸色慢慢沉下来。

尚德兴说，爹，天多冷，上车吧，咱回家。

父亲站着没动。

尚德兴说，大姐，快扶爹上车！

大姐上前搀住了父亲的胳膊。父亲推开大姐，冷冷地说，几步路，我能走！

父亲一边说，一边转身，趔趄着往前走了，蹒跚的背影让尚德兴看了心疼。

大姐看了尚德兴一眼，不知道父亲怎么忽然变得这样固执了，明明是闹着要出来接儿子，可是儿子回来了，他却变脸了。尚德兴懂得父亲的心思，他赶紧把车停在那棵六股柏树下，紧走几步，撵上了父亲。

尚德兴跟着父亲，进了村子，像一个听话的乖孩子。

一路走着，有人跟父亲打招呼说，哦，来客人了？

尚德兴看了一眼打招呼的人，眼生，一时想不起来是谁。还没有来得及搭腔，父亲重重地哼了一下，回答，啥客人，儿子！那人说，哦哦，是你那个小儿子回来了。

快到家门口时，他们碰见了二爷。二爷老了，没有以往那么利索了。可是二爷的眼神儿还行，一眼认出了尚德兴。二爷有些兴奋地说，哟，是兴儿回来了？尚德兴说，二爷是我呀，我回来了。二爷说，好好，好久没见你回来了，回来好。尚德兴说，嗯，我回来看看爹。二爷说，好好，是得常回家来看看。二爷一边说，一边从口袋里掏出烟来，颤颤抖抖地递给了父亲一支，又递给了尚德兴一支说，来，德兴，抽烟抽烟。尚德兴慌忙从包里拿出自己的烟，说，二爷，来，抽我的吧。二爷接了，看了看，就把自己的烟装进兜里了。尚德兴从兜里掏出火机，给二爷点上了。

寒暄完了，尚德兴和父亲正要离去，二爷突然叫住了他。二爷说，哎兴儿，你等会儿。尚德兴转过身来，问，二爷，您有事儿？二爷说，兴儿啊，嗯，咱家，就你有出息，咱沟里，也就你在外头上班，是有脸面的人，二爷想求你办件事儿。尚德兴说，啥事儿二爷，尽管说。二爷很难为情地说，你那兄弟，就是我那孙子，叫二柱的，初中没毕业就下学了，在家没有个正经事儿，整天游游逛逛，我怕他在社会上学坏了，想求你呀，给他找个活儿，你看咋样？尚德兴沉默了一会儿说，二爷，现在的工作挺难找的，不过，您老说出来了，我试试吧。二爷说，好好，那我，就候着你的信儿。

二爷说完颤颤悠悠地拄着他那根黑色拐棍走了。父亲望着二爷的背影，叹了口气，之后，又看着尚德兴，重重地哼了一声。

到了家门口，母亲早已迎了出来。尚德兴猛然拍了一下自己的头，因为急着回来，忘了给父亲母亲买些东西，吃的用的啥都没有买。尚德兴在心里暗暗埋怨自己太大意了。

尚德兴上前扶住母亲，说，娘，我听大姐说爹不得劲就急着回来，也没顾上给您和爹买点儿东西，我就给您点儿钱，缺啥少啥，您自己看着买吧。

尚德兴说着就掏出钱包抽出五百块钱，塞到母亲手里。母亲推让着不要。母亲说，我有钱花，这钱你拿回去，给瑶瑶买衣裳吧。瑶瑶是尚德兴五岁的女儿，跟着殷桃在市里上幼儿园。

母子俩正在推来让去时，王婶进门了。王婶见了尚德兴，问，兴儿啊，啥时候回来了？尚德兴说，今天下午刚到家。王婶赶紧对母亲说，兴儿回来了，你们一家人说话吧，也该做饭了，我走啦。母亲知道王婶是来闲串门的，撵出来，说，他婶，坐一会儿吧。王婶摆了摆手，说，走啦走啦，你快给孩儿做饭吧。说着就走出了院子。

大姐帮着母亲开始做饭了。娘给儿子擀面条，大姐给弟弟烙油馍。父亲对大姐说，给你兄弟炒俩菜，轻易不回来。父亲说着从柜子里摸出了一瓶酒。大姐知道，父亲是要陪他的儿子喝一杯了。大姐心疼地说，爹，你的胃，不得劲儿，可不敢喝酒。父亲说，是哩，我不喝，叫兴儿喝两口儿。

尚德兴跟父亲在饭桌前坐了，一边等着上菜，一边拉着家常。尚德兴听见父亲说连酒都不敢喝了，担心地说，爹，您，胃不好，咱明天去医院看看吧？父亲脸一板说，谁给你说我有病，我的身子我知道，啥事也没有。好好上你的班，别为我瞎操心。

不大一会儿，大姐把饭菜端上桌了。母亲做的酸汤面，冒着袅袅的热气和悠悠的香气。大姐烙的油馍，一层一层的，很虚，也很软。大姐只做了两个菜，一个是从街上买来的当地名吃，现成的热卤肉，另一个是炒鸡蛋。父亲给尚德兴倒了杯酒，自己只倒了一点点儿，压住杯，却没喝。他摸着杯子对尚德兴说，兴儿啊，别再说让爹去医院的话了，再说爹可就恼了。爹现在有话要对你说。尚德兴看着爹，等着父亲说下去。父亲接着说，按说，你到家还没有多大一会儿，爹不该说你，可爹心里有话，不说出来，憋得慌。尚德兴说，爹您说吧，我听着哩。

父亲示意尚德兴喝下了一杯酒，关心地问，兴儿啊，工作上有啥麻烦没有？尚德兴说，挺顺利的。父亲说，这就好，不管啥活儿，得干好，得叫领导满意，还得叫底下的人也都没有意见，这就好。尚德兴有点儿沾沾自喜，得意地说，不是我喷哩爹，我工作上没有任何问题，我在王店镇抓的教育教学工作上了一个新台阶，前几天又解决了镇里基金会的问题，群众都满意，您就一百个放心吧。

尚德兴说完，父亲又给他倒了一杯酒，说，中啊，兴儿，把这杯酒喝了。尚德兴端起酒，喝了。父亲说，兴儿啊，吃口菜。尚德兴夹了一小块儿炒鸡蛋，慢慢吃着，又把卤肉夹进了母亲和大姐的碗里。父亲说，兴儿啊，你别忙活，你自己吃。尚德兴感觉到，父亲可能有话要对他说。

果然，父亲又给尚德兴倒了一酒杯，缓缓地说，兴儿啊，你回来看爹，爹心里，高兴，爹其实，也想见你啊。可爹接你到了村头，爹就看出眉眼来了。尚德兴说，爹你身体不舒服，不在家歇着，接我干啥？父亲说，你吃饭！尚德兴拿起筷子慢慢地吃着。母亲不满地对父亲说，兴儿才回来多大一会儿，你唠唠叨叨个没完了，你还叫孩儿吃饭不叫啦？父亲说，你，不懂。父亲挥了一下筷子说，都吃着，咱吃着说着。父亲虽是这样说，却没有动筷子，继续说，兴儿啊，你在外工作，我和你妈脸上好看，你给我们脸上增光了。可你回来的路上，见了认识不认识的村里人，该打个招呼就打个招呼，不知道叫啥不要紧，村上的人可都认得你哩！可人家给你打招呼，你愣着没接腔。尚德兴忽然想起进村的时候，有人上前搭话，他确实没有认出是谁，还没顾得上搭腔就擦肩而过了。尚德兴惭愧地说，爹说得是。父亲自顾往下说，二爷给你递烟，你不抽也就罢了，可你为啥非要二爷抽你的烟？就你的烟好？你让二爷的脸往哪儿搁？尚德兴点点头说，噢，我还没有想到这一点儿。父亲说，二爷托你给二柱找个活儿，乡里乡亲的，有啥不好办？不好办也得办！前些年，二爷帮咱家多少忙？我听恁娘说，那年给你凑学费，拿了二爷一块钱，后来恁娘送过去了，二爷说啥都不要了，说是供你上学，应该！一块钱，搁眼前，不值一提，搁那时候，不得了啊！当个人，要知恩报恩！尚德兴点头说，爹，我想法给二柱找个活儿。缓口气，父亲接着说，就前一会儿，恁王婶问你啥时候回来的，你说个“今儿后晌”不就中了，偏要说个“今天下午”，撇啥腔？以后说话，先想好村里人是咋说的，才出去几天，舌头就不会打弯了？尚德兴说，爹，我都记住了。父亲说，记住就中。还有，以后回来，别再给你娘钱，我估摸着你媳妇也不知道，俺俩有钱花，吃喝又不愁，别因这点儿小事儿你俩再闹起来，村里头，这种事儿多啦！尚德兴笑了一下说，爹，您的儿媳妇，您不是不知道，跟村里的媳妇不一样。父亲说，我知道，可也得注意点儿，给您娘钱了，也得给人家爹娘些。尚德兴说，爹，我知道。父亲缓了一会儿，又交代说，以后再回来，把车撇在村外，走着进村回家来。尚德兴看着有病在身的父亲，端起酒杯，一饮而尽，然后说，爹，我记下了。父亲又给尚德兴倒了杯酒，说，我老了，别嫌我说话啰唆，我还得再唠叨几句，村里人夸你有出息，你也别高兴，自个在外头，得先把公家的事儿干好，做个好人，不贪不占，清白做人。这些话，除了当爹的，没有人会这样说你，真要是有这么说你的，你可得好好听着，好好跟着人家，好好给人家干活儿。人家这些话，不好听，可这都是为你好。还有，别老听好话，老在你跟前说好话的人，他不会安啥好心。尚德兴听了，又端起酒杯，喝干了，说，爹，今儿个，您说的话全都是为儿子好，我都记到心里头了！

那天晚上，娘和大姐睡在以前三个姐姐住的窑里，尚德兴就躺在父亲的床上，和父亲说了半宿的话。尚德兴忽然觉得，原来躺在父亲身边竟是这样的感觉啊，踏实、安稳、温暖、幸福！

这感觉，他已经遗忘多年了！

第二天，尚德兴起得很早。他没让母亲起来为他做早饭，便走到六股柏下，悄悄开车离去了。尚德兴早些走，并不是因为急着上班，他是为了避开村里的人。就像父亲交代的，他不想让村里人说他烧包。

尚德兴记住了父亲的话，不声不响地走了。

这一段时间，尚德兴整天忙得天昏地暗的，基金会的事情处理完以后，猛一闲下来，还真有点儿不适应。快下班的时候，他想找几个朋友聚聚，放松一下心情。尚德兴正想着找谁呢，这时，手机响了，一看竟是程志远。真是心有灵犀啊！程志远在电话里告诉尚德兴，说自己一周前被任命为副镇长了，现在分管工业，问尚德兴中午有没有空，他想过来一下，一块聊聊。尚德兴说，好啊好啊，我正想和你聚一聚呢，你过来吧，也让我给你祝贺祝贺。程志远说，祝贺啥呀，我正发愁呢，以前没干过工业，心里没底啊。尚德兴说，你只管来吧，见面再说。

尚德兴思忖着，自己对工业也不熟悉，那就叫上工业公司经理郭信礼吧，他或许能给程志远说出个子丑寅卯来。又想着，三个人太少了，喝酒没气氛，况且郭信礼现在又不能喝酒，得再找个能喝酒的人陪一陪才是。于是，尚德兴就给爱国打了个电话。

电话通了，尚德兴说，刘总啊，中午一个朋友到咱王店镇来，我请大家一块儿吃个饭吧，叫上老郭，人不多，不用开车，到时候我去接你们，一块儿到山上的“农家乐”去。刘爱国很爽快地答应了。

这家“农家乐”是夫妻两口开的，他们家的小院里有五间房，有一个厨房，地方不大，收拾得倒很整洁干净。平时，只有夫妻二人在家，除了住的，有三间做了餐厅，供客人吃饭用。餐厅里摆的是小桌小凳，餐具也是粗瓷大碗，真正的农家味道。四个人选了最靠头的一间，窗户对着田地，可以欣赏野外的风景。

来之前，尚德兴已经打电话点好了菜，以野菜和农家菜为主，一盘柳絮，一盘面条菜，一盘水煮花生米，一盆炖土鸡。

人落座，菜端上，程志远拱手打趣道，嗬，三菜一汤，可别超了标准啊！尚德兴说，简单，简单，不成敬意啊。又说，见笑了，还有两个菜，不多，可咱也别浪费。尚德兴一边说着，一边就拿出了酒。酒是杜康，这次是大红色玻璃瓶包装，五十二度酒祖。

尚德兴开了酒，先给程志远倒上，接着给刘爱国也倒上了。这时，程志远接过酒瓶说，来吧老同学，我给你倒。程志远给尚德兴倒了一杯，又要给郭信礼倒，郭信礼按住酒杯说，谢谢，谢谢，我就不喝了吧。程志远也当过工业公司经理，跟郭信礼也认识，说，郭经理，那哪成？你今天不喝，怕是不行！尚德兴和刘爱国急忙拦住说，郭经理胃有毛病，不敢喝酒，别强求他了，一会儿，郭经理还得和你交流呢。

郭信礼今年五十七八岁，任工业公司经理已有十多年了。除了上班，他还经营着一个耐火材料厂。厂子的法人虽然是他弟弟，但大家都知道，实际经营中，不管是资金、产品、技术，还是牵涉外面的工商、税务、环保等大的事情，都是郭信礼在操心，弟弟只管生产，郭信礼才是真正的老板。

以前，郭信礼也曾有过辉煌的时光。王店镇还是王店人民公社时，郭信礼就担任了公社革委会副主任。郭信礼是本地人，对王店的各种情况都非常熟悉，又大权在握，是当时叱咤风云的人物。有个从省城下乡到王店的女知青就热恋上了他。那女知青比他小六七岁，年轻漂亮，声音甜润，做事泼辣，郭信礼的原配老婆当然没法跟人家相比。在女知青的穷追不舍下，郭信礼动心了。但是郭信礼老婆怎会甘心失败呢？就带着孩子闹到了公社革委会主任那儿。那时可不像现在，只要是不吃不占，不贪不骗，男女之事，你情我愿这样宽松，那时干部的生活作风是非常严重的问题，结果郭信礼受到了严肃处理，降职成了公社一般干部。女知青也调到了其他地方，两人慢慢就没有交往了。

改革开放后，王店公社改为王店乡，后来随着经济的发展，又改成了王店镇。郭信礼属于有经营头脑的人，看准时机，抓住机遇，办了个耐火材料厂。由于他人缘好，善学习，有文化，懂管理，生意逐渐红火起来；又能喝酒，和人打交道，一上酒桌，一端酒杯，豪爽的性格就展现出来。前些年，郭信礼被镇里提拔为工业公司经理，他就把厂子交给弟弟经营，他只过问厂里的大事。镇里历任书记、镇长，包括一些副职，和他关系都不错，村子里和街面上的绅士、光棍也都给他面子，大家对他都很尊重。

去年，郭信礼老觉得胃疼，到医院检查了，大夫说是胃溃疡，吃着中药，也就不再喝酒了。要搁过去，在酒桌上，一般人根本不是他的对手。

这时候，郭信礼端起茶杯和大家碰了碰，说，抱歉，抱歉，我就以茶代酒，给弟兄们碰一个吧。只要感情有，喝啥都是酒。

第一杯酒喝了以后，尚德兴又给程志远倒了一杯，说，祝贺升迁啊！程志远也不推辞，很利索地喝了下去。尚德兴又给他倒了一杯，说，军功章有你的一半，也有人家的一半，再替夫人喝一个吧。程志远二话没说，就又喝了。

程志远和尚德兴在初中时就是同学，到了高中，尚德兴，程志远，还有程志远现在的老婆都是同班同学。程志远的惧内在高中同学中是出了名的，但程志远始终不认为惧内是多么丢面子的事情，他反而认为，怕老婆是男人有涵养有风度的表现。

程志远看出了尚德兴敬酒的意思，就说，你也别笑话我怕老婆，要我说，怕老婆才能使家庭更加团结和谐。程志远说，几位知道现在的新“三从四得（德）”是什么吗？三个人都摇头说，不知道。程志远显摆道，给你们扫扫盲：“三从”就是，老婆出门要跟从，老婆命令要服从，老婆错了要盲从。那“四德”呢？一个人问道。“四得”就是，老婆化妆要等得，老婆生日要记得，老婆打骂要忍得，老婆花钱要舍得。三个人听了哈哈大笑，不无揶揄地说，真有你的，要是这样，家庭哪有不团结不和谐的呢？

说话间，农家大嫂又端上了鸡蛋炒韭菜、菠菜炒豆腐两个菜。大嫂说菜齐了，主食是素臊子手擀面，需要时说一声。尚德兴说，谢谢大嫂。又说，今天咱们以素为主，只有那盆炖鸡是荤的，有点儿寒酸了啊！郭信礼说，都是绿色食品，这样最好。没听人说“吃饭吃素，穿衣粗布，上班走路，当官当副”吗？再过几年，你们谁要是被提拔当了一把手，日子就没有现在这么舒服自在啦！

大家刚要动筷子夹热菜，刘爱国却用筷子指着那盘菠菜炒豆腐说，这盘菜，最好别吃了。

程志远夹块儿豆腐，放鼻子下闻闻，也没闻出有什么怪味儿，就一脸不解地问，怎么了？刘爱国说，你别闻了，豆腐也没变质，菠菜也很新鲜，主要是这两样东西不能放在一块儿炒着吃。郭信礼疑惑地说，很多家庭天天不都是这样炒着吃吗？刘爱国说，我是刚从一本书上看到的，菠菜炒豆腐时，菠菜中的草酸与豆腐中的钙形成了草酸钙，会影响人体对钙的吸收。像原来大家经常吃的小葱拌豆腐，也容易形成草酸钙。还有，吃豆腐喝蜂蜜，容易导致耳聋。吃梨喝开水，很可能会腹泻。姜很多人都爱吃，也是好东西，谚语说“冬吃萝卜夏吃姜，不劳医生开药方”，但晚上不能吃，“晚上吃姜，如吃砒霜”。听刘爱国这么一说，那盘菠菜炒豆腐也没人再吃了，一直放在桌子上。

程志远抿了一口酒，忽然问尚德兴，在乡镇里，比在市政协辛苦吧？程志远没有在市直机关工作过，他很羡慕尚德兴的这段经历。

尚德兴说，跟在市政协相比，在乡镇工作确实很累，但也很充实，很锻炼人哪。尚德兴又说，我记得刚来镇里时，正月里以村为单位举行民间文艺汇演，报上来的有狮子、高跷、腰鼓、犟驴、大水、旱船等，我也参与了这个活动，我看有个节目叫“大水”，不知道是个啥，就问机关的人，大水是啥？他们说，大水就是大鼓。我又问，大鼓为啥叫大水？他们说，俺也弄不清楚，反正人们都这样叫。有次和市文联的一个朋友谈及此事，才知道，原来我们这一带狮子、大鼓比较盛行，也很闻名。每年的三月三老庙山庙会，四邻八乡都带着节目去“出社”，各个表演队排起了长队，大鼓队排在队伍的最前面，在前头开路，就像洪水的浪头，于是就叫“大水”了。有个村子的大鼓擂得很有名，花样繁多，气势恢宏，每年演出都在前面领头，久而久之，这个村也就改称“水头”村了。

程志远说，我在小海镇工作了这么多年，今天经你这样一说，才知道“水头”村的来历了。

郭信礼感叹地说，年轻，真好啊。我想，现在的年轻人哪，都应该向尚书记学习，干活儿不惜力，遇事爱动脑，能静下心学点儿东西，能沉住气谋划干事。尚德兴笑着说，我的好老哥呀，你别迂阔我了。郭信礼只管说着，一个地方，或者一个单位，有些人木讷不言，从不显山露水，如同一动不动看似干枯的鳄鱼，轻易不出击，一旦行动，则能快速地吞噬对方，取得胜利。而有些人平时总是大声快语，咄咄逼人，似乎都能左右局势，数他最有本事，其实也只是贵州的驴子，遇到急难险重的事情只会两手一摊，一耸两肩，一筹莫展。做人就应该多自我修炼，要有真才实学，一旦机会来临，便可脱颖而出，比其他人跑得更快更远。

三个人听了，都点头称是，都说郭经理的话很深奥，有哲理，耐人寻味。尚德兴真诚地说，郭经理历经风雨坎坷，有着丰富的经验和智慧，也有着人情练达和世事洞明的彻悟和超脱。到了这个年龄，更是修炼成精了。这真像有人说的：童年是一幅画，少年是一个梦，青年是一首诗，中年是一篇散文，老年就是一部哲学啊。

一时间，大家沉默了，好像是受了郭信礼的影响，都变成哲人了，都变得会深虑，会沉思了。

许久，尚德兴轻轻说了一句，下面条吧。

饭局结束时，刘爱国拨通了赵倩的手机，问她下午有课没有？赵倩说，刚好没课。刘爱国让她请半天假，明天正好星期天休息；让她把孩子安顿好，陪他去省城见一个客户。

接上赵倩，刘爱国开车上了高速，心情就有了一些愉悦，轻松得似乎要飘起来了。刘爱国想哼一句歌词，但记不准确了，只得放弃了这个想法。说，只要有你陪着，生意总是很顺利啊。赵倩眨巴着眼睛问，有那么神吗？刘爱国说，反正每次都是这样的。赵倩看着他说，那你以后有事儿，就让我陪你去办吧。刘爱国说，嗯，求之不得啊！赵倩笑笑，便不再言语了。

或许真的是有了赵倩的陪同，事情果然办得很是顺利，刘爱国抑制不住激动的心情，带着赵倩去了工人路上的丹尼斯商场，他想给赵倩买几身衣服。

在三楼的女装区，赵倩看上了一件长裙，服务员让她试试。当她从试衣间走出来时，刘爱国的眼睛一下亮了，这款衣服，简直就是为赵倩量身定做的，得体，合身，时尚，漂亮。试穿完了，刘爱国说，装起来吧。服务员拿袋子装好了，让他去付款，赵倩一看标签，居然七千元。赵倩坚持说，算了吧，我不喜欢这件衣服的款式和颜色。刘爱国说，款式和颜色，多好啊。服务员也说，大姐，这是名牌，你穿上这件衣服，比模特还模特呢。赵倩说，我不要这些名牌，在学校里教书，穿得差不多就行了，穿这衣服给学生上课，学生就只看我的衣服了，哪还有心思听课？

刘爱国算是听明白了，赵倩这是心疼钱。刘爱国有些感动了，他说，这么长时间了，我也没有给你买过什么礼物，太不好意思了。赵倩轻轻一笑说，你的心意，我领了，走吧，去给你看看衣服吧。明天你不是还要去见一位重要客户吗？别让他们觉得你寒酸。刘爱国一时不知道说什么好了。

赵倩转来转去，这样挑那样选的，最后，她精心地为刘爱国挑选了一套金利来西装，还有一双老人头皮鞋。赵倩让刘爱国试穿，刘爱国说，我不试，得先给你买了再说。赵倩说，快点儿试一下，我都给你挑好了。刘爱国还想说什么，赵倩看着他，轻轻说了句，听话！刘爱国真的不再吭声，进到试衣间穿上试了。一出来，服务员说，看吧，你老公穿这套，多有品位。赵倩抿嘴一笑，上前提提领子，拽拽裤子，左右端详着，像个细心的妻子。名牌毕竟是名牌，加上赵倩的眼光好，刘爱国穿在身上，一下子显得年轻了许多。赵倩满意地对服务员说，开票吧。

刘爱国正要去刷卡，赵倩说，我来吧。刘爱国赶紧拦住说，这怎么行呢？赵倩说，我送你的。刘爱国说，不中不中，这么长时间了，我都没送过你一件像样的礼物，你一下就给我买这么贵重的东西，那可不中！赵倩嗔怪地说，你不听我的了？我和你好，可不是图你什么。刘爱国想了想说，那，好吧，你就买吧，等会儿我也得给你买。赵倩没有答话，去收银台交了钱。

之后，在刘爱国的一再坚持下，赵倩才挑选了两件衣服，一条牛仔裤，一件呢子大衣。

出了丹尼斯，已是下午六点，两人去了一家麦当劳，很简单地吃了饭。赵倩看看才七点一刻，用商量的口气说，找个地方轻松一下吧！于是，刘爱国就带她来到了“梦巴黎”夜总会。

几曲过后，舞池里的灯光暗了下来，这是情调舞时间。一只温润的手轻轻地放在了刘爱国的手背上，他不由得心头一跳，就轻轻牵着那只手站了起来。进了舞池，赵倩身子一悠，便倚在了刘爱国的肩头。刘爱国环住了她那细细的腰肢，脸贴上了她的头发。柔柔曼曼的乐曲里，两个人渐渐沉浸到内心的感动中去了。刘爱国有些感动，多好的女人啊，自己虽然不能和她生活在一起，但一定要好好待她，决不能辜负了她。

一曲终了，两个人坐下来慢慢地喝着茶水，谁也没有说话。忽而，赵倩附在刘爱国耳边，用低低的声音说，我给你唱首歌吧。刘爱国说，好啊，还没听你唱过歌呢。赵倩就款款走到前台，选了一首邓丽君的《我只在乎你》。这是一首老歌，她在大学时候就一直喜欢。音乐响起，赵倩深情地说，我把这首歌，献给我最亲爱的人。

如果没有遇见你，我将会是在哪里？
日子过得怎么样，人生是否要珍惜？
也许遇见某一人，过着相同的日子，
不知道会不会，也有爱情甜如蜜？
任时光匆匆流去，我只在乎你，心甘情愿感染你的气息，
人生几何，能够得到知己，失去生命的力量也不可惜，
所以我，求求你，别让我离开你，
离开你我不会感到一丝丝情意……

赵倩唱得情真意切，也许，这首歌，已经在她心里唱过很多遍了，今天再唱，却有了另外一番感受，一番激情吧。刘爱国鼻子酸了一下，心儿，早已痴醉了。另一首曲子缓缓响起，灯光变暗了，赵倩下来，直接扑进了刘爱国的怀里。

许久，赵倩抬起头来，已是泪流满面。赵倩轻叹一声，说，走吧，明天，咱们不是还要见客户吗？刘爱国点点头，就拥着赵倩出来，来到宾馆。

刘爱国随手关上房门的那一刻，就将所有的一切都关在门外了。

洗漱之后，出浴的赵倩穿了一件粉红色睡裙，双眼迷离地看着刘爱国。刘爱国几乎被这一种炫目的惊艳压迫得呼吸不上来了，他的心仿佛被掏空了，他彻彻底底地醉了。算来有三个多月没有在一起了，两个人都有一些渴望。刘爱国痴迷了一下，说，今晚，你，真是太美了。赵倩娇嗔地说，我都不年轻了，还美什么呀。刘爱国动了真情，他看着她说，在我心里，你永远年轻漂亮。

赵倩忽然变得羞怯起来了，她不再说话，她在静静地等待着刘爱国，等待着刘爱国将她引进一片爱的沼泽。她的呼吸，微微有些急促，鼻翼轻轻抽动，她的情绪酝酿在心头，她的欲望孕育在心间，她有些不能抑制了。刘爱国轻轻揽住她柔软的身体，她已是软得懒得迈动步子了。

刘爱国抱起她，放在了洁白的床单上，随即，吻住了她的双唇。

赵倩突然感觉到，前所未有的兴奋，如一股浪潮，向她袭来……

十五

尚德兴一直把市政协的刘主席看作是自己的老领导，当作是自己人生道路上的恩师和贵人。

星期二下午，尚德兴参加了政法委的一个会议，结束时，才四点多钟，看时间还早，他就去了刘主席那里。

尚德兴敲门进去的时候，刘主席正在办公室里给一盆文竹浇水。尚德兴上前一步想接过水壶，说，刘主席，我来。刘主席笑着说，不用不用，嗯，看了会儿文件，眼睛有些发涩了，给花浇浇水，也算是调节调节吧；又指着沙发说，德兴，坐下说话。

尚德兴坐下后，刘主席问起了他的工作情况，他就把这几年在乡镇工作的经历，向刘主席做了详细的汇报。刘主席听了，感慨地说，以前，我在乡镇也待了二十多年，苦辣酸甜都尝遍了，有教训也有收获吧。尚德兴虔诚地说，刘主席，把您的经验给我传授传授，也教教我在乡镇怎样才能更好地干些事情。刘主席说，乡镇工作很繁乱，千头万绪，复杂多变，但是，凡事都有它的规律性，摸清情况，找到窍门，顺势借力，这样，工作起来就能够如鱼得水，游刃有余了。尚德兴饶有兴趣地说，刘主席，您能不能说得具体点儿。刘主席笑一下说，呵呵，农村工作就是“上面千条线，下面一针穿”。尚德兴不解地说，千条线？一根针？刘主席又说，“千条线”，指的是上级的各个部门，“一根针”，指的就是乡镇，实际上就是指落实政策、执行命令、完成任务的乡镇干部。尚德兴若有所思地点着头说，对，千条线，一针穿，农村工作可真是太复杂了。

看着尚德兴沉思的样子，刘主席指着窗台上的那盆文竹，意味深长地说，世间万物，道理都是相通的。德兴你看这儿，有意思吧，前两三年，这文竹是在一个小盆里种着，生长很缓慢，去年呢，给它换了个大盆，稍微施了些肥料，再看看，它竟生长得出人意料地快了。

刘公全主席其实也只有高小文化程度，年轻的时候，在村里当过生产队长、大队支书。因为他爱好学习，字写得漂亮，就被选到公社当了秘书。“文革”时，他是保皇派，曾遭到过批斗，回家休息了两年。也就是那两年，他从一个老教师那里借到了一套《资治通鉴》，还有中国四大名著等书籍，在家里废寝忘食地看啊，读啊，写啊，记啊，增长了不少知识，还从中悟到了许多为人处世的道理。“文革”结束后，他返回公社当了办公室主任。社改乡后不久，他当上了副乡长，再从副乡长干到乡长、书记，之后升迁到市里当了宣传部部长，又当了组织部部长、市委副书记。就这样，他一步步摸爬滚打，岗位和职务也不断变化升迁，人也就越来越睿智，思想也就越来越深邃了。

刘主席对尚德兴一直是很爱护的，对他的成长也是很关心的。停了一会儿，刘主席说，人啊，得珍惜这短暂的生命，宝贵的时光。德兴啊，你看，人生在世只有这么几十年的光景，从出生，到上小学、初中、高中，大学毕业时就二十几岁了。刚进入社会，才参加工作，情况不熟，经验和能力都不足，也担当不起什么重要的任务。等后来有了机遇，就有可能一步步向副科级、正科级、副处级、正处级迈进了。副科级五十岁，正科级五十三岁就协理了，掐指一算，中间能发挥点儿作用，为社会做些贡献的时间就那么十来年。我们来到这个世界上，走这么一遭，总得为我们生活的那块地方留下一些痕迹。平时，除了晚上睡觉，节假日、星期天休息，加之生病办杂事，真正能用在工作上的时间是非常有限的。所以德兴啊，如若有机会主政一方，能够按照自己的意愿干一些事情，对于人生来说，是非常惬意和美好的。

尚德兴正襟危坐，倾听着老领导的教诲。

刘主席意犹未尽地说，我非常赞赏林则徐说的那句话，“不要立志当大官，要立志干大事”。当然，大官和大事，跟我们这些凡人是不相干的，我们当不了大官，也干不了大事。可是呢，我们既然戴了顶官帽子，也算是个小官小吏吧。当官和干事，两者如果不可兼得，要我选择的话，我宁愿选择后者。我都这把年纪了，不需要唱高调了。这，也是我的心里话。以后，你到了我这个年龄，可能就会赞同我这个观点了。

刘主席呷了口茶，又语重心长地说，不能等到退下来了再想起来去干事，那就晚了。不在其位，不谋其政。当然，假如你有什么好的想法，好的思路，也可以给当政的领导提一提，至于他采纳与否，那就很难说了。所以，我们这些小官小吏，更应该珍惜当前的职务和岗位，在任时，要尽可能地多干些事情，为社会为群众做出自己应有的贡献，这样，以后就不会因为后悔而遗憾终生了。

尚德兴一边认真听着，一边用心记着。

回到镇里，尚德兴拿出日记本，把刘主席的那番话记了下来，以此来鞭策自己，激励自己。尚德兴知道，人生道路还很漫长，在工作上，也只能算是刚刚开头，今后要干的事情还有很多。刘主席的话，就是他今后在工作中的指南。

夜，已经很深了，尚德兴躺在床上，久久不能入眠。

尚德兴来到王店镇已经是第四个年头了。这年的年底，市里派出考核组对各个乡镇进行考核，通过考评，要在优秀的副职中推荐一名正科级人选。

这个消息，一开始，尚德兴根本不知道。也许是因为，他只顾埋头工作，也许是因为，组织上的保密工作做得到位吧。反正是，尚德兴突然得知这个消息的时候，事情已经到了跟前了。

参加会议的乡镇干部、镇直镇办负责人、各村支书、村委主任、规模企业负责人、都交上了自己的推荐票。

人大主席周永军看起来有些心灰意冷。他在乡镇工作多年，按照他的能力，当个镇长完全是绰绰有余的事情。他分管的各项工作，年年都是先进。人是好人，可他做人就是有点儿过于实在，又是个炮筒直脾气，遇事咋咋呼呼，总爱放炮，自己因此也吃了很多的苦，受了许多的气，因而也得罪了不少人，以至于每次干部调整时，都是因为民意投票不高而失之交臂，每次升迁无望，想调回市里又没有门路，情绪一直很是低落。

晚饭后，周永军一个人待得无聊，就跑到尚德兴这儿聊天。尚德兴拿出烟，递上了，又去给他泡茶。他坐下后欲言又止，弄得尚德兴的心里也是七上八下的。沉默了一会儿，周永军说，今天我不称你书记，叫你一声老弟，老弟啊，大家推测，这个正科人选，说是在副职中推荐，但副镇长的可能性不大，党委委员更是希望渺茫，估计会在三个副书记中产生。而在这三个副书记里，你前面有组织副书记和工业副书记，也都比较有实力，而你的排名最靠后，可你的优势也最大，你们三个数你最年轻，工作最出色，人缘也最好。哥劝你一句，该活动的时候就得活动活动，你可要好好地抓住机遇，不然，就会弄得像我这样，窝囊一辈子啊！

尚德兴无可奈何地说，唉，老弟我是一没关系，二没银子啊，咋办？一切随缘吧！

周永军叹口气说，俗话说，一命二运三风水，不信不行啊。我早就找风水先生看过了，我这辈子就这样了，命里只有八合米，走遍天下不满升。我也认命了。

说起命，尚德兴的脑海里突然就闪出刘正之的影子。

第二天一早，尚德兴看看没有什么大事，找了个借口，悄悄地去了刘村，问了几个人后，终于找到了刘正之老人的家。

刘正之老人的家，背靠青山，面临绿水，门前一片开阔地，打眼一看，仿佛暗藏着什么玄机。尚德兴暗想，这老人，恐怕果真有些门道啊！

进了院里，老人正逗着孙子玩。听到有人进来，也不去看，而是抬头看了下天空，慢慢地说，要升官的人，来了。

尚德兴听了，心头一颤。没等尚德兴开口，老人又说，我就知道你要来找我。尚德兴一下就怔在了那里。

回过神来，尚德兴才怯怯地问，老人家，您还记得我啊？老人说，早上的事情，怎么会忘记呢？尚德兴弄不明白，这老人说的是今天早上，还是几年前的那天早上，他无法再问，只管说道，老人家，早就想来看看您了，一直没有机会。老人说，无事的时候，不需看的。尚德兴又是一怔，暗暗说，这老人，看透我的心思了？这时，老人指了指屋子说，室内说话。老人说着，把孙子撒开在院子里玩儿，就领着尚德兴进屋去了。

老人的屋里收拾得干干净净，几案上摆着一摞一摞的书籍，有些陈旧，有微微发霉的气味。这些书，很厚，里面夹着纸条。尚德兴不敢翻看，他给老人点上烟，然后坐下了。

老人慢悠悠地问，这些，你，信吗？

老人问得很简洁，也很直接，尚德兴也不再含蓄，坦诚地说，任何事物的存在都有它的合理性，我信，但还没有到虔诚的地步。

老人说，信则有。

尚德兴说，信！

老人就说，阴阳学，主张的是，万事万物都有相反相成的两个方面，归纳为阴和阳，而阴和阳是能够互相转化，生生不息的。你可见过太极图？太极图中，当阳极最盛的时候，阴已悄悄出现；当阴极最盛的时候，阳已悄悄出现。盛极而衰，否极泰来，这个道理，是很深刻的啊。

尚德兴说，阴阳学说流传了几千年，奥妙无穷啊！

老人点点头说，五行学，则认为，万物皆是由金、木、水、火、土构成，不管什么事情，都显示着五行相生相克的顺序。阴阳和五行相结合，成为老祖宗解释各种自然和人生的一种理论。用阴阳和五行来解释人的命运，这就是占卜。根据生辰八字，可以推算出你命里有啥、缺什么。只有五行俱全，命运才会兴旺！

老人看尚德兴听得专注，忽然说，你小时候，有一次差点儿性命不保，真是有些危险！

尚德兴想了想，肯定地说，还真有那么一次。

尚德兴隐隐记得，大概在他十一二岁的时候，有一天，他跟毛蛋，还有别的孩子，上山割草，回来时，忽然起了大风，他背着满满一筐草，吃力地跟在后面。正走着，风一刮，身子一歪，脚下一滑，就掉到沟里去了。一群孩子吓得要死，幸运的是，他被几条老藤拖住，悬在了半空。孩子们赶紧叫来大人，拿绳子把他拉了上来。那沟，又陡又深，如果掉下去，后果不堪设想。这件事，现在基本上没有人知道了，但是没有想到，老人居然会知道，这，又是为什么呢？

这时，老人又说，你的运气，都是你家的老宅带来的，你家在打窑时，是不是挖出过一些古物？

尚德兴不假思索地说，有这事，我记得很清楚，1972 年，我家打窑坑的时候，挖出了很多泥陶人头像，有鼻子有眼，模样生动逼真。

老人接着说，你家阳宅，风水不错，好好珍惜吧！

尚德兴说，一切随缘吧，我想，人还是活得淡泊一点儿，超脱一点儿，不然的话，人生未免太过沉重了。

老人抬起眼来，看着尚德兴，慢慢地说，不错，我观你面相，当是吉人，自有天助。一时一地，虽不得志，但自有上天借贵人之手来帮你。

尚德兴的呼吸有些急促起来了。

老人又说，你写个字吧，给你测测。

尚德兴拿着笔，犹豫着，不知道写什么。

老人提醒他说，不要刻意写什么，心里想的随便写一个就是了。

尚德兴屏住呼吸，写了个“事”字。

老人端详了一下，说，知道了，你要问的是，事业！好了，这字无须再测，已经一目了然。你看，这字，中间一竖，上通天，下接地，对上无限伸展，对下根植沃土，中间几笔又四通八达，实是玄机暗藏。

最后，老人一笑说，前途光明，前途光明啊！

尚德兴听了老人的解释，心跳得更加厉害了。

十六

虽然尚德兴已经在王店镇工作了四个年头，算是见过些世面，但是，当他走进小海镇政府，走进小海镇政府为他安排的办公室的时候，还是禁不住暗暗吃了一惊。

小海镇政府是一个花园式的院子，办公楼高大气派，里面装修得简洁典雅。尚德兴惊叹着，真不愧是，大镇啊！跟王店镇相比，同样都是镇，可镇与镇的差别咋就这么大呢？进了办公室，房间里摆放着高档沙发、老板桌椅、电脑、传真机、电视、空调、饮水机，一应俱全，这些，也是王店镇没法相比的啊。在小海镇，副镇长以上都配有专车，而自己在王店镇工作了四年，直到离开的时候也没有混上辆车，外出办事，还都是几个人合用办公室那辆公务车。

直到尚德兴在那张大老板桌后面的老板椅子上坐下来，他的心情才稍稍有些平静了。他稳了稳身子，忽然想到了刘正之老人。这老人，还真有点儿水平，不服都不行。尚德兴去了刘正之老人家的一周之后，永安市提拔并公示了十一名镇长、街道办主任，其中就有尚德兴的名字。尚德兴被任命为小海镇镇长。

尚德兴坐在办公室里，他此刻的心情用喜忧参半来形容是最恰当不过了。

小海镇离永安市区二十公里，人口有六万，面积七十多平方公里，在永安市属于大镇，在永安市的十七个乡镇中，虽然小海镇的产业结构不太合理，但全镇企业众多，工业基础较好，小城镇建设很发达，文化教育等各项事业进步较大。最耀眼的，小海镇还是全省综合实力五十强乡镇的前几名。能够到这样的大镇来任职，当然算是一件喜事了。况且，人们都说官场是“不跑不送，原地不动；只跑不送，轮岗调动；又跑又送，提拔重用”，可是这回，尚德兴真的是既没跑又没送，看来社会上流传的只是一种误解，组织上是公正的，主要还是看工作效果，也是要看群众基础的。这是令尚德兴喜的一面。

尚德兴有些担忧的是，到这个经济发达的人口大镇来任职，人地两生，他怀疑，自己这两把刷子，能使得开吗？如果是一个中等小镇，压力还会小一点儿。而且，在小海镇这么高的起点上，要想再做出什么突出的成绩，肯定是比较困难的，所以，他刚刚上任就感觉到了压力。幸好，老同学程志远是小海镇的副镇长，遇到什么情况还有个可以商量的人。嗨，管他呢，车到山前必有路，船到码头自然直。这样想着，尚德兴的心情就有些平静了。

小海镇党委书记范昌海对这位三十五岁的年轻镇长非常看好，他专门安排一位副书记和办公室主任陪同尚德兴到各个行政村，各个企业，走一走，看一看，认识一下人，熟悉一下情况。

每到一个村子，或是一家企业，尚德兴都是那样的谦虚，那样的认真，但他却明显地感觉到了人们对他过分的热情和尊重。他在乡镇当了四年的副书记，对乡镇工作应该说是驾轻就熟了。刚下到乡镇那会儿，一切都是懵懵懂懂的，情况不熟悉，说话办事不得要领，工作上干着急却苦于无从下手，有点儿老虎吃天，无从下口的感觉。而现在，他已经深得个中三味，成熟，从容，深沉，干练，一切是那样的得心应手。然而，环境变了，职务升了，但他的心中并不十分踏实。他总是觉得，在王店镇当副书记的时候，是那样的有胆量，办事大刀阔斧又游刃有余。到了小海镇，他却忽然觉得自己有些不太称职了。

尚德兴暗暗地下了决心，一定要在短期内尽快融入小海镇，把自己尽快变成一个合格的，不，是优秀的、有魄力的镇长。

经过一段时间尽心尽力的工作，小海镇的干部接受了他，小海镇的人民也接纳了他。

四个月后，小海镇召开人代会，尚德兴以满票当选为镇长。

小海镇的干部和人民，在灿烂的阳光下，在全镇人民代表大会上，听取了这位年轻镇长的就职发言。

各位代表：

非常感谢大家对我的信任和支持，把我选为小海镇镇长。

每一位代表用神圣的选票把我选为镇长的同时，也用感情和希望把我选为六万人民中的一员，能够在小海镇和大家一起，共同奋斗，开拓创新，既是我的责任，更是我的光荣，我为自己能够成为一个小海人而深感自豪！

小海镇人杰地灵，是我市的经济大镇、文化大镇，是历届老领导、老同志用心血和汗水浇灌过的地方。作为新的镇长，我会把全部的精力和感情投入这片热土上，热爱她，建设她，为她奋斗，给她增色。我相信，事在人为，勤能补拙，只要大家以只争朝夕的精神，以磨棒成针的毅力，以攀登不止的追求，加倍工作，埋头苦干，我们就没有跨不过的沟，过不去的坎，就没有翻越不了的火焰山。今后，我要团结带领新的一届政府班子，力争做到以下三点：

第一，加强团结。团结才有凝聚力，团结才有战斗力。要充分调动上上下下、方方面面的积极性，齐心协力，优势互补，努力开创咱们小海镇的工作新局面。

第二，干事创业。没有付出就没有收获，不奋力拼搏就不会成功。在工作中，我们要不脱离实际，不回避矛盾，少说空话，多办实事，坚持“发展才是硬道理”，大力引导发展好小海镇的经济，不给百姓打白条，不给企业开空头支票，让老百姓的心情一天比一天好，日子一天比一天强。

第三，勤政廉政。既要干活，又要干净。小海镇目前还有很多困难，更应该开源节流，艰苦奋斗，不图形式，不走过场，以政府工作的廉洁高效来取信于民。

我很欣赏内乡古县衙里的那副对联，“得一官不荣，失一官不辱，勿说一官无用，地方全靠一官；吃百姓之饭，穿百姓之衣，莫道百姓可欺，自己也是百姓”。我认为，我现在的位置，应该是六万父老乡亲中的前排观众，我要以人为镜，不断地充实自己，做好工作，争取干好每一件事情，与父老乡亲同呼吸，共命运，在镇党委的领导下，团结带领政府一班人，贯彻执行好各项政策，把各项工作落到实处，努力使自己成为一名合格的镇长。

任职期间，如果我干得不好。恳请各位代表监督我、弹劾我，利用你们每人手中神圣的选票罢免我，并另选贤能。

掌声，雷鸣一般。

掌声，经久不息。

尚德兴到小海镇当镇长，最高兴的是程志远。一是因为，老同学作了自己的顶头上司，以后说话办事当然会方便一些。再者，镇长顺接书记的可能性很大，过几年，一旦老同学接了书记，自己背靠大树，也好乘凉。

不过，程志远也是很讲究策略的，表面上，他没有跟尚德兴走得太近，更没有显示出过分亲密的样子。他怕别人说自己溜须拍马，也怕别人说尚镇长亲疏有别。他不想给人留下话柄，也不能叫尚德兴给人留下话柄。那样，对老同学不利，对自己也不利。所以，无论人多人少，他都是规规矩矩的。即便是在镇长办公室汇报完工作，他也不会停留太长的时间。这反倒让尚德兴觉得，两个人的关系有一些生分了。

星期五的下午，程志远在尚德兴办公室汇报完工作后，起身要走，尚德兴说，志远，你这是干什么啊，公开场合注意一点儿就行了，在我办公室里，又没有外人，你一本正经的干什么啊。你看以前，无拘无束，不拘礼节，多好啊！程志远说，我还不是为你着想嘛。尚德兴说，不管为谁着想，总叫人觉得别扭。程志远说，要不，咱们周日到野外去转转，我陪你锻炼锻炼身体，顺便也把我的一些工作上的想法跟你详细地汇报汇报。尚德兴笑着说，看看，看看，又来了，啥汇报啊，咱们共同探讨吧！程志远笑着说，好好好，你说啥就是啥，你说共同探讨就共同探讨，谁让你是领导呢。尚德兴想让气氛轻松下来，就朝程志远肩膀上拍了一掌，说，要不，咱们周日就出去一趟，好好转转。程志远说，那，咱们就去爬黄牛寨吧，边爬山，边聊天，既锻炼了身体，又探讨了工作。尚德兴说，黄牛寨？听说那里景色不错，山下有一棵1500年的黄楝树，山上风景如画，值得一看。程志远高兴地说，好，就这样说定了，周日早上八点半，我去你家楼下接你，不行的话，我从外面带个司机。

秋日的阳光总是很明媚，有几朵秋云，也有几缕秋风。将近八点半的时候，程志远打来了电话。程志远说，赶紧下绣楼吧，我在楼下等着呢。尚德兴说，请稍等会儿，马上就好。程志远说，还“马上就好”，莫非你还要缠脚？尚德兴说，不缠脚，要放脚。尚德兴换上了一双球鞋，穿着一身运动衣下楼了。

看见尚德兴从门洞里出来，等候在车旁的程志远，慌忙把后排右侧的车门打开了，随即做了个“请”的手势。尚德兴坐上以后，程志远“嘭”地关上车门，又绕过去，坐在了后排的左侧。

坐车的位置，也是有些规矩的。一般是这样子，秘书或者工作人员要坐副驾位置，领导坐后排右侧，这个位置最安全，也便于秘书为领导开关车门。陪同人员一般坐领导的左侧，这样说话或介绍情况方便些。若是领导自己驾车，其他人一定得坐在副驾上，千万不可坐后排。若那样，领导变成了司机，坐车的反倒成领导了。如果是碰上小心眼儿的领导，他会觉得他在为你开车，为你服务，心里就会很不舒服的。

尚德兴注意到，今天为他们开车的是位美女，侧看，很是窈窕。车起动了，程志远给前面开车的美女介绍说，小白，这就是我给你说起过的我的老同学，小海镇镇长，尚德兴。

美女扭头冲着尚德兴粲然一笑，露出了洁白整齐的牙齿，清清脆脆地说，尚镇长好，久闻尚镇长大名啊。又说，我叫白玉，以后就叫我小白吧。

程志远给尚德兴介绍，小白在她舅舅的装饰公司上班，专业是搞画画的，也是省美协会员。

尚德兴热情地说，画家呀，小白真是才女啊！幸会幸会。

白玉的驾驶技术不错，大约三四十分钟，车子就开到了黄牛寨下面。往前走，就是小路了。白玉停好车子，三个人下了车。

白玉一下车，尚德兴看得很清楚了，白玉身高一米六左右，身材匀称，眉清目秀，猛一看，第一眼也没有觉出她有多美，细看，就越看越耐看，越看越美丽了。她的嘴角挂着浅浅的笑意，有一种特有的高雅气质。她穿着一身橘红色休闲运动装，显得青春时尚，活泼可爱。

白玉打开后备厢，拿出一把小折叠椅，带了画夹，然后锁好车子，对他们说，出发吧。程志远似乎是轻车熟路，招呼尚德兴说，来，从这里上，保你一路有风景。尚德兴看着白玉和程志远，心里有了个问号，这两个人，什么时候认识的，怎么没听程志远说过呢？来不及多想，尚德兴打趣道，嗯，跟二位一起游玩，你们两个，就是一道亮丽的风景啊。白玉听了，羞涩地一笑，程志远的脸上流露出春风得意的样子。

心情和天气一样的晴好，三个人沿着蜿蜒的小路，往高处的黄牛寨进发。微风拂面，花果飘香，石径边，不时惊起几只麻雀，或是一只野鸡，或是一只不知名的大鸟，扑棱棱地展翅飞向远处。

正走着，尚德兴的手机响了，一看，是范书记打来的，便想，当着二人的面接起来恐怕有些不妥吧，万一是不想让外人知道的事情怎么办？但自己又不好躲到一边去，尚德兴迟疑了片刻说，志远，你们两个前面先走，我接个电话。程志远和白玉径直往前走了。

其实也没有什么重要的事情，早知这样，也不必背着他们二人了。挂了电话，程志远已经走远了，尚德兴也没有刻意地去追赶，反正就是这么一条小径，他走得再远，也是在这一条道上。况且，既是赏景，也不必慌慌张张地紧赶慢赶了。于是，尚德兴便慢悠悠地，一边攀爬着石径，一边欣赏着远远近近秋天的景致。

尚德兴看到路边那一树的核桃，很喜人。油亮的核桃挂在树枝上，映着秋阳，泛着青光。“谷子上囤，核桃挨棍。”正是收罢秋庄稼的时候，核桃也成熟了。他来到核桃树下，尚德兴想摘下两个果子来。可是，这是谁家的核桃树呢？看看，周围静悄悄的，没有人，一时间，尚德兴心里萌生出了久违的童趣，他四处搜寻到一根棍子，回到树下，他象顽皮的孩童那样，用棍子打核桃。可是，棍子太短，够不着，只打下了最低处的一颗。尚德兴并非是真要打下核桃来，或许只是，童心未泯吧。

童心未泯的尚德兴把玩着那颗核桃，扛着那根棍子，在路上就有了玩耍的意思。那颗核桃还带着青皮，尚德兴忽然想起，山里人把刚刚长大的半大小伙儿称作“青皮核桃”，是说他涉世不深，没有经验。那么自己呢？虽说是早已过了而立之年，又参加工作这么多年，可是，在人们的眼里，在领导的眼里，在父亲的眼里，是否还是一颗没有成熟的青皮核桃呢？

不管在别人眼里自己是什么，说是青皮核桃也好，说是愣头青也罢，今日出来休闲，就顽皮一回，又有什么不可以呢？有了这样的想法，尚德兴索性扛着那根棍棍，学着孙悟空的样子，去追赶前面的两个“妖精”了。

行走间，前面忽然闪现出几户人家。这几户人家，坐落在小径旁，几个妇女坐在秋阳下的石墙跟前，有一搭没一搭地扯着闲话。

一个妇女说，刚刚过去的那个穿红衣裳的女人，还记得吧，你们说说，她是干啥的？

另一个说，哪个哪个？红衣裳？就是那个背着个破板子的女的？

一个接上话说，啥呀，啥破板子，那叫画夹，去山上画画用的。

另一个说，就是，我以前在山上见过，好多人腿上搁着个画夹，在那儿画山，画树，画草，画人，有一个画得最快，画了一堆的人头。

那个妇女说，对了，那是个画家。

那个妇女又说，都猜猜，她跟那个男的啥关系？

一个说，啥关系，不是两口子？

另一个说，狗屁两口子，看他们走路的样子不像，哪有两口子在寥天野地里搂搂抱抱的。

一个说，两口子就不能搂搂抱抱了？

一个说，我看这两个人根本不像一家啊。

另一个说，这两个人来得多了，光我就看见过两三回了吧。

忽然，她们就禁了声，因为，她们看见尚德兴提着根棍子走近了，就不再议论了。尚德兴这才明白，刚才她们是在谈论程志远和白玉。看来，这两个人没少到这儿来，连路边的人都认识他们了。

她们看见尚德兴走过来，嘴上虽是不再吭声，然而，她们的眼睛，始终没有离开尚德兴。也许，她们心里也在猜测着尚德兴的身份吧。果然，尚德兴刚走过去，听见身后一妇女说，猜猜，这个人是干啥的？一个说，干啥的，也是上黄牛寨游逛的吧。一个说，这人看着像个干部。另一个说，这个人，文文气气的，跟那个穿红衣裳的女人倒像是一家。那个妇女猛地惊叫一声，坏了，莫不是那女的老公撵来了吧？大家肯定地说，哎呀哎呀，坏了坏了，这一回可有好戏看了，等着看热闹吧。

尚德兴听见了，觉得很好笑，她们把他当成白玉的老公了，或许是来捉奸的，真是太搞笑了。

尚德兴远离了这一片议论声，忽然有了一个心思，来的路上，他就很疑惑，这个程志远，怎么弄了个女司机呢？真的如他所说，只是他邀请来开车的吗？是咱们两个出来谈心，还是你带着她游山玩水？尚德兴感觉自己成了多余的了，成了多余的“电灯泡”了。

这样想着尚德兴就笑了，怎么可以这样揣测他们两个呢？尚德兴总是这样，不管是人前或是人后，他都不喜欢猜忌别人。

尚德兴追上他们二人时，两个人正站在一棵大树下说话，身子靠得很近，程志远的一只手似乎还放在了白玉的腰间，见尚德兴过来了，他们一下子闪开了。

尚德兴玩笑道，你们走得可真快，是不是有意躲我？程志远说，躲你什么呀，是怕影响你接电话。这时，白玉说，那我也不打扰你们谈话了，尚镇长有电话还背着我，你们两个谈话，我就更不能碍事了。呵呵，玩笑玩笑。这样说着就要走，尚德兴说，我们没有什么正经话，不影响的，倒是我，会不会影响你们两个了。白玉就说，尚镇长真会开玩笑，你们谈，我去写生了。

白玉离开了，尚德兴看着程志远说，这个白玉，嘴巴这么厉害。尚德兴瞧了一眼远处的白玉，笑着打趣说，老实坦白吧，什么时候，你也学会金屋藏娇了？程志远说，哎哎，啥金屋藏娇啊，你别瞎想，我们还没有走到那一步。尚德兴说，没到那一步？我看也差不多了。程志远说，哎哎，可不敢乱传绯闻啊。尚德兴盯着志远的脸，笑着问道，那你们是怎么认识的？

好一会儿，程志远才说，是去年秋天吧。我去文化馆参观一个书画展，看见一幅山水画，很有韵味，画面上树木茂盛，有小桥流水人家，让我有种想去这个地方游览的感觉，甚至还有一种到此生活的冲动。我想买下这画，看了标价，两千六百元。我问，这是谁的画，能不能便宜点？这时，一个眉清目秀、身材窈窕的女子走过来问，看上这画了？我说，这画，我喜欢，只是，有点儿，嗯，便宜些好吗？她说，先生要是喜欢，就看着给吧，一千五、两千，都行。见她这么干脆，我说，那就一千五吧。她说，也行啊。我又看了看画，心想，这画，一千五百块买下也值。可拿出钱包一看，只有一千一百块。又不能反悔不买，又不能再搞价，我很是尴尬，嗯，不好意思，这样吧，我下午再来买吧。怕她不相信，我又说，画你给我留着，可以先付些定金。见此情形，她嫣然一笑说，画遇识者，是画家的幸运，有多少算多少吧，画您拿走，别来回跑了。当时我很感动，就一千一买下了画。

尚德兴玩笑说，嘿嘿，怕不是看上画了，是看上人了，人比画美啊！程志远摆摆手说，哪里哪里。接着说，自那以后，我们认识了，有时候也约出来转转街，聊聊天。她这人，很善良，也挺善解人意的。她丈夫在东村镇财政所当所长，她舅舅的装饰公司生意比较红火，正好，咱们镇有个地板砖厂，我给他们牵了线，地板砖厂按出厂价供应他们地板，省了销售的开支，装饰公司给客户推荐质优价廉的地板，适当加些价，客户也得了实惠，比去批发市场买还便宜呢。这样，双方互利共赢，大家合作得也比较愉快。尚德兴听他这么说，不再接话，而在心里琢磨着，这个程志远，费这么大劲儿介绍生意，他会白出力吗？这样想着，不禁就说了出来，哦，那么优惠，他们怎么谢你？程志远愣住了，忙说，你是说，我有好处吗？尚德兴说，有也是应该的。程志远的脸上有了一些不自然，不再言语。毕竟，尚德兴是他的上级领导，虽说是老同学，可有些事情，还是不能让他知道的。

尚德兴也不再问，有意岔开了话题。他提醒程志远说，你跟白玉这事儿，你家女皇不知道吧？她若知道了，你还会有好日子过？程志远叹口气说，哎呀哪敢让她知道啊，她要是听说一点儿风吹草动，还不把天翻过来。前两天，因为一点儿小事，她掂着刀就砍过来了，幸亏我腿脚灵便躲得快，否则，今天我哪能囫囵着陪你爬山呢？哎！志远深深地叹了一口气，停一下，他摇摇头说，在家太压抑了，工作压力又那么大，有时出来，跟她聊聊天，挺开心的。尚德兴暗想，这个程志远，一整这种事儿，思想就乱了，家庭关系搞不好，还怎么进步？

程志远对正在沉思的尚德兴说，这段时间，晚上我经常替你想，怎样才能当好镇长？想给你提些参考意见。

尚德兴停下脚步，看着程志远说，哦，快说说，怎么个弄法？

程志远说，其实，当个镇长，说容易，也容易，要干好，却也很难。要说容易，你看，下面有副职和中层干部顶着，上面有书记罩着，小事让下面人去干，大事让范书记操心，你别当那么多家，这不就很轻松吗？要说难呢，你看，当个镇长，就要扮演好自己的角色，找准自己的位置，拿捏好做事的分寸。哪些话该说，哪些话不能讲，哪些事该做，哪些事不敢干，这都得动脑筋。对下属，也有讲究，对象不同，交流方式也不同，啥样的人，用啥样的方法。要当好镇长，既要有魄力，又要有才华，还要有实干精神。你时时处处听书记的，别人就会认为你是个傀儡，没什么本事，这样就会失去威信。可你要是太有主意，爱出风头，凡事爱当家，把书记撂一边，这样就会产生矛盾，甚至会两败俱伤。到了一定程度，还可能被调离，那时就被动了。说这么多，其实就看你怎样把握这个度了。

尚德兴一边听，一边点头。心想，真是这样啊，要真干好这个镇长，确实不易，不当家不知柴米贵，事非经过不知难啊！的确是在实际工作中，镇长既要给书记当参谋，出主意，又要领着班子成员冲锋陷阵，在前方作战。在乡镇，人们通常称书记是一把手，镇长是行政一把手。可是，一个单位，只能有一个中心，一个统帅。镇长要带头尊重服从书记指挥，看人长处记人好，揽过推功，务实肯干，遇到棘手问题，要冷静地分析症结，查找根源，寻求一种既解决问题又不伤及自己羽毛这样两全其美的有效办法，用自己的人格魅力和影响力，一件事一件事地抓落实，积小胜为大胜，只有这样，才有可能当好镇长。

几年的乡镇摔打历练，尚德兴已经变得成熟起来了。

他俩边说边走边看景，不觉就来到了白玉写生的地方。白玉画得比较专心，她画的是黄牛寨最高处的山峰景色，可她嫌寨子上的山势不够雄伟，又把旁边的那座山峰也移在寨子上了。

尚德兴看着白玉画的素描草稿，说，哎小白，你怎么把那座山峰移了位置了？

白玉笑一下，解释说，文学上讲究，“源于生活又高于生活”，画画也是一样的，也可以把美景移位到理想的地方。这些要靠想象，你看，把这座山峰放在黄牛寨上，寨子就险峻多了，也更有气势了。你再看，在画中，我又添上了一户人家，这股炊烟，就是半山腰那户人家正烧柴做饭呢。尚德兴说，噢，这么多讲究呢。程志远说，哎呀，听小白说的，画画的讲究多了。怎么样小白，给我们讲讲，让我们也长些见识？白玉一边合上画夹，一边说，讲什么啊，我也是个半瓶子。尚德兴说，讲讲，讲讲，洗耳恭听，洗耳恭听。

白玉说，哎哟让我说什么呢？那就说画吧。画呢，分国画和油画。国画，顾名思义是咱中国传统的民族绘画，主要有人物画、山水画、花鸟画和界画四大类。人物画是以人物形象为主体的绘画，如道释画、仕女画、肖像画、风俗画、历史故事画等。这讲究的是，以形传神、形神兼备。山水画是描绘山川、河流等自然景色的，讲究气势或神韵，分为水墨、青绿、金碧、淡彩、浅绛等。我刚才画的牛家寨素描，也可以说是山水画。花鸟画画的是花卉、瓜果、竹石、鸟兽、虫鱼。这类画往往生动、逼真，很有情趣。界画，一般人弄不明白，你们知道就行了，它介于人物画与山水画之间，主要是画宫宇居室、楼台亭阁等建筑物的。

尚德兴听得津津有味，追问道，油画呢？

白玉说，油画就是人们俗称的西洋画，我说不确切，大致分为人物画、风景画和静物画三类。油画主要是用线条，光线，借助油性颜料来准确生动地表现人物的肤色和衣服、装饰的特质，给人以立体感，使人感觉到画中人的骨骼、皮肤的颜色、弹性，有如见其人的真实感。

稍稍喘口气，白玉又说，一幅好的书画作品，须诗、书、画、印四者俱全才行。比如加盖印章，就很有讲究，书画作品通常有盖一枚章的，有盖两枚章的，也有盖三枚章的。印章分朱纹章和白纹章，也叫阳刻章和阴刻章。朱纹章也称阳刻章，印出的字是红色的。白纹章也叫阴刻章，印出的字是红边白色的。一幅作品盖两枚章时，不能用两枚朱纹或两枚白纹，只能是朱纹、白纹合用才对。若盖三枚，除了朱纹、白纹章，还有一枚闲章。盖章的位置也基本上是固定的，不能随意乱盖。

白玉讲完，问，不知我说得明白不明白？

程志远感慨地说，听君一席话，胜读十年书啊！

尚德兴似乎是沉醉了，又似乎是痴迷了，他没有回答白玉的问话，甚至没有听见程志远说了些什么。尚德兴望着远处耸立的山峰，他的心，早已飞到很远的地方去了。

程志远知道，尚德兴的心，已经飞回到了小海镇，已经飞回到了他工作的地方，飞回到了他挚爱着的那片深情的土地上。

十七

尚德兴刚到小海镇不久，老天就给了他一个下马威，这让他有些始料未及。

俗话说，天有不测风云。这是一场灾难，或者说，这是一场浩劫，突如其来地降临在了中国大地上，降临在了中原大地上，也降临在了永安市的大地上。

2003 年的春节过后两个月，一个令人恐慌的消息突然在民间传播起来了：一种疾病自南方传到了北京和上海，染上这种疾病的人，开始是持续高烧，接着是昏迷不醒，最后必然危及生命。况且，这种怪病，目前世界上没有药物可以治愈。

卫生部门通过媒体提醒人们，这种疾病，是通过空气传播或者直接与病人接触传染的，戴口罩、喝板蓝根冲剂可能会防止接触传染。

一时间，街上白花花一片，人们一出门，全都戴上了口罩。继而，人们又一窝蜂地涌进医院或药店，去购买板蓝根，致使板蓝根价格一涨再涨，仍是供不应求，最后被抢购一空了。

很快，中央电视台和国内各大报纸发布消息：免去了卫生部部长和北京市市长的职务。被免职的原因是他们对当前如此严重的传染性疾病麻痹大意、控制不严、防治不力，没有启动应急预案，致使疑似病例不断增加，已经出现多例死亡事件。

此时，人们才意识到这种病魔的恐惧和厉害，也才知道这种病魔叫作“非典型性肺炎”，简称“非典”，英文缩写 SARS。

医疗专家又分析出来了，SARS 病毒最先是从野生动物果子狸身上发现的，疾病也是先从广东发现的。广东人有钱，寻刺激，图新鲜，啥都敢吃，像蛇呀、龟呀、猴呀、鸟呀、果子狸呀，只要没吃过的，都想吃，都敢吃。有翅膀的除了飞机，四条腿的除了凳子，其他的，都吃遍了。结果吃了这不该吃的果子狸，人就染上了这种病毒，并且很快又传染给了其他无辜的人。

这种病毒主要是通过呼吸道和皮肤接触传播，症状是持续高温、免疫力降低、死亡率极高。所以，这一时期，防治“非典”成了全国的头等大事，各地各级政府，全民动员，安排部署，严防死守，众志成城，万众一心，抗击“非典”。

得到部署，小海镇也不敢怠慢，镇党委、政府组织干部，动员镇卫生院和各村诊所医务人员，为村民发放口罩和巴氏消毒液，低价供应体温计、手套和板蓝根冲剂，又统一配制了几味中药，一包一包的，卖给村民熬了喝，起到清热解毒消炎的功效。那几天，各村的天空都飘着一股浓重的中药味儿。各村派出专人在村边路口设卡盘查，对进出村庄的所有人员进行登记、消毒，还得测量体温，体温正常的，可以进村，体温稍高的，先送到镇卫生院筛查，高烧不退的，再立即送到市医院特设的传染病房，进行隔离观察治疗。镇政府又组织人员对辖区内居住的人口进行劝导，让他们尽量不要外出，不要聚集，没事儿都各自在家待着，不要乱跑乱动，以免染病，惹上麻烦。

这一些事情相应地容易点儿，最难弄的是，还要挨家挨户登记排查到外地去的出差人员和务工人员，弄清他们在什么地方，什么时候回来，特别要重点防范那些从疫区回来的人。这些人，回来以后，不管你发烧不发烧，都必须隔离观察。学生也都停课放假了，各村就把教室腾出来，成了这些返乡人员的临时隔离观察点。有事没事，先在学校里住一星期再说。

为了防止这些返乡人员直接回家，各村除了在路口设卡布防外，还成立了流动巡逻队，戴着红袖箍，不停地在村里巡逻。

数字统计出来了，小海镇在外地的出差务工人员有三千二百一十一人，其中在重点疫区的有四百三十二人，从重点疫区返回的有一百〇八人。

返回到小海镇的这一百〇八人，就是一百〇八颗定时炸弹，不一定哪村哪户，不一定在什么时间，也不一定是哪一颗，说响就响了。所以，要严加防范，重点控制。这一百〇八人分散在二十一个村的小学校里，每人住一个教室，被褥、衣物、洗漱用品由家人送来，一日三餐也由家人送到学校门口，再由看护人员转送进去。在这七天里，每天都由镇卫生院派来的医护人员测两次体温，密切观察症状。若是体温正常，也无异常情况，七天后就可以放回去；若有发烧、恶心、呕吐等疑似人员，就须采取紧急措施隔离治疗。各村防控“非典”的情况每天都要统计上报镇里，镇里每天下午五点钟再把各村的汇总情况上报市里，市里再往省里，省里再报到国务院。中央电视台的新闻联播之后，各级电视台都要公布防控“非典”的最新动态。

尽管是严防死守，尽管是全民动员，尽管是盘查防控，尽管是隔离治疗，然而，全国“非典”病人死亡人数还在不断地增加，也有医护人员在救治过程中感染病毒，因公殉职。小海镇也出现过六例疑似病人，被送到了市医院。因此，镇里对“非典”的防范更加严密了。

“五一节”前，从广东返回小海镇一个年轻小伙子，家住小海镇郑沟村，这次回来是要结婚的。他下了车，一到村口就被截住了，不让回家。小伙子说，干啥干啥，咋不叫我回家哩？检查的人说，“非典”时期，从外边回来的人，一律隔离七天。小伙子说，噫，这可不中，我“五一”还得结婚哩。那人说，今儿都四月二十七号了，没事儿的话，最快五月三号放回去，这婚，“五一”结不成了。小伙子说，这咋弄哩？日子都定了，亲戚朋友都通知了，老丈人家都准备好了，说不结就不结了？那人说，这是“老鳖的屁股——龟腚（规定）”，谁也没法。这小伙子有点儿二蛋，焦躁地说，管你规定不规定，我结婚要紧！说着，掂起提包就要回家。守护在村口的人拉也拉不住，幸亏，巡逻队正好走到这里，大家一齐上阵，把小伙子“擒”住了。巡逻队长生气地说，你想弄啥？你想破坏抗击“非典”？小伙子挣扎着说，你说我想弄啥，我想结婚！巡逻队长说，结婚？你结“黄昏”去吧。又对巡逻队员说，走，送到镇里去。

巡逻队“押”着小伙子刚刚进了镇政府的大门，双方家里就得到消息，一干人马火急火燎地涌到镇里来了。女朋友哭，娘和丈母娘也陪着哭，事儿闹大了，镇党政办公室主任赶紧把这事儿汇报给了尚德兴，他放下手上的工作来到现场。到了跟前，尚德兴见两个巡逻队员扭着小伙子的胳膊，问，咋回事儿？巡逻队长年龄较大，有点儿邀功请赏的意思，讨好地说，尚镇长，抓住一个破坏分子。尚德兴不耐烦地说，都啥年代了，还说破坏分子。巡逻队长解释说，他扰乱抗击“非典”。尚德兴说，放开放开，别拉拉扯扯的。尚德兴弄清楚是怎么回事后，安慰说，都别激动，我当多大个事儿哩。

这时，小伙子的娘和丈母娘都说，俺真是要结婚的，恁也别不信，你们看你们看，闺女也在这儿。尚德兴想了想说，抗击“非典”，是国家的大事儿，谁也不敢麻痹大意，更不允许扰乱这项工作。小伙子的娘说，俺孩儿可不是故意扰乱的，您行行好，饶了他吧！尚德兴拿出手机拨了一个电话，打到了镇卫生院。不一会儿，卫生院的院长带着两名护士就来了。尚德兴跟院长在一边咕哝了几句，院长让女护士拿出体温计给小伙子量体温。过了五分钟一看，三十七度六。院长对尚德兴说，稍微发热，也有可能是长途奔波没休息好，其他没有什么异常症状。

尚德兴转身对小伙子说，结婚是一辈子的大事，我们也不死搬教条了。今天咱就破个例，让你回去结婚。又对他的家人说，回去准备办事吧，不过，不要通知那么多亲戚，别让他接触太多人。一家人千恩万谢，正要回去，尚德兴又说，别慌别慌，还有事儿哩。尚德兴对院长说，一周内每天派一个护士到他家量两次体温，去的时候穿便装，别影响人家办喜事，如果发现异常，你们也得理解配合，赶紧采取措施进行治疗。大家都说，谢谢谢谢，记住了记住了。

天气逐渐炎热起来了，到了盛夏，SARS 病毒没有再继续传播，疫情得到了控制，人们的生活就又恢复正常了。

由于这场突如其来的“非典”，刘爱国已经有好长时间没有跟赵倩在一起了。这天一大早，刘爱国打电话把赵倩约了出来，车子驶入了一个豪华的小区。停了车，刘爱国径直进了二单元，上了电梯，赵倩莫名其妙地跟在后面。电梯到了三楼，刘爱国拉着赵倩出来，走到东户门前，掏出钥匙打开了门。赵倩跟着刘爱国进了门，眼前豁然一亮。这是一套大房子，欧式装修风格，家具电器一应俱全。赵倩问，这是，你新买的吗？刘爱国说，是，年初买的。赵倩问，这么大面积，得多少钱哪？刘爱国看着赵倩的眼睛问，这房子，你，喜欢吗？赵倩说，说实话，这房子，这装饰，这家具，我还真喜欢呢。刘爱国轻轻地拉起赵倩的手，把钥匙全部放到她手里，郑重地说，给你。赵倩一下愣住了。刘爱国说，拿着吧，只要你喜欢，送给你。赵倩站在客厅里，不知道该不该接这串钥匙。

刘爱国慢慢拥住了赵倩，低低地说，我不知道该怎么做才能让你高兴。此时的刘爱国真的渴望赵倩能够懂得自己的一片心，同时，他又渴望自己能够赢得她的心。

赵倩的眼睛里流下了泪水，她说，你知道的，我不是为了这个。刘爱国说，我知道，可我，眼前，能够给你的，只能是这个。刘爱国把“眼前”两个字说得是那样的沉重。他又说，以前，我没有给过你什么，以后，也不知道能不能带给你什么，我能做到的，只有眼前，只有这个。赵倩颤着声音说，我不要以前，也不要以后，只要眼前，可我，你知道，要的是眼前的你！刘爱国动情地说，眼前，你是我最珍惜的女人，以后，你永远是我最珍惜的女人。

刘爱国话没说完，赵倩一头扎进了他的怀里。

墙上的电子挂钟提醒二人，中午十二点了。赵倩把手中的钥匙装进随身的包里，朝着刘爱国说，走吧，咱们吃饭去，我请你，也谢谢你。刘爱国说，这里既然成了我们的家，你就是女主人了，你应该做饭给我吃呀。赵倩说，什么都没有，怎么做呢？刘爱国不说话，拉着赵倩进了厨房。赵倩一看，橱柜里什么都有，冰箱里一应俱全，说，你是蓄谋已久要金屋藏娇啊。刘爱国笑一下说，就算是吧。赵倩低笑一声，束了围裙，开始动手做饭。刘爱国欲要上前帮忙，赵倩说，去看电视吧，等着吃饭。说完，赵倩就忙活起来。站在门口，看着在水池边洗菜的赵倩，刘爱国觉得，这个家，很温馨。

午饭后，二人也没出去，似乎是舍不得这美好的时光。两个人洗了澡，相拥着睡了一个下午。晚上，饭是很简单的，中午剩下的菜热一下，刘爱国又去小区门外的“潮州菜馆”里面买了鸡爪和鸭脖，从厨柜里拿出了啤酒，赵倩也陪着喝了一杯。晚饭过后，两个人坐在沙发上看电视，看的是一个很泡沫的电视剧，剧情很简单，也很低级。电视里的一搂一抱，倒把刘爱国的情绪又搂抱上来了。刘爱国揽了赵倩的腰，示意要进卧室。赵倩说，白天要过了，现在还中不中啊？刘爱国说，当然中了！停一下，刘爱国说，你呀，不能怀疑我的能力，更不能问我中不中，李萍副镇长说过，女人不能说随便，男人不能说不中。

赵倩佯装生气地说，怎么这个时候想起李萍来了？是不是想去找李萍啊？刘爱国笑了，给她讲起了李萍说这话的来历。有一回，市民政局的蔡局长下来督查民政工作，中午的饭桌上，李萍给蔡局长劝酒，蔡局长酒量不行，求饶说，不中不中，我一杯也不能喝了。李萍说，女人不能说随便，男人不能说不中。本来这么一说也就过去了，可是现在的人，无论什么事，都会往那方面联想，李萍这话一时被传为笑谈，镇里干部都知道这个段子了。

说到李萍，刘爱国有些感叹。他说，其实，作为女人，在乡镇工作也很不容易，尚书记没来王店镇前，李萍分管着计划生育工作。因为她自己没有生育，有一回，在动员“双女户”做结扎手术时，被一群妇女围住，骂她是不会下蛋的鸡，还说，自己不生，还不许别人生！想想，也挺难的。赵倩说，你倒会体贴人，也不知人家领不领你的情呢。刘爱国有些油滑地说，管她领不领情呢，只要你领情就行了。刘爱国说着，就亢奋起来，抱着赵倩进了卧室。

这么一折腾，赵倩也显得有些渴望了。

刘爱国很喜欢赵倩这副渴望的样子，但是这回，刘爱国并不像白天那么急躁了。在柔和散漫的灯影里，赵倩丰满白皙的乳房，如白玉一般，浑圆结实的臀部，饱含着旺盛的生命力。他抚摸着她的每一寸肌肤、每一个毛孔，忽而眼睛就湿润了。他躺下去，把她紧紧地拥在怀里，温情地，专注地，一丝不苟地体味着她柔曼的身体，渴望着与她融为一体。

激情过后，赵倩细心地收拾着那个残局，听着刘爱国发出的均匀而细碎的呼吸声，她内心涌出一种很久没有的幸福感，有个爱你的男人，真好。她伏在刘爱国的胸膛上，感觉这个宽广厚实的胸膛，就是她生命的依托。而刘爱国，并没有睡着，他的脑子是清醒的，他在体味过了赵倩的艳丽之后，又在欣赏和感激着她的开朗和淡泊。在他经过了生意场上的残酷厮杀之后，能够享受到这样一种轻松和愉悦，也许是他人生中最大的幸福了。

赵倩已经很长时间没有这种销魂的感觉了。

其实，赵倩早就知道，老公在外面有了另外的女人，并且，那女人也为他生下了一个男孩儿。老公已经要下了这个孩子，但他不敢把孩子的户口报在自己名下，而是报在了姐姐家里，又主动替姐姐缴了计生罚款。那女人只是跟着老公厮混，并未想着要跟他结婚生活，生下孩子后，要了六万元青春补偿费，之后便离开了他。赵倩碍于面子，也不说离婚，但却分居了。他照样是经常不回家，偶尔回家一次，也是在周六或周日，去父母那里坐一下，说说话。在家里，赵倩对他不冷不热，有时饭好了，端上桌，朝他喊一声“吃饭了”，就和女儿先吃了，也不等他。他问什么话，她也回答，不问的时候，她也不吭声，只跟女儿说话。

赵倩对公婆还是很孝顺的，跟以前一样，隔三岔五领着女儿，买些水果蔬菜去看望他们。到了家里，就替老人做顿可口的饭菜，洗洗衣服，打扫一下卫生，也陪老人说说话。过年的时候，她也会给他们买新衣服。公婆知道儿子和儿媳的关系，有时就骂儿子作孽，守着这么好的媳妇不好好过日子，反倒出去鬼混。但儿大不由爹，对此，老人也是无可奈何。

有时候，老公也会感到愧疚，很想跟她和好如初，像以前一样过恩爱的日子。有段时间，他也曾努力尝试了几次，想求得她的谅解，重新得到她的温情。但是赵倩，对他的殷勤和主动并不怎么领情，表现得总是无动于衷的样子。这也许是因为，分开的时间太长，心里有了深深的隔阂，也许是因为，赵倩心里有了刘爱国的缘故吧。反正两个人就这么不死不活着。有一天晚上，女儿睡熟了，老公想和她亲热一回，她却推说自己累了，不想做。老公央求了几次，她总算同意了。老公就想好好表现一下，把她点燃起来，若是她满意了，一高兴，说不定以后两人就能重归于好，破镜重圆了。可是，毕竟是心里都有隔阂，任他怎样努力，她始终平平淡淡，没有激情。他便觉得很没有意思，草草了事，只得作罢。其实，赵倩的心，早已冷了。

日子就这么寡淡如水地过着，自从遇上了刘爱国，赵倩的心才慢慢激活过来。

十八

“非典”过后，尚德兴刚刚缓了一口气，一个电话又让他的神经绷紧了。

电话是永安市爱卫办主任温宏杰打来的。

电话一接通，温宏杰上来就喊，咱们电话上不好沟通，你等着，我去你们小海镇。

不等尚德兴说话，温宏杰就挂断了。

温宏杰是要跟尚德兴谈创建国家卫生镇的事。

温宏杰来到小海镇的时候，尚德兴还一直没有拿定主意。

温宏杰其实已经跟尚德兴在电话里沟通过两次了，可尚德兴一直犹豫不决。温宏杰实在等不及了，就亲自跑过来了。

一见面，温宏杰焦急地说，今年，市里准备申报两个国家级卫生镇，爱卫办已经向主管副市长汇报过了，想把小海镇作为其中的一个，事儿就是这么个事儿，我今天就是专门来征求你们意见的，希望赶紧定下来，上头催着哪。尚德兴依然是犹犹豫豫地说，是这样，温主任，我得跟范书记商量商量。温宏杰说，就这么一件事儿，你们怎么老是决定不下来呢？你还有啥可犹豫的？前几年，小海镇是省级卫生镇，基础不错。目前，小海镇经济实力强，干群素质高，创建国家卫生镇有很大的优势，应该有这个信心啊。尚德兴好像兴趣不大，想了想说，我们，再考虑一下。温宏杰说，这有什么可考虑的？就这么个名额，别的镇，争还争不到手哩。这样，尚镇长，干脆点儿，干不干，明天上班前给我个痛快话，我还等着向市里正式汇报呢。温宏杰说了这番话，也不跟尚德兴握手，上车走了。

望着一溜烟尘远去的车子，尚德兴仍是拿不定主意，干，还是不干？这两个答案，尚德兴不知道该选择哪一个。

创建国家卫生镇，按说，是件好事儿，再说，人家爱卫办主任还亲自跑来一趟，真应该干他一伙。但是，若是干的话，也有许多实际的困难啊，钱是最现实的事，大家都清楚，创建就是烧钱的。小海镇的许多企业受国家宏观调控政策的影响，日子已经很难过了，如果再搞创建，又要给企业增加负担，况且，有可能还要关掉几家污染企业。这不是自套绳索，自找麻烦吗？

要是不干呢？这明摆着是一次很好的机遇，错过了，也挺可惜的，过了这个村，可就没有这个店了。碰到机遇不挑战，这也肯定不是尚德兴做事的性格。温宏杰亲自上门做动员，是对小海镇的信任和鼓励，他认为小海镇有实力，有基础，又有能力，应把这份荣誉拿下来。再者说，这次一旦创建成功，小海镇的人居环境将大大改善，人们的卫生意识和行为习惯也将会有大幅度提升。还有一条是，按规定，卫生镇创建成功，镇政府干部可以普调一级工资。但是现在，尚德兴认为，普调工资倒是次要的，关键是争取到这个国家级的金字招牌，可以给因环保问题关停的企业，创造一个转产招商的外部环境。

尚德兴跟范书记商量来商量去，镇政府又召开了几次扩大会议，经过反复研究，最后决定，听取爱卫办主任温宏杰的意见，接受这次挑战。甘蔗没有两头甜，不能患得患失，也不能前怕狼后怕虎，要干就得干出个样子来。

这样决定以后，尚德兴给温宏杰主任打了个电话。两个人的电话一接通，小海镇创建国家卫生镇的大幕就正式拉开了。

小海镇对这次的创建非常重视，按照工作要求，成立了“创建指挥部”，范昌海书记任政委，镇长尚德兴任指挥长，下设五个工作组，每个组都有明确的分工，都承担着不同的职责，每个组的任务都分到人和路段，每个人的工作又是那样的具体和细致。

这段时间，机关干部基本上都上街了，每一条街道上都派有三个到五个干部，各个商场、超市、银行、学校、镇直单位门口都设了执勤岗，负责街道和门口周围的卫生、交通和治安。尚德兴布置的时候，强调这些执勤人员，在分管线路上，遇见乱贴小广告的，要坚决制止；有乱扔垃圾的，现场捡拾；有乱停乱放的，及时纠正；有不文明行为的，马上改正。

“拆房组”在拆除低矮破旧的房屋和临街建筑的时候，遇见了麻烦。“拆房组”把房主们召集在一处，开会说，你们这房太破旧了，临着街面，有碍观瞻，咱们现在要创建国家卫生镇，得拆掉。很多房主是比较通情达理顾全大局的，一讲解，一动员，按标准补偿后，马上同意拆了。他们说，创建卫生镇，是好事，个人利益应该服从整体利益，咱得支持。可也遇见有一些不太配合的比较难缠的主。

房主说，房子是俺的，拆不拆，俺说了算。

房主又说，这房子，看着破旧，可是俺天天做着生意，能进钱，要是拆了，俺还咋做生意，还咋挣钱？

房主还说，你们说俺有私心也好，说俺讲私利也罢，真要拆俺的房，镇里得多赔俺点儿钱。

这些意见，工作人员汇报到了指挥部，尚德兴说，老百姓不容易，赔付标准可以适当高些，该包的包，该赔的赔，但是，旧房，一定得拆。

尚德兴这样一拍板，临街的旧房拆除进展比较迅速。这个事情刚刚有了起色，那边“垃圾清理组”又出现了问题。这么多的垃圾堆放在哪里？堆在哪里，哪里的老百姓都不同意。各村的生活垃圾也很多，堆放也是个问题。指挥部决定，镇里出面与村子里协商，规划了三处偏僻的深沟作为垃圾填埋场。组织车辆和人员，对街道路面上、市场拐角处、村庄的房前屋后、企业周边的垃圾，进行清理。另外，又组织人员对一些偏僻的人迹罕至的河道沟边的垃圾，也进行了清除。

尚德兴又与“镇容村貌组”人员商量，街道村庄清理之后，在镇区设置果皮箱，在村里建设垃圾池，在有些单位门口还要开办健康卫生教育专栏，配合宣传。尚德兴又要求“镇容村貌组”将沿街的墙壁、屋顶、线杆、道牙、树木全部粉刷一新，还要求在镇区改造新建了十个水冲式公厕，专人管理，免费让群众使用。

同时，指挥部还要求，镇区沿街和大路两边的商店铺面，统一更换成长短宽窄大小一致的门头匾牌，安装的位置高低相同。这样的效果是规划整齐、美观统一。另外，商店的门窗、玻璃、窗纱都擦洗干净，破败不堪的，全部更新。饭店的卫生，包括后厨、前台、桌面、餐具等也由镇里制定了标准，两刀两案，生熟分开。镇区和乡村住户的家庭卫生也按照创建标准，定期进行卫生清理和大扫除。

这期间，市里分管领导在温宏杰的陪同下，一次又一次地下来检查督促，指导整改，使小海镇的创建工作扎实稳妥地向前推进着。

尚德兴又让镇电视台开辟了“创建专栏”，每天晚上报道创建进展情况，包括创建过程中遇到的问题、处理意见及整改情况。各创建小组每周也要进行评比，评出优秀和落后，给门店、企业和单位分别挂上红旗和黑旗。

经过五个月的大干苦拼，每当尚德兴悄悄来到大街上，来到市场上，来到饭店里，来到乡村里，他就感觉到，小海镇的面貌焕然一新了，人们的卫生意识也显著提高了，随地吐痰、乱扔东西、乱涂乱画、乱倒垃圾、乱停乱放等不良行为习惯明显减少了。尚德兴暗暗地说，这样的结果，应该能够创建成功吧！

一大早，尚德兴接到了温宏杰主任的电话，说省里的检查组要来小海镇初检了。尚德兴把这个消息告诉大家以后，创建指挥部和各创建小组就满怀着必胜的信心等待着检查组的到来。

然而，事情大大出乎指挥部和各组的意料，省里下来的检查组，检查的方式很苛刻，也很刁钻，整理得一尘不染的沿街门店他们根本不去，专拣背街小巷旮旯犄角的地方走，进到店铺里，拿出餐巾纸，往门上边或家具后边一擦一拭，纸巾上一片灰黑，就算是不合格了。其他方面的检查也让各个小组防不胜防。

下午，检查组在情况反馈会上，成绩说得很少，问题倒说了一大箩筐，还把他们小海镇批评得够呛。

创建指挥部和各创建小组得到这个结果，很是沮丧，很是懊恼，也很是委屈。苦苦拼了五个月，人都累得虚脱了，初检却是这样的情况，尚德兴也感到非常失望。尚德兴心里想，妈的，早知今日，何必当初！他有点儿后悔起当初创建不创建的选择来了。但是，尚德兴的脸上并没有表露出来，他怕影响大家的情绪。

中秋节快到了，尚德兴就跟范书记商量，忙了这么长时间，钱也花了，活儿也干了，话也听了，气也受了，结果却出乎大家的意料啊。要不咱们就趁着中秋节，给大家发点儿月饼、水果，中午在镇政府食堂炖一大锅肉菜，会个餐，咱们也给自己点安慰好吗?

范书记也窝了一肚子火，憋了一心的气，对尚德兴说，好啊，真他娘的憋屈，就交给司务长郃新成，叫他好好安排，犒劳犒劳弟兄们吧。

会餐就安排在中秋节的前一天。将近十一点时，尚德兴处理完了手头的事情，准备下楼到院里散散步，透透气。因为初检的不理想，他的情绪比较低落。

尚德兴来到院子里，就瞧见伙房里冒出了一股浓浓的青烟。走过去，他见两个厨师正在洗菜、切菜、熬菜，司务长郃新成亲自上阵，往临时垒成的大灶台里加柴。尚德兴问，咋弄哩老郃，冒这么大烟。郃新成拍拍手，起身说，尚镇长，我刚把肉拾掇好放进锅里，一百多斤呢，正大火烧哩。郃新成一边说着，一边还在加柴。尚德兴见火势已经不小了，可郜新成还是不停手，不解地问，弄恁大火干啥？郜新成笑一下说，这肉，是昨天去山上买的家猪肉，和养殖场的猪不一样。郜新成说着又加进去了一根劈柴，直起腰说，尚镇长，肉跟肉不一样，煮肉的方法也就不一样。比如炖鸡，用高压锅炖出的肉和汤就没有用一般铁锅炖出的香，要是用砂锅，就更好了。炖鸡时，应该先用大火，煮三十分钟后改用小火，慢炖一个小时，味就出来了，不能着急。煮大肉或牛肉，就得用大柴大火不停地烧，猛烧急煮，一下子把肉煮熟，这样煮出的肉好嚼，也香。要是正煮着，还没煮熟，火停了，再煮就费事多了。若要是小火慢慢煮，时间再长，也是煮不香的。

郜新成这无意间的一番解释，让尚镇长一下子幡然醒悟了。煮肉，大柴大火，猛烧急煮，这样，肉熟得快，也香。煮肉是这样，干工作何尝不是这样呢？尚德兴突然联想到了目前进退两难的创建工作。

再有一个月，就是国家检查组验收的时间了，创建的工作量还很大，是一块不好煮的家猪肉啊！不管是什么肉，都要煮熟它，得咬着牙，大柴大火，猛烧急煮，煮熟了，美美地吃下去！

那么，这次的创建工作呢？在接下来的一个月时间内，必须是急风暴雨地搞突击、抓关键，是该出味见效果的时候了。而有些工作就像是慢炖鸡汤，需要循序渐进，有个曲折反复的过程，等炖到一定的火候，自然就汤浓味美了！

尚镇长转身上楼，来到了范书记的办公室。

尚德兴说，范书记，开弓没有回头箭！创建，咱们得再动员，再部署，再加些柴，再烧把火，大柴大火，猛烧急煮，争取最后的成功！

范书记起身说，好！咱俩想到一块儿了，前段的创建工作不理想，大伙儿感到委屈，感到失望，可咱们也得认识到，省里的检查组就是来找问题挑毛病的，不然，咱们卫生创建的标准还怎么提高，工作还如何完善呢？咱们这次就豁出去了，再拼一个月，拿下国家卫生镇这块金字招牌。

下午，召开了由党政班子参加的专题会议。在会上，尚德兴认真总结了前段创建工作的成绩和存在的问题，他让大家集思广益，发扬民主，提出创建工作改进的意见和建议。最后，范书记根据讨论的结果，对接下来的工作进行再动员、再部署。他要求每个创建小组要重新制订标准，细化任务，要求大家要倒排工期，采取“5+2”、“白加黑”的工作法，就是五个工作日加上两个休息日，一周不休息，白天加上黑夜，昼夜连轴转，加班加点，扎扎实实，搞好创建。

接下来的日子，创建指挥部和各创建小组都憋着一口气，把失望和委屈转化成了动力，把工作做得更认真、更细致、更全面、更扎实。一个月后，小海镇的创建大有成效，在考核组最后的检查验收中，每一项都获得了高分，得到考核验收组专家评委的一致好评。

小海镇终于如愿以偿地跨入了国家卫生镇的行列。

“寻常一样窗前夜，才有梅花便不同。”创建成功，这让经济不景气的小海镇一时有了扬眉吐气的感觉。

十九

满山叠翠，绿树掩映，隐隐约约的，尚德兴看到的是青石砌成的房子，房前屋后是碧绿的菜田。这是一个很熟悉的村庄，可尚德兴一时没有认出来，这到底是哪个村子。在他恍恍惚惚的潜意识里，仿佛是又回到了王店镇，又回到了刘村。

是的，是刘村。尚德兴认出来了，这是刘村。尚德兴之所以这么肯定，是因为，他看到了村外熟悉的景色，还看到了刘正之老人。老人也看见了他，可老人却没有跟他说话，只朝他拱了拱手，似乎是在恭贺着什么。尚德兴不明白是什么意思，他想问个究竟，老人竟转过身，离去了，尚德兴想要追赶，老人却又忽地一下不见了踪影。

尚德兴一着急，醒了。

整个上午，尚德兴都沉浸在这个奇怪的梦里。快到中午的时候，尚德兴才把这个奇怪的梦给解开了。酝酿了许多时日的消息，终于变成了现实。

范昌海不再担任小海镇党委书记，调任永安市城建局局长。尚德兴接任小海镇党委书记，石明欣调任小海镇镇长。

程志远没法在他的老同学这棵大树下乘凉了，他被调离了小海镇，任王店镇纪委书记。

这时的小海镇，经济出现了大滑坡。受宏观经济调控的影响，小海镇的企业也遭到了严重的冲击。几十家水泥厂受环境政策的影响被勒令停产关闭，鑫隆铝厂是小海镇的支柱产业，而现在也受原料、电费、运输、价格等因素的制约，出现了严重的亏损。电解铝厂目前的经营状况是，大干大赔，小干小赔，不干，还得赔银行利息。为电解铝厂供货的几个碳素厂也难以为继，其他企业的日子也更不好过了。一个曾经引领区域经济发展的经济大镇，猛然之间就跌入了低谷。

小海镇的企业怎样发展，小海镇的经济如何振兴，一直牵动着市领导的心。这次人事调整后不久，卢市长专门来到小海镇进行调研。卢市长对陪同调研的尚德兴书记和石明欣镇长说，小海镇是永安市的明星镇，在过去的这么多年里，为我市的经济发展做出过很大贡献。现阶段，国家的宏观调控，对小海镇造成的创伤是沉重的，是致命的，小海镇也遇到了前所未有的困难。但是，彩虹总在风雨后，我相信，这些困难，它吓不倒小海镇的干部，也吓不倒小海镇的群众，小海镇是经得起考验的，而且，小海镇一定会重新振作起来，重新走向繁荣！

尚德兴被鼓舞起来了，他坚定地对卢市长说，放心吧卢市长，我们小海镇不会就此沉沦下去，我们一定会在市委市政府的正确领导下，积极寻求出路，想法走出困境的。

卢市长点点头说，我相信你们。不过，也不要急于求成，欲速则不达啊！目前，经济形势如此严峻，你们的工作重点应该是稳定，要稳住阵脚，稳住局面，先保工资有饭吃，工程干不干，群众也不会有什么意见。另外，工资实在发不出，市里也会帮助解决的。

石镇长握住卢市长的手说，谢谢市长的鼓励和理解，谢谢市政府的支持！

临走，卢市长又说，实话告诉你们，这次人事调整，把你俩放在小海镇当书记镇长，就是考验你尚德兴，考验你石明欣，看你们两个人是怎样来披荆斩棘、力挽狂澜的！

尚德兴的心头如同笼罩着一团乌云，沉闷异常。小海镇的出路在哪里，今后的道路怎么走，这一切，如同一块巨石，沉重地压在他的心头。

周日的上午九点，尚德兴如约来到了市政协，他来拜见他的老领导，拜见对他有知遇之恩的刘主席。

尚德兴进门的时候，刘主席正在书案上挥洒书法。尚德兴看见，刘主席写的是：功不唐捐。他没有上前打扰，而是退后一步，站在一旁，恭敬地观赏着，也等待着。一旁的地面上，还有两幅已经写好的字，一幅是李白的诗句，“仰喷三山雪，横吞百川水”。另一幅是左宗棠的联句，“择高处立，着平处坐，向阔处行；发上等愿，结中等缘，享下等福”。尚德兴心中暗暗称赞，这几幅字，内容真好，刘主席的书法也圆润流畅，功底深厚，真是珠联璧合，浑然天成啊。

刘主席写完了，收了笔，还在意犹未尽地欣赏着。尚德兴这才说，刘主席，你的字现在写得简直是出神入化了，这么多年我一直想要，但没敢开口，今天得斗胆求您一幅墨宝啊。刘主席笑笑说，呵呵，我这两把刷子，怎能拿得出手呢？不过，我倒真有几句话要送给你，也算是对你的勉励吧。

尚德兴说，那太好了刘主席。尚德兴一边说着，一边赶忙上前帮刘主席铺展了宣纸。刘主席手提狼毫，凝神静气，饱蘸香墨，唰唰唰，云烟挥洒处，俊逸潇洒的行草就跃然纸上。尚德兴看时，洁白的宣纸上，刘主席给他写的是：存大志，善学习，勤敬业；不贪财，莫失信，忌自是。落款处题的是：癸酉年秋月，与德兴共勉。尚德兴一脸的兴奋化作满面的庄严，他郑重地说，刘主席，这是您对我的期望，我一定谨遵教诲。他一面给刘主席打水洗手，一面又说，刘主席，我把您这字，装裱以后，挂在办公室，时常看看，也好督促自己不敢懈怠啊！

刘主席洗罢手，尚德兴又赶紧泡了茶，二人这才在沙发上落了座。

尚德兴就把小海镇目前的现状、面临的困难，以及卢市长亲临小海镇调研时鼓励的话语，都给刘主席说了一遍，然后说，刘主席，我有点儿拿不定主意了，所以，今天就过来给您汇报汇报我的一些想法。刘主席说，哦，不妨说来听听。尚德兴说，我反复考虑过了，卢市长要求我做的，是最常规、最保险的干法。而我，却不想墨守成规，不想坐以待毙，所以，就不能按常人思维，不能按套路出牌。刘主席说，嘿，你想咋办？尚德兴说，我想出其不意，走招险棋。具体就是，将镇里的煤矿卖掉，往财政上回拢一笔资金，再把一条影响出行的烂路修一修，鼓舞一下全镇干群的士气，振奋一下大家的信心。刘主席说，有把握吗？尚德兴说，如果照这样做了，暴露的问题会更多，激发的矛盾会更大，因为现在，因煤矿引起的上访和讨账事件一起挨一起。但是我认为，工作也跟打仗一样，老死守，老防御，也不一定就保险。有时候，冒点风险反冲锋可能会是最好的防御，足球教练不是也常说嘛，进攻，是最好的防守，只要选准突破口，果断出击，很有可能还会杀出一条血路，说不定还会柳暗花明呢！

刘主席静静地听着，默默地想着。尚德兴说完了，他思忖片刻，缓缓说道，小海镇当前的困难，我早有耳闻哪。可你呢，作为镇党委书记，一定要把握全局，敢于担当，要想方设法调动大家的积极性和能动性，选准突破口，冲锋他一回，拼杀他一把，也是未尝不可的！但是，这么大的决策，这么大的行动，一定要经过集体讨论，遇事自己不要先定调表态，要先听听大家的意见，汇聚众人的智慧，这样就基本上可以避免大的失误。再者，还要根据班子成员的性格和特长进行科学分工，扬长避短，给他们提供施展才华的平台。最重要的是，一旦出了什么问题，有了什么责任，要全力以赴援助，并主动承担责任。这样，下属就会感激佩服，不遗余力地冲锋陷阵。你刚才说的具体情况我不是太清楚，你在那里已经快三年了吧，情况已经非常熟悉了，应当说是知己知彼，就像前线的指挥官一样，可以根据敌我双方的力量对比、武器装备、地形地貌、天气状况，以及战士们的精神状态来决定这个仗怎么个打法了。在目前极其困难的情况下，组织上把你放到一把手的位置，就是要考验你、锻炼你，让你运筹帷幄、攻城拔寨的。但要记住，新官上任烧的这“三把火”，一般有两种烧法，一种是，刚刚调到一个地方的新官，要先熟悉基本情况，稳定人心，架一座相互沟通的桥梁，缓烧“三把火”。另一种是，在原地提拔起来的新官，基础牢固，情况熟悉，平时就谋划在胸，只要看准时机，就可以大刀阔斧地大干一场！

尚德兴说，小海镇上一届领导对煤矿改制过一次，但没有成功，流产了。现在小海镇的经济这么困难，我若再次改革，他们会不会给我捣蛋呢？

刘主席用鼓励的口气说，只要是自己看准的事情，就果断地干吧！

刘主席的话，一下子把尚德兴的斗志鼓舞起来了。他小心收起刘主席为他书写的那幅字，叠好，拿档案袋装好，怀着满腔的热情和希望，告辞而去。

出了门，看看表，还不到十二点，尚德兴忽然想起了老同学程志远。这次人事调整，程志远的心里很不痛快，虽然在隐形台阶上往前挪了一步，但却从经济人口大镇调到了山区小镇，总有一种遭贬的感觉。

不过，尚德兴也十分清楚，像程志远这样的干部，组织上是不会把他放到重要位置上的。一个人，家庭搞不好，一个干部，工作不出色，自己还总想一步步升职，这怎么可能呢？如果升不上去，就闹情绪，摔脸子，甚至装病，这样不但对工作没有好处，恐怕对自己的前程也不会有什么益处吧。想到这里，尚德兴就给程志远打了个电话，问他现在在哪儿。

不出尚德兴所料，打通了程志远的电话，他果然在家生闷气呢。程志远有气无力地说，身体不舒服，床上躺着呢。尚德兴说，赶快起来吧，十分钟后我在楼下接你，咱俩出去转转。说完，也不等他答话，就啪地合上了手机。

尚德兴理解程志远的心情，就寻思，得找个人劝劝他，别让他钻牛角尖。这样一想，脑海里就闪现出了郭信礼，随即，把电话打过去了。尚德兴说，老哥好啊，中午有空吗？老弟可是又想吃嫂子擀的蒜面条了！听到是尚德兴的声音，郭信礼一下激动起来了，连说，欢迎欢迎啊，知道你升任书记了，老哥真为你高兴，正想给你端杯酒庆贺呢！

尚德兴说，可别可别，没啥可庆贺的。郭信礼说，二把手变成掌舵的了，还不算喜事？还不该庆贺？尚德兴说，不说这，给老哥说个别的事儿。郭信礼说，啥事儿？尚德兴说，刚刚调到咱们王店镇的纪委书记，就是我的那个老同学程志远，你也认识的，他心里有点儿疙瘩，不畅快，想让你给他开开心锁。我现在去接他，一会儿到了你那儿，见面后，千万别提给我祝贺的话，多给他说宽心话就是了。郭信礼明白了尚德兴的好意，说，噢噢，知道知道，当着伤心人的面，不说刺激他的话。转而又说，哎对了，要不再叫上刘爱国吧？他们也认识，我不沾酒，让刘爱国陪他喝几杯。尚德兴高兴地说，好啊好啊，还是老大哥想得周全啊。我们一会儿就到，菜少点儿，别弄恁复杂。

程志远下了楼，见尚德兴亲自开车接他，心中很感动，问，咱去哪儿？尚德兴说，去老郭家吧，还有上次一块儿吃饭的刘爱国，就咱们四个人。尚德兴一边说一边就发动了车子。程志远上了车，尚德兴对他说，你以后在王店镇工作，跟这两个人感情近点儿，对你有益处。说他们是绅士也行，是地头蛇也行，反正对你会有帮助的。

车起动了，却开得较慢。看着程志远无精打采、萎靡不振的样子，尚德兴心里明白得跟镜一般，嘴上却问，怎么了，哪儿不舒服呀？程志远做出一脸的痛苦相，慢声说，胸闷，烦躁，头昏，脑涨，浑身酸痛，也不想吃东西。尚德兴关切地问，去医院了吗？程志远懒懒地说，没有，在家睡了快两天了，懒得去。尚德兴一边开车一边说，你呀，这是心病，愁虑过度，没啥大不了的。程志远不服气地反驳道，你真是饱汉不知饥汉饥，站着说话不腰痛啊。又烦躁地说，你当上书记了，踌躇满志，春风得意，可我呢？被贬到了一个山区小镇，都没脸见人了我。你说说，我在工作上，一不偷懒二不耍滑，别的不说，我就跟咱镇那两位公子哥儿比，那俩人，平时只知道吃啊喝啊玩啊乐啊，跟神仙似的，一年能干多少活儿？中午晚上两顿饭，酒杯不离嘴，饭后两驾云，哎你说，咋不把我留下，把他们调离呢？这样比比，我能不生气吗我？

人在烦躁的时候需要倾诉，需要疏导，把憋在肚子里的话发泄出来就好受了。尚德兴耐心地等他说完了，才说，猪朝前拱，鸡往后刨，拉屎尿尿，各走一道。你可真行啊，不比别人，偏跟他俩比。人不同，走的路也不同，有的人虽然身在其位，但明眼人一看便知，那是靠裙带关系上去的，所以，裙子一破，带子就断，也就上不去了，说不定还要受到冷遇，就完了。而我们这些人，靠的是个人的实干和奋斗。像你吧，敬业，实干，有理想，有办法，这是大家公认的。可是，一只手伸出来，五个指头哪会一般齐呢？你出力了，干活儿了，操心了，可也锻炼了自己的水平和能力，赢得了好的口碑，这些才是最重要的。若这样想，咱就不觉得太吃亏，心里就平衡了，也就释然了。

尚德兴的话使程志远稍稍平静了一些。

尚德兴接着说，小海镇虽是经济大镇，现在日子也非常难过啊。王店镇虽小，但民风淳朴，矛盾纠纷少，工作相对容易些。还有王店镇有个副书记年龄快到了，该退了，他要一退，你不就有可能再上一个台阶了？这次调整，大家都替你惋惜，组织上不会不知道这一点儿。你要是发牢骚，使性子，消极怠工，不仅于事无补，还会给领导造成不好的印象，产生不良的影响。叫我说啊，你就装憨，装傻，就当啥事儿没有，继续干活儿，有些事可真的是塞翁失马呀，也许用不了太久，好运就会降到你头上了。

程志远听了这话，眉头舒展了，心里也亮堂了。

车速逐渐加快了，不一会儿就来到了郭信礼家门口。门前已经停放着一辆宝马，是刘爱国先到了。果然，听到声响，郭信礼和刘爱国就迎出门来。

餐桌上已经摆好了荤素搭配的四个凉菜，还有一瓶茅台酒。郭信礼见客人齐了，赶忙一边吩咐厨房开始炒热菜，一边招呼大家入座。

郭信礼一一斟满酒杯，自己却端着一杯茶水起身说，按说今天我应该喝酒，身体不行啊，我就以茶代酒了。有句话说得好，只要感情在，喝茶也是茅台。非常高兴能和两位领导聚在一起，咱们干一杯吧！

大家离座，起身，举杯，相互碰了，一饮而尽。

尚德兴笑着说，老郭啊，咱是朋友相聚，又不是什么正式场合，你可别弄得那么正规。

郭信礼本来是个爽快人，跟程志远虽是认识，但毕竟不太熟，且又是新任领导，就有点儿放不开了，所以，话就说得有些客套。

在这样的场合，因心情欠佳，程志远也表现得比较拘谨，几杯酒下肚，早已是面红耳赤。尚德兴就说，我说老同学啊，不管咋说，你也是在乡镇干了这么多年的老将了，这种状态可不行啊。大家聚在一起是缘分，别愁眉苦脸的，跟谁欠你二百钱似的。

尚德兴这么一说，程志远反而更加拘谨，他自嘲地说，唉，我这个人哪，心里一有事儿，就容易卡壳，娘的，注定干不了大事儿。

刘爱国赶紧说，我看兄弟你也是个实在人，人家能干咱为啥不能干？你和尚书记是同窗挚友，尚书记这么优秀，你也一定是出类拔萃的人物啊。

程志远明白这几个人的用意，是想让自己开心，可他的情绪一时难以转变过来，仍然是一副闷闷不乐的样子。

饭后，把程志远送回家，尚德兴忽然想起了前几天他做的那个梦，也想起了刘正之老人。尚德兴就开车去了刘村。

尚德兴进到院子里的时候，见老人眯着眼，半坐半靠在藤椅上。老人听到了动静，眼也不睁，只管说，嗯，高升的来了。尚德兴一下就愣在院子里了。

老人似乎知道他要来，一点儿也没有意外的样子，睁开眼睛，慢腾腾地把脚边的一个小方凳踢给他，说，坐吧。尚德兴先给老人敬了一支烟，说，老人家身体怎么样？老人没有接话，兀自说道，我估摸着，你今儿个要来，果真就来了。尚德兴问道，您怎么知道呢？老人又是答非所问地说，上回我就说过，你还有希望，这不，又升官了不是。老人东一句西一句的，尚德兴根本就插不上话了。

老人忽然又说，你来了，很好，我呀，也要出远门了，再不来，怕是以后就见不着了。尚德兴说，您，这么大年纪，还要出远门？要不要我送您啊？老人说，不必了，那个地方，不能送的，你呀，干你的事儿吧。

尚德兴听说老人要出远门，就想问一下老人，看他对自己当了书记有什么看法，或者是有什么指点。可是，还没等他问话，老人却平静地说，你的想法，我知道，不要刻意追求什么，凡事尽心，一切随缘，就能达到更高的境界。不过，往后一段时间，你会遇到许多事情，要沉住气，挺一挺，就过去了。

老人又示意尚德兴一起进屋，抽一签看看。尚德兴就随老人进了屋子，并按照老人的指点，抽了一签，交到老人手上。老人看了，念道，四二签，上签，古人有莲见母，西宫。诗曰：君皇圣后终为恩，复待祈禳无损增；一切有情皆受用，人间天上得期亨。解曰：天皇降恩，始终莫忘，晨昏礼念，可宜烧香。

念罢，捻须微笑，说，果然不错！此卦乃天垂恩泽之象，凡事成就大吉也。诗意中有天赐恩泽之象，切记，凡事要诚实守信，知恩图报，若是忘恩负义，三心二意，皆有违天恩！请好自为之吧！

尚德兴离去的时候，老人深情地看着他，又点点头。

一周之后，正在省城学习的尚德兴接到了王店镇张润平打来的电话。张润平在电话里告诉他，刘村的刘正之老人于农历九月初九，寿终正寝，享年九十有二。听到这个消息，尚德兴忽地醒悟了，老人洞穿世事，连自己的大限也预测得如此准确！

张润平说，老人在九月十五那天安葬。尚德兴算算时间，没法赶回去，不能去送老人最后一程。尚德兴说，润平，替我去看看老人，给老人家送送行吧。

挂了电话，尚德兴的心情一下子沉到了谷底。

十天以后，尚德兴学习一结束，马上就回来了。他回到镇里，安排完工作，抽空去了刘正之老人家里。他让刘家人带他去了老人的坟上，他要祭奠一下老人的亡魂。尚德兴来到坟上，烧了冥币和五色纸，站在坟前，给老人鞠了三个躬。当他准备离去时，家人告诉尚德兴，差点儿忘了，老人弥留之际，交代说，九月二十五那天，正晌午时，会有人来祭奠我，告诉他，他还会升迁。

尚德兴掏出手机看了看，屏幕上的时间正是十二点整。

二十

小海镇煤矿要公开拍卖了。

这是尚德兴任小海镇党委书记一个月后的事情。

在此之前，尚德兴反复考虑过，如果还照以前那样，煤矿对外承包，每年给镇里上交二十万元，可这煤矿最多能再开采三年，这三年，镇里只能拿到六十万元。三年以后，矿上的干部、职工、外债、采煤地裂、群众住宅等遗留问题，毫无疑问都得镇里兜底。这六十万元，连处理这些事情都不够。眼前，煤炭价格正是高涨的时候，如果趁此机会拍卖出去，肯定会有人出高价。这样，既能卖个好价钱，也不用总是向煤矿承包人催要那二十万元承包款了。每年，为了讨要这二十万元的承包款，书记、镇长没少给矿长说好话。可这煤矿，也是个老大难问题，前几年，改制过一次，没有成功。因为这煤矿经营几十年了，陈谷子烂芝麻的事儿太多，不好弄，就一直没有弄成。但在尚德兴的心里，对这次拍卖有个底线，那就是，瓜是瓜，瓠是瓠，别乱牵扯，不翻陈年老账，更不能损害集体利益。

主意定了，尚德兴跟石镇长一商量，石镇长也是求之不得。眼下，镇财政捉襟见肘，非常窘迫，这种创收的好事儿他当然是举双手赞同了。尚德兴就召开了党政班子联席会，他详细地向大家讲述了要公开拍卖煤矿的事情，也讲了要拍卖煤矿的理由，又讲了拍卖煤矿的利弊。大多数干部都赞成拍卖，而个别干部却担心，拍卖煤矿可能会引起矛盾，出现乱子，造成局面的不稳定，建议要慎重行事。尚德兴也考虑到了这些因素，但是，做事情，不能因小失大，不能因噎废食，不能为了保持稳定就不求发展！最后，尚德兴一锤定音，拍板说，公开拍卖煤矿，就这么定了！

班子联席会通过后，尚德兴就趁热打铁，让主管工业的副镇长带着工业公司和财政所的相关人员，紧急进驻煤矿。一到矿上，就通知所有干部职工开会，宣布了镇里的决定，要求暂时停产，收缴公章、财务章、合同章，并接管了财务，进行清产核资。与此同时，又在永安市电视台和报纸上发布了公开拍卖公告。

公告发出的第二天，尚德兴在办公室就接到了一个匿名电话。那人在电话里威胁说，姓尚的，咱骑驴看账本，走着瞧！你敢砸了我的饭碗，我就让你不得安宁，你当这几年镇长，就那么清清白白，没有一点儿错误？尚德兴没有接话，冷冷地笑了一声，“啪”地就撂下了电话。

挂了电话，还没坐稳，忽听有人敲门，尚德兴就说，请进。门开了，进来一人，却不认识。那人说，我找尚书记。尚德兴说，我就是，啥事儿？那人说，矿长让我来给你递个话，承包费可以多涨点儿，他想继续承包。尚德兴说，镇里已经研究过了，决定拍卖，不再对外承包了。那人又说，矿长还有个意思，看能不能协议改制，让他继续干。尚德兴说，煤矿拍卖，是镇里的决定，我自己说了不算。如果他想继续干，就去参加竞拍吧。那人看看逗不住事儿，就走了。

第二天中午的时候，刘副市长忽然来了，聊着聊着就聊到煤矿拍卖了。刘副市长说，不论干什么事情，都要慎重，你还嫌小海镇乱得不够吗？尚德兴说，刘市长指教得对，我会把握好的。

到了下午，有两个知心的村支书也来找尚德兴了。一进门，就提醒说，尚书记，拍卖煤矿，不好弄啊！要是好弄的话，上届政府上次不就弄成了？尚德兴说，上次是改制，这次是拍卖。两人异口同声地说，反正都一个球样，弄不好啊，你在小海镇就很难待下去了！尚德兴说，谢谢老兄的提醒。

尚德兴没有料到，拍卖个煤矿，阻力咋就这么大呢！但是，现在已经是骑虎难下了，如果他收回成命，半途而废，那么，自己岂不威信扫地？重要的是，第一次出手就遭失败，今后的工作还怎么干？尚德兴只有破釜沉舟，孤注一掷了。想到这里，他在心里对自己说，豁出去了！干砸了，大不了卷铺盖走人，离开小海镇！

一星期后，煤矿拍卖会在小海镇工业公司会议室如期举行！

拍卖会聘请了“金锤子”拍卖行来操作并主持。参加拍卖会的有四五十人，有小海镇党政领导，有部分人大代表、政协委员，有煤矿所在村的支书、村委主任，有镇直部门的负责人，还有司法局公证处的两名工作人员，另外就是参加竞标的四家企业。电视台的记者扛着摄像机也来了，气氛紧张而庄重。

什么事情都要讲个吉利，尚德兴事先定的起拍底价是四百一十八万元，寓意“四季要发”。

主持人宣布“竞拍开始”，参与竞拍的企业纷纷报上了价格。

四百一十八万！四百一十八万！

四百一十九万！

四百二十万！四百二十万！

……

五百万！五百万！

拍卖师叫到“五百万”，靠在椅子上的尚德兴，“呼”的一下就坐直了。

五百一十万！五百一十万！

五百二十万！五百二十万！

……

五百五十万！五百五十万！

五百六十万！五百六十万！

拍卖师叫到五百万的时候，尚德兴就觉得，应该成交了。他对这个价格已经很满意了，可是，价格却还在不断地往上攀升。

五百七十万！五百七十万！

五百七十一万！五百七十一万！

五百七十二万！五百七十二万！

……

五百七十五万！五百七十五万！

价格拍到了五百七十五万，尚德兴显得比拍卖师还要紧张，他心里差点儿就要朝拍卖师喊，落锤吧！可是他控制住了，实际上，拍卖会上的事情已经由不得他了。拍卖师还在报价，拍卖价格还在慢慢地、艰难地上升，还有再创新高的趋势。

五百七十六万！五百七十六万！

拍卖师报价的声音明显高了，重了。

五百七十六万！还有没有加价？五百七十六万一次！五百七十六万两次，五百七十六万三次！拍卖师那只戴着白手套的右手“啪”地砸下了锤子！五百七十六万，成交！

会场上顿时爆发出一阵长久的、雷鸣般的掌声。

尚德兴长长地呼出了一口气。参加拍卖会的所有人员也从激烈紧张的气氛中缓过劲儿来。公证人员当众宣布：受小海镇政府的委托，受司法局公证处的指派，通过对拍卖过程的全程监督，认为，拍卖程序正规合法，拍卖结果真实有效，拍卖成功！公证员，李冰冰，李莉莉。

夺得头筹的企业是小海镇嵩山钢构公司，这是一家很有实力的大企业，一出手，就志在必得。

这是尚德兴想都不敢想的价格，当初他定的底价是四百一十八万，竞标开始他还担心底价太高，没人往上加价，甚至还担心出现“流拍”的事情，现在看来，这种担心多余了。拍卖刚开始，他觉得能卖到五百万也就阿弥陀佛了。好家伙，现在竟然卖了五百七十六万，比预计的超出七十六万呐！小海镇的干群兴奋得睡不着觉了，他们根本没有想到，这么个小煤矿，能拍出这么高的价钱！

煤矿拍出了个好价钱，但是，要求赔偿、讹诈耍赖、上访告状的事情，也就随之而来了。一时间，镇政府大院里，吵架闹事告状者，人来不绝，吵闹不断。有煤矿退下的干部，有干了几十年的老工人，最多的是附近的住户。都是眼红那一疙瘩钱，纷纷到镇政府上访告状讨便宜。平息上访，处理告状，就又成了小海镇的当务之急。

这是尚德兴早已预料到的事，这些人纯属是来没事找事凑热闹的，有问题，可以解决，该赔偿，可以商量，但是，用这种方式，那是绝对不可以的。他召开了会议，在会上，他给镇干部提出两个要求，第一，在这特殊时期，要保持一个安定正常的办公秩序。第二，干部要下到几个重点村子里去现场办公，变群众上访为干部下访，和村干部一起，稳定上访者的情绪，劝阻他们上访。另外，还要把上访人员分门别类，区别对待，对于合理的诉求，尽量给予满足，对于无理取闹者，耐心说服教育，不要把事情扩大，目的就是，要趁这次机会，彻底解决煤矿上的遗留问题。

会后，按照分工，几个镇干部下到南沟村处理上访事件。经过一个多月耐心细致的工作，并进行了适当的补偿，事情被渐渐平息下去了。可是，镇干部在处理这些上访事件时，却意外地遇到了两户人家争夺同一块坟地的难缠事。

南沟村一户李姓人家选看坟地，风水先生就指了一处“风水宝地”，这块地是马家的责任田，在马姓人家祖坟前二十多米处，李家就想以换地的方式得到它。李家怕马家不同意，就开出了用“二亩换一亩”的优惠价换马家这块地。

马家不知道李家的用意，又贪占小便宜，就与马家进行了交换。不久，李家就选了个“好儿”，要把自家的坟迁到这块地里。马家觉得奇怪，经过高人指点，发现上当了，挡住说，种地，中，迁坟，不中！李家理直气壮地说，现在，地是俺的地，俺想迁就迁，谁也管不着！马家说，你要是在这儿起坟，肯定就挡了俺马家的风水，断了俺马家的龙脉。李家说，俺的地，俺当家，俺建个坟，还得听你们马家的意见？马家说，噫，别忘了，这地，可是俺马家换给你们的！李家说，换过了，就成俺的地了，俺想咋弄就咋弄。马家就说，你想咋弄就咋弄？俺叫你弄球不成，不换了，坚决不换了！这块地，留着以后俺马家当坟地哩！李家就说，换过了，说话不算数？没见过厕出来的屎橛子还能再坐回去！马家说，不换不换，就是不换了！李家说，不换？想得美！俺换时，是二亩换一亩，你们要反悔，就得拿十亩来换这一亩！马家听了破口大骂，彐娘，不论理！李家也接上茬大骂，日奶，你才不论理哩！最后，双方都瞪着眼，叫嚣着，奶奶的，咱走着瞧！

李家不顾马家的反对，只管去地里打墓。李家白天把墓打好了，马家夜里就派人把坑填了。李家就再次挖好，派人日夜看守。马家又去填时，双方又争执起来。李家有个小伙子，是个愣头青，还有点儿“二蛋”，举着三齿钯子说，日你妈的，谁敢再填一锨土，小心他头上长三个血窟窿眼儿！马家人多，也不示弱，情况比较严重，比较紧急了，双方大有一触即发的阵势！围观群众拨打了110，报了警，派出所民警三番五次去调解，都不见效果。两家都在火头上，派出所又不敢采取强制措施，事情就僵在那里了。

在这僵持阶段里，李家就托人到镇里找关系，想让尚德兴向着李家，关照此事。而马家人在村里当着支书，也到镇上找着尚德兴，想让他替马家说话。

尚德兴了解事情的原委后，就如此这般地把这事儿交给了抓政法的副镇长。副镇长马上通知南沟村的村支书、村主任、村民组长及双方管事的十多个人，让他们来镇里协调处理此事。

一进门，双方就唇枪舌剑，各执一词，谁也不肯低头让步。

看到双方吵得不可开交，尚德兴对副镇长使了个眼色，副镇长跟着出来，尚德兴小声说，让他们吵吧，咱暂时先别管，也别发脾气，就只管熬吧，说不好，不让走。副镇长心领神会，点了点头说，中！

尚德兴和副镇长又回到调解现场，一直看着双方吵到中午，双方人有耐不住饿的，就啃块烧饼充饥。到了下午，该下班了，双方都累得够呛，他们也无心吃饭了。天越来越晚了，双方吵得又饿又渴又乏，渐渐地，有人撑不住了。这时，李家站出来一个人说，不行明天再说吧。副镇长摇摇头说，那不妥吧，大家都希望早点儿把事情解决了，择日不如撞日，今天有尚书记在，今晚咱就得把事情商量好，不然，若发生械斗流血事件，谁来承担责任？双方见尚书记也在场陪着，就不再言语了。一直熬到夜里十二点，双方都没脾气了，甚至有人开始打瞌睡了，尚德兴这才开口说话。他说，在解决问题之前呢，我先给大家喷个故事吧。有人小声咕哝说，喷啥鸡巴故事，又饥又渴，哪有心思听？尚德兴就当没有听见，继续说，这事儿，是清朝的事儿，安徽桐城有两户人家，一户是当地有名的富商，一户有人在京城当官，是大学士。富商家修宅子想多占邻居一尺地，当官这家当然不同意，挡着不让干。双方各不相让，就斗气上劲打开官司了。当官这家就写了信，派人去京城求援。大学士张英问明情况，就让来人给家里捎回了一封信。家人一见信，就想，成了，大学士肯定给咱找好关系了，奶奶的，看咱咋收拾他个龟孙吧！哪知，满心欢喜打开看时，却见信上只有四句诗：千里修书只为墙，让他三尺又何妨；万里长城今犹在，不见当年秦始皇。家人看了，思索良久，便按大学士的吩咐，主动让出了三尺地。富商见此情景，也为之感动，建宅时不仅没多占，还主动后退三尺。两家各让三尺，中间的路就比较宽了，人走车行都很方便。此后，两家和睦相处，世代交好。这条路就是现在安徽桐城很出名的六尺巷。说到这里，尚德兴停顿了一下，又看看眼前的人们，才说，李家和马家，都是多年的好邻居，庄子挨边，田地搭界，关系不好也不会调地。咱先不说风水先生的话灵不灵，单是为了给故去的先人修建坟地，两家就要大动干戈，值得吗？若是都不退让，势必要酿成血案，也许祸害就在眼前，倘若先人地下有知，恐怕也不会让咱们这样干吧！

听了尚书记的故事，双方都哑口无言了，你看看我，我瞅瞅你，心中都有了后悔之意，但又不愿意先服软。这时，村支书、村主任、村民组长看到了转机，就趁势从中斡旋调停，双方最终打成了协议：那块地，重新换回去，李家另选地方迁坟，过往之事，永不再提。

尚德兴看看墙上的表，已是凌晨三点了。

二十一

最近一段时间，赵倩不淡定了，她怎么也不会相信，刘爱国会突然失去联系。

已经一个多月了，刘爱国一直处于失联状态，赵倩联系不上他了。

赵倩有些无所适从了。

赵倩心里，无端地生出了种种的担心。她首先担心的是，刘爱国该不会是要抛弃我吧？继而又担心，刘爱国该不会出什么意外吧？

赵倩一个人待在家里，听着墙上的挂钟嘀嗒嘀嗒走动的声音，觉得很寂静，寂静得叫人心慌，也觉得很寂寞，寂寞得叫人心痛。刘爱国的手机时常处于关机状态，这段时间，他似乎是从人间蒸发了一样，发信息不回，打电话不通，要么就是忙音，再拨，还是忙音。这种反常的情况让赵倩有点儿心神不宁了。

因此，赵倩除了担心，还生出了其他的想法，他该不会是又有别的女人了？这样想着，心里先是一惊，接着又是一凉。很快她就否定了先前的想法，刘爱国应该不会这么做吧，在她心里，他是个好人，是个有情有义的男人，现在，像他这样的好男人，已经不多见了。赵倩能够感觉到，她在刘爱国心里应该是有相当重要的位置的，她有这个自信！那么，他，该不会，出什么意外吧！赵倩这样想着的时候，自己的心，似乎悬在了半空，仿佛一切都乱了阵脚。赵倩真的不知道应该怎么办了，就有点儿冒失地走了一步险棋，想往他的厂里打个电话。赵倩静了静心，稳了稳神，打过去了。通了，她试探着说，喂，请问刘总，在吗？接电话的是个小姑娘，问，您哪位？赵倩倒先自慌乱了，说，哦，我是，我是……对方又问，不方便透露吗？那我就告诉你吧，刘总出差了。赵倩又问，他，去了哪里？对方说，这个，是不方便透露的。赵倩挂了电话，暗暗地想，这小姑娘，小嘴儿，倒厉害，把人民教师都给斗败了。好半天，赵倩才缓过神来，松了口气，不过还好，他没事儿，其他的，就不再计较了。既然他没事儿，那就不要再去想了，然而，赵倩依然是忍不住的，忍不住还要去想他。以前，他可从来不是这个样子的，有时候，生意忙了，或是有了化解不开的事情，他都是不超过一天就会给她打电话的。怎么这回，竟然失联了呢？

赵倩感觉，自己的一切，包括身体，包括心绪，包括毫发，包括思念，都被一双看不见的有力的大手拧成了麻花，一种说不清道不明的疼痛将她一层层缠绕起来，越来越厚，越来越紧，直到织成一个密不透风的茧子。赵倩快要窒息了。她拿出手机看看，依旧是没有任何未接来电，没有任何短信，没有任何QQ留言。赵倩无法理解，他为什么要这样忽然玩失踪呢？在他失踪的这些日子里，赵倩不知道自己到底是怎么熬过来的。而这仅有的一次失踪，从他离开自己的那一刻起，时间，似乎就遭遇到了前所未有的大堵车，没有绿灯，没有交警，只有绝望的拥堵，只有无助的等待。

赵倩希望花好月圆，希望好景常在，可谁又能料得到，竟会有今天这种结局呢？无所事事、无法排遣的赵倩就很是无聊地做了一道菜，做什么菜呢？她也没有想好，就那么胡乱地做起来了。做好了，出锅，装盘，上桌，一看，竟是红烧肉，是他最喜欢吃的红烧肉。现在，喜欢吃的人不在，只有不喜欢吃的人坐下慢慢吃了，吃着吃着，噎了，一边打嗝，一边流泪，泪水滴落在红烧肉上，她也无心再吃了。

了无心绪的赵倩就又有些赌气了，她想把电话打到他的家里去，但这，又有什么意义呢？他的那个老婆，对他也并没太多的挂念，她有她自己的生活方式和生活圈子，或是出去打打牌，喝喝茶，聊聊天，很自在的，或是在家种种花，养养草，遛遛狗，跟儿子媳妇相处得倒也和睦，也没有什么怨气。赵倩若真是打了电话，那她自己也会觉得是那样的可笑呢。

永安的冬雨一场比一场冷，一层比一层寒。街道上，冷冷的雨，淅淅沥沥，洒在窗外的遮阳棚上，发出沙沙的响声。赵倩看着外面寒冷的湿润的黑夜，全无睡意，她的脑海里全是那个人的影子。

好像是去年的冬季吧，是个下雪的日子，他开着他的宝马，她坐在他的身后，一起去洛河边赏雪。河滩上的树木以及远处的房屋都被白皑皑的雪覆盖着，满眼的干净，满眼的洁白。赵倩穿着一件红色的呢子大衣，走在一片银白的仙境中，迷幻，婉约，像是一只活泼的火狐狸。赵倩在雪地里一步一步走向刘爱国，身后留下一串深深的脚印，刘爱国竟有点儿看傻了。刘爱国看着赵倩，忽然就在雪地里翻起跟头来，逗得赵倩笑弯了腰。

赵倩使劲儿地摇摇头，这些画面在脑子里挥之不去。

赵倩轻轻哀叹一声，抱住了一只肥胖柔软的枕头。那枕头，有两只，是赵倩特意挑选的一对绣着鸳鸯戏水图案的汴绣枕头，而现在，她只能把一只抱在怀里了。黯然中，赵倩抽泣了几声，仿佛她的命运又回到原来的状态，虚无，空荡。

快过年了，刘爱国忽然有了音信，他派司机为她送来了品种齐全、量大数多的年货。

怎么回事呢？东西送来了，怎么不见人呢？难道我需要的是这些东西吗？

赵倩心里，似有一团浓浓的阴云，飘飘浮浮，沉沉闷闷，而她，却始终猜不透，这到底是为什么。

这种纷乱的情绪，一直延续到了腊月的最后一天，延续到了除夕，延续到了新年的正月初一，延续到了“破五”，又延续到了元宵节，一直延续到了阳历的二月。

就是在二月底的一天，大约是下午六点半，刘爱国忽然收到了一条短信：

感谢上苍，让我遇见你，蒙你错爱，让我有了这么几年开心自信的日子。每天早晨，你给我期盼，给我工作的动力，给我生活的乐趣，让我在名存实亡的婚姻外壳下，重新燃起了生活的信心和希望。然而，最近你的不理不睬，又让我痛苦万分。我在反思自己，我做得不好吗？如果我哪儿做错了，我愿意改，却不愿意受这样的惩罚。我不要再麻烦你，我要解脱自己，我想好了，我要在二月二十九日魂归天国。祝你快乐，幸福！

刘爱国其实没有什么事儿，他正在家里窝着呢。

刘爱国看完短信，吓出了一身冷汗。这分明就是一份遗书啊！赵倩她，怎么能这样呢？刘爱国赶紧拨打她的手机，关机了！再打，还是关机！他来不及多想，连忙下楼，来到车库，车发动起来的时候，他看了看手机，二月二十八日，星期五。他开车飞奔到了学校，三步两步就来到教师宿舍楼，她的宿舍门紧锁着，敲敲，无人应答，再敲，还是无人应答。他又急匆匆驱车来到她家楼下，也不再害怕别人认出他来，噔噔噔，跨步到了楼上，按铃，没人，敲门，也没人。他跑下楼去，失魂落魄地回到了车上。

这段时间，刘爱国总觉得腰酸背痛，有时还犯困，夜里两个人的那档子事儿也莫名其妙地力不从心了，或者根本就是不行了。自己是怕她担心，难过，才没敢告诉她。本想先躲避她一些时日，自己再一边治一治，好了以后再给她说出实情，没想到，她却要寻短见了！

赵倩她会到哪里去呢？回到车上的刘爱国就想到了市里的那个“家”。对，在那儿，她一定会在那儿！他一边开车，一边自责，都怪自己，怕她担心难受，却没有考虑她的感受，早知这样，就该一五一十地告诉她实情，免得她胡思乱猜。她要有个三长两短，自己不就成罪魁祸首了吗？现在得马上找到她，以防她干出傻事来！

到了，刘爱国心急如焚地打开门，一抽鼻子，却闻到了一股诱人的菜香。他冲进厨房，却见她竟然没事儿人一样正在炒菜。他一下子扑过去，抱住她，上气不接下气地说，可找到你了，你可把我吓死了，跑到学校、家，你都不在！

赵倩回过头看着刘爱国，一丝温情便从心底泛滥上来，可她却忍耐着，矜持着，反而嗔怪地说，哟，找我干啥？快俩月了也不理我，还找我干啥？刘爱国说，哎呀我不是有事嘛！赵倩说，那好啊，你有事，就忙去吧。刘爱国着急地说，你看你看，就不听我解释。赵倩说，你，真有那么忙吗？要是烦我，就甩了我吧。刘爱国说，哎呀你误解我了。

刘爱国就把自己身体如何不适，又是如何看病，不想让她担忧，又是如何故意躲避她的情况说了一遍。赵倩沉静地听着，这时，她才知道了事情的原委。而刘爱国却又说，我不理你，你也不该想着走绝路啊！

赵倩说，谁走绝路了？我为什么要走绝路呢？我是知识女性，才不会做那种傻事儿呢。

刘爱国掏出手机，翻出短信让她看。刘爱国说，你看吧，这不是你发给我的短信吗？

赵倩“吃”地就笑了，她说，你呀，可真是个呆子，给你开玩笑呢。

刘爱国听了，抱怨说，开玩笑，有你这么开玩笑的吗？

刘爱国想到自己火急火燎四处寻找她，自己都快要吓傻了，而她呢，却是神态自若，没事人般，一句“开玩笑”就把事情挡过去了。

赵倩看刘爱国真生气了，连忙撒开娇了，哎呀都是我不好，让你着急了，别生气了别生气了啊。赵倩一边哄他，一边亲昵地拉他在沙发上坐下，又笑着说，一个大老板，也不仔细想想，我能舍得你吗？刘爱国说，你呀，可把我吓得够呛。赵倩又逗他说，有什么可怕的呀？刘爱国说，你都要“魂归天国”了，还不可怕吗？不是及时找到你，说不定，哼哼。赵倩说，哎呀你仔细看看再说，今年的二月，哪有二十九号啊。刘爱国一下就醒悟过来了。刘爱国说，嗨，我这脑子，也真是的，一见短信，乱了方寸了，根本没想这么多啊。

虚惊一场的刘爱国，彻底放下心来了。

这时候，赵倩做好了饭，就说，别再担惊受怕了好不好？来来来，吃饭吧。刘爱国就与赵倩对坐了，一边吃着，一边就说些闲话。赵倩一边给刘爱国夹了菜，一边说，问你个小问题啊，你得快速如实回答。刘爱国很是认真地说，嗯嗯，问吧。赵倩说，你妈小时候打你超过五次吗？刘爱国脱口而出，五次啊？五十次差不多！刘爱国又说，我小时候调皮得很，老挨打，我们兄弟姐妹几个，恐怕就我挨打多吧。

赵倩听刘爱国这样说完，哈哈大笑起来，笑得刘爱国有些莫名其妙了。赵倩笑着就说，哎哟真笨，“你妈小时候”，哪里有你啊！

刘爱国这才恍然大悟，也跟着哈哈大笑起来了。

二十二

就在刘爱国跟赵倩和好如初的时候，尚德兴却在他的办公室里不住地念叨着一句话：

要想富，先修路。

尚德兴一遍遍地念叨着，也一遍遍地下着决心。

尚德兴早就想把那条烂路彻底修一下了。

那条四公里长的大路，是通往小海镇区的主干道。

前些年，企业形势好，拉脚送货的运输车辆超载超重，多拉快跑，把这条路给轧坏了。现在，这条路上，行人和车辆依然很多，可是路面却千疮百孔、坑坑洼洼，大窟窿套着小窟窿，大眼睛套着小眼睛，车辆难以通过，行人也很难走过去了。隔一段时间，镇里的“道班”就派人往坑里填些黄土，就那么凑合着。晴天还好，灰土扬尘的，躲着就过去了，可一到下雨天，坑里的黄土泡软了，车辆陷到坑里就很难出来了，一耽误，就是大半天，堵车，已经是家常便饭了，老百姓戏称这段路是“花轿路”“秧歌路”，都盼着赶紧修一修了。

尚德兴因着急修这条路，他专门到交通局拜访局长曹治业，死磨硬缠把他和主管副局长请到了现场，请到了那段烂得不成样子的路面上。曹局长看了直摇头，说，这路况实在是太差劲儿了，真该修修了。可要修路，得年初造预算报计划才行。尚德兴说，那咋办？曹局长说，明年年初，我把预算给你造上，把计划给你报上，明年下半年早点修。曹局长担心地说，但是还需镇里每公里配套十万元钱。小海镇目前经济困难，四十万元配套款不一定能够匹配到位啊。尚德兴当下表态说，就是砸锅卖铁也要修路啊，请曹局长多多支持！

眼下，尚德兴发愁的并不是这四十万元的配套款，他发愁的是怎样说动曹局长，让他尽快开始修这条路，不能等到明年下半年，怎么办，怎么办？一直到中午吃饭前，他还没想出一个万全之策。

中午，在小海镇一家餐馆，尚德兴安排了一桌饭菜宴请曹局长，感谢他在百忙之中来到小海镇。菜上来了，酒也斟满了，尚德兴站起身，举杯说，欢迎曹局长来小海镇检查指导工作，体察民情，我代表镇党委、政府和小海镇六万父老乡亲，感谢几位领导对我们的大力支持，敬大家一杯！大家略略欠身，碰杯饮下去了。酒至半酣，尚德兴当众又给自己倒了一大杯，足有三两，他举杯对曹局长说，曹局长，曹老兄，感谢您啊，感谢您对小海镇的照顾，我，先把这杯酒喝了，然后，您听我说说我的想法，若是合适，老兄就答应，若不行，也不让您为难，咋样？曹局长还没说话，尚德兴就把那一大杯白酒喝下去了。酒已喝到这个份上，还能再喝下这一大杯，还真是需要非常大的勇气和酒量啊，也真看出了尚德兴的真诚。

尚德兴坐下，缓口气说，年初造预算，报计划，等领导批了，然后才能修路，这是规矩，我懂。可是，从今天起，到年底，还有四个月时间，再等到明年，重新造预算，报计划，你们批了以后，再开始修这路，还得再有半年。有曹局长在交通局，这条路，明年列上计划肯定没问题。不过，我想请老兄帮个忙啊。顿一下，尚德兴诚心诚意地说，我的意思是，别等明年了，曹局长来个特事特办，让工程队先垫些资金，马上开始修路；这条路您都看了，实在是太差，紧中修了。三天之内，我把四十万配套资金，外加十万元的垫资利息，打到交通局账上，你看行不行？

说完，他看着曹局长，可能是，那一大杯白酒起了作用，或者是，这条烂路是真该修了，也可能是，尚德兴的真诚打动了曹局长。曹局长顿了一下说，我就知道，这顿饭不能白吃！嗯，今天就破一次例，按老弟说的办吧。我们知道小海镇目前十分困难，那十万元的利息就免了，这样吧，我们想办法让工程队马上开始干活儿，给老弟修路！

曹局长的话感动了尚德兴，他连声说，感谢，感谢。给自己倒了一杯酒，给曹局长还有交通局的领导也象征性地倒了些，碰了碰杯，共同干了。

回到办公室，尚德兴给财政所长打电话，让他明天将四十万元配套款打到交通局的账户上。

在尚德兴的努力下，两个星期后，四公里长的道路上，修路工程全面铺开了。

修路了，修路了，四邻八村的百姓奔走相告，议论纷纷。有的人说，前几年，镇里经济形势那么好，也没有哪个领导想到要修路；眼下呢，经济形势大滑坡，镇里的日子肯定也不好过，可镇里领导还想尽办法修这路，不简单啊！还有的人说，真是想不到，镇里这一班人有魄力，为群众想，替群众急，给群众办了一件实实在在的大好事啊！

两个月后，路，修好了，通车了。这条路，树起了镇政府在群众中的威信，也拉近了干群之间的关系。尚德兴走在这条通往群众心中的大路上，感觉这路，是那样的平坦，那样的宽阔！

这条路修通了，宽敞亮丽了，相比，通向凤山寨等四个村子的那条路就不像个路了，那路，就变成了远近最差劲最难走的路了。那么，整天在那条路上出行的四个村的群众就有反应了，就有意见了，村干部也坐卧不安，也跃跃欲试了。

有群众说，镇里，能修条大路，咱几个村子，就不能合伙修条小路。

还有群众说，没钱，咱们凑啊！走路，是成年论辈子的事儿，谁再能，他还能飞过去？修桥补路，是积德行善，也是功在当代，利在千秋的事情啊！

这些话，传到了尚德兴那里。他很高兴群众有这个愿望，有这个要求，有这个热情，有这个斗志，是好事，是难能可贵的，应该加以引导！镇里争取市里修这条路，上面有计划，能拨下来资金，而要修村里的路，就不会有这些优惠了。但是，只要把群众的积极性调动起来了，就好办，就能干成事儿！

趁着群众情绪高涨的时候，尚德兴召开了会议，会上经过镇领导班子讨论，研究认为，这四个村子，虽然经济相对落后，企业又不多，但居住人口并不少，镇里一定要顺应民意，因势利导，采取“村里集资出工，镇里予以补贴”的办法，将这条村级道路修好，将这条“民心路”修好。

会后，尚德兴从镇里抽调了40名干部，派到这四个村里，开会，调查，动员，组织修路。村民们听说是要修路，都表示了有钱出钱，有力出力，支持修路。支村两委班子，也把村子里做生意的，办企业的，请回到村里，让他们参与筹划，集资奉献。

可是，修路资金仍然存在很大的缺口，尚德兴为了这事，愁的晚上睡不着，他在床上翻来覆去的，突然脑子里闪现出一个人来，这个人能把这盘棋走活，他就是凤山寨的章水森。

章水森今年六十多岁，是一家集团公司的大老板。二十多年前，他从开采铝矿石起步，积累了雄厚的资金后，又办起了一家水泥厂。水泥厂走向正规后，又投资办了一个耐材厂。那时候，全国钢铁形式很好，耐材行业遇上了好年头，很快就形成了规模。最近几年，儿女们都长大了，在企业里面也能够独当一面了，他审时度势，建了一个碳素厂，随后，又成立了章氏集团公司。公司很有规模，固定资产十六亿多元，每年上缴利税五千多万元，员工发展到三千多名。去年，也许是，他感觉自己年龄大了，做事情力不从心了，也许是，他已将人生参悟得透彻了，他把公司的四家企业交给了三个儿子和一个女儿，让他们独立经营，每年往公司上缴管理费。自己呢，就跟老伴一起，享受生活了。冬天，他乘飞机去南方的别墅里过冬，春、夏、秋三季，或是住在市里小区里，或者干脆就住在老家的房子里，约上三五个友人，喝喝茶，打打牌，听听戏。兴致来了，就带着老伴出去旅游，真正享受起生活来。

尚德兴知道，章水森是远近有名的大老板，既有资金，又有善心，他就跟石镇长商量，想邀请他跟老伴一块儿出来吃个便饭，听个小戏，顺便探一探他的口气。石镇长认为此法可行，就打电话与章水森约了见面的时间和地点。

时间约在了周末的晚上，尚德兴和石镇长来到约好的饭店时，章水森和老伴已经等候在门口了。一见面，双方握手，寒暄，很是客气。尚德兴请两位上楼，进了雅间，他让章水森往主位上坐。

章水森推辞着，开玩笑说，二位可是领导啊，我岂敢不遵礼数，以下犯上？这要在古代，你们让公差打我二十大板，那我，可就苦了。章水森一边说，一边拿眼睛瞟着老伴说，您说是不是这个理儿啊，领导？

章水森的调侃，让生涩的气氛马上就活跃起来了，就热烈起来了。

尚德兴说，章总是咱小海镇的功臣，也是地主，我和石镇长都是干活儿服务的角色。石镇长趁势说，所以说，您啊，理应受敬重，理应坐上首。

话都说到这种份上，章水森只得接受了，就坐了主位。

尚德兴对章水森的老伴做了个“请”的手势，以玩笑的口吻说，挨着挨着，“领导”也得请上座，也得请上座啊。章水森的老伴“哈”地笑了一下说，我算啥领导啊，我是俺老章的秘书还差不多，哎哎哎，生活秘书，可不是女秘书，哈哈，更不是小秘，哈哈哈，也没有这么大年龄的小秘啊！章水森点着头说，对对，是生活秘书，是生活秘书，把我照顾得真是不赖呢！老伴看了他一眼，说，别看他整天张口闭口“领导领导”的，你们都看看，我能领导他个啥？成天就是给他做饭啊，洗衣呀，他腰痛了，我还得给他按腰捶背，晚上呢，还得给他铺床叠被，端洗脚水呢。尚德兴笑一下，风趣地说，领导就是服务的，为人民服务嘛！老伴说，我在家里，就是个保姆，得伺候着这位皇上。章水森听了老伴的话，很是得意，但为了叫老伴高兴，他自嘲说，哎哟我们家啊，老伴地位最高，我的地位最低，以前呢，老伴是一把手，我能排个二把手，现在呢，老伴又养了只小狗儿，叫宝宝，这下可好，宝宝成了二把手，我只能排老三了。

说笑之间，依次落座，尚德兴和石镇长分坐在章水森和老伴两边，章水森的司机也在对面坐下了。尚德兴拿起菜单递给章水森，请他点菜，章水森推让说，随便随便，让司机点吧。四个人继续聊天，司机在一边点菜。点完菜，司机下楼，从车上取了两瓶酒上来，问章水森，章总，这个酒中不中？章水森点点头说，好好。尚德兴拦住说，哎哎章总章总，我们请您的，怎么让您带酒呢？章水森说，一样的一样的，我的规矩就是这样，我的司机都懂得。尚德兴也不再争执了。

菜上来了，只有四个。石镇长说，不行不行，这太寒酸了，太不成敬意了。章水森说，很好很好，四个人，一人一个菜。石镇长说，还不划一人一个啊！章水森说，司机不算的，我的规矩就是这样，司机都懂的。石镇长说，这么大个小伙子，怎么不算？司机笑着说，没事儿没事儿，我才是跑腿服务的呢，为人民服务嘛！章水森拿筷子点一下司机，说，这孩子。又朝尚德兴说，你看你看，你的话，司机都学会了，看来，伟人提倡的为人民服务，深入人心了啊！

尚德兴看着这一荤三素的四个菜，有些过意不去，但他还是说，就听章总的吧。章水森说，这样很好，不浪费。

菜很简单，却很精致。荤的是牛腱块，素的是花生米、油菜、蘸汁老豆腐。看来，司机真是懂得老板心意的。

服务员开了酒，斟上，尚德兴和石镇长分别先敬了章水森一杯，接着大家又碰了一杯，之后就随意了。章水森也不多喝，就这么三五杯，把场面应酬完了以后，也就不多喝了。可能是，由于老伴在，把着关吧，也可能是，注意养生了。他的老伴滴酒不沾，司机开车不喝酒，所以尝都不尝。尚德兴和石镇长也不硬劝，大部分酒是他们二人分着喝了。

章水森见尚德兴喝得有点儿多，就不好意思了，便说，唉，老了，喝酒不行了，陪不住二位了。老伴微笑一下，一本正经地说，今儿啊，我告诉你俩一个秘密，前些年，俺老章可能喝了。为啥呢？他有个秘方！尚德兴和石镇长就很有兴趣，问，啥秘方？外不外传？老伴接着说，也不保密，就是他每次喝酒前，先吃一个小老鳖，喝再多都没事儿。尚德兴和石镇长一脸的不解，说，这也算秘方？老伴又一本正经地说，他把小老鳖吃下去后，小老鳖就把他肚子里的酒都喝了啊！尚德兴和石镇长都哈哈大笑起来，连说，呵呵，有意思，有意思。章水森却打趣说，看俺这领导，拐弯抹角骂小三呢。见笑见笑，见笑了啊！尚德兴说，哎哟看你们二位，多和谐，在家肯定生不了气，真有点儿羡慕你们啊！

吃过饭，石镇长叫服务员结账，服务员指着司机说，这位先生已经结过了。尚德兴说，你看章总，我们请你的，反而让你破费。章水森说，就这样就这样，下次再说。石镇长说，这不行。章水森说，我的规矩就是这样，司机都懂的。尚德兴说，那咱们走吧，我们请章总去听听戏吧。

一行人来到了永安豫剧团旁边的戏曲茶座，挑了个靠后的桌子坐下来。戏，是要听的，是品咂的，靠后一点儿也没有关系。再者是，尚德兴害怕碰到熟人，被人看见了，反而不好。章水森也不喜欢张扬，他觉得，尚德兴选择的位子很合适。落座了，服务员送了茶，慢慢喝着，前面的戏也就开唱了。

听戏，是章水森几十年的爱好。年轻时，他就喜欢听戏，几十年来，看过听过的戏不计其数，很多戏词，他都能背得下来。他是个老戏迷，也可以称得上是个戏曲鉴赏家了，哪个人唱得好，哪个人唱得不好，一张嘴，他就能听出水平高低，即便是那些“名角儿”，他也能听出偶尔的瑕疵。

章水森最喜欢听的是青衣的戏。他说，青衣水袖的功夫是真功夫，最起码得有十年以上的功夫才能叫“水袖功”，那委婉的唱腔至少也得十年的功夫。特别是青衣的苦戏，或者说是哭戏，他最爱听，听着时，也会跟着流泪。他爱听张宝英的《卖苗郎》和《秦香莲》。还有几出戏，他也爱听，《打金枝》《三哭殿》《下陈州》《铡美案》《八珍汤》《南阳关》，还有《桃花庵》《秦雪梅吊孝》。他更喜欢听常香玉的戏，常香玉的老家就是咱们这里的，在洛河岸边的南河渡村。他爱听常香玉的《红娘》，也爱听《白蛇传》，还爱听《花木兰》。他知道，常香玉演戏很认真，老爱说“戏比天大”。

石镇长就问章水森，章总如此爱听戏，一定唱得不错吧？章水森笑一笑，摇了摇头。老伴却说，他只是爱听，说得好听点儿，算是会鉴赏，唱得不行，属于眼高嘴低的那种。

一边聊着，一边就听了几段，章水森又点了几个“名角儿”的戏，也算是给她们捧了场。看看时间不早，石镇长这回抢先去结了账。

分手时，章水森说，不知书记、镇长明天有空没有？尚德兴说，有啊，我们正想找你指教呢！章水森说，指教说不上，方便的话，想请你们二位明天上午到我办公室喝茶，怎样？尚德兴赶紧说，好啊好啊，也正好让我们参观参观章总的办公室吧。

第二天上午，尚德兴和石镇长如约来到章水森的办公室。章水森泡了茶，三人坐了，慢慢品饮。

喝着茶，就聊起了天。章水森说，尚书记和石镇长在小海镇干了几个漂亮活儿，大家是有目共睹，让人佩服啊！尚德兴说，为百姓办点儿实事，应该，不值得章总夸奖的。章水森忽而话锋一转，说，我知道，二位工作繁忙，哪有闲情逸致陪我一个老头子又是吃饭又是听戏的，一定有事儿！请直说吧，不必碍口，只要是我能够办得到的，绝没二话。尚德兴小饮一口，慢悠悠地说，既然章总如此直爽，我也就不拐弯抹角了。章水森说，咱们之间打交道，讲究个直来直去。尚德兴提高了嗓音说，章总有个性，够爽快，那我就直说了。

尚德兴就把目前四个村要修路，各村集资出工，镇里给些补贴的情况说了一遍。最后，由石镇长转入正题说，章总德高望重，实力雄厚，眼前呢，修路资金还有五十万元的缺口，想请章总帮帮这个忙，斥资修路，造福百姓啊！

章水森搁下茶杯，连眉头都没皱一下说，嗯，这是好事啊！既然两位领导看得起我，我一定要捧这个场。明天上午，让镇财政所的人来公司，到会计那儿办个手续，把五十万元一笔转过去。

尚德兴起身，紧紧握着章水森的手说，感谢章总大力支持啊！你做了一件功德无量的大好事，四个村的村民不会忘记您，小海镇的人民群众会永远记着您啊！

章水森连连摆手说，哪里，哪里，尚书记过奖了，举手之劳，举手之劳。

资金问题解决了，尚德兴心里的一块石头就落了地了。

修路的速度加快了。

这条路，也如期竣工了。

尚德兴望着路上来来往往的车辆和行人，脸上绽开了幸福的笑容。

二十三

在市里开了一个上午的会，下午两点，尚德兴走进办公楼，忽然从楼梯旁闪出一个人来，猛地一下，就挡在了他的面前，这让正低头行走的他吃了一惊。

尚德兴停下来，看见眼前杵着一位老人。这老人，年约七十，衣衫褴褛，神情悲伤，战战兢兢地站在那里，尚德兴猜不出他究竟想要干什么。

尚德兴还没有来得及细问，镇党政办主任正好经过，他慌忙过来，一边推开老人，一边责怪地说，你看你吧，我早就说叫你回去，你偏不听．你咋又躲到这儿来啦！党政办主任一边说，一边拉着老人，快走快走，别影响我们工作。

尚德兴赶紧拦住了，对镇党政办主任说，咋能这态度？老百姓有事儿，不找政府找谁？又对老人说，不慌不慌，有啥事儿？说吧。老人沙哑着嗓子说，我找尚书记。尚德兴说，有啥您说，我就是。老人一听眼前站着的就是尚书记，“扑通”一下就跪在地上，呜呜哭起来了。老人哭着，断断续续地说，我，儿媳妇，跑，跑了，您帮，帮我，找寻一下，求，求您，尚书记了！尚德兴急忙扶起老人，说，老人家，起来起来，不着急，慢慢说，到底咋回事？老人前言不搭后语地说了半天，尚德兴总算听了个大概。

老人姓张，住在偏远山区高岭村，家里贫穷，老大儿子四十多了还没有娶下媳妇。半个月前，一个外乡人领着个四川女娃来到村里，说是想在这儿给女娃找个婆家。老人听说了，就想把这个四川女娃给大儿子当媳妇。女娃跟大儿子见了个面，就同意了，老大儿子更是高兴得没啥说。老人就要把女娃留下，可外乡人张口向老人要两万块的彩礼钱。为了儿子，为了香火，老人一咬牙一跺脚，东拼西凑，给外乡人凑够了两万块钱。可没有想到的是，外乡人拿着钱前脚刚走，那四川女娃几天后就不见了。老人和村里人找了三天也没有找到，村里人都说尚书记神通广大，找他就中，老人就找来了。

尚德兴知道，这是碰上骗婚的了。这些骗子专以给女人介绍婆家为掩护，抓住某些人急于成婚的心理，挑选一些穷困老实残疾甚至憨傻之人施骗。这种事儿，多发生在贫困落后的山区，上当者也是不计其数的。

尚德兴问，这是啥时候的事儿？老人说，都十来天了。尚德兴又问，你报案没有？老人疑惑地看着尚德兴，不知道报案是怎么一回事。党政办主任说，给派出所说这事儿没有？老人摇了摇头，还是没明白是啥意思。尚德兴不再解释，掏出手机拨通派出所所长的手机，说有个骗婚的案子，赶紧了解一下情况，尽快给处理了。尚德兴挂了电话，让党政办主任领着老人到派出所去了。

尚德兴到了办公室，处理完几份文件，忽然接到了市信访局局长的电话，说全国两会快要召开了，你们要注意镇上的上访户，特别是那个马杏丽，要看管好啊！尚德兴说，好，好好，我亲自来处理这件事情。刚挂了，手机又响了。打开一看，是李萍。他稍稍迟疑了一下，就接通了电话，喂，李镇长，你好你好！怎么这么长时间才想起给我打电话呀？哦，你在小海镇？现在？那好那好，我在办公室呢，欢迎欢迎！

挂了电话，尚德兴起身接了杯水，坐在办公桌前，就想起跟李萍在王店镇一起工作时的那些事儿来。自从有了那次尴尬以后，很长时间，两个人见面就有一些不好意思了。调离的时候，王店镇许多人都为他送行，可是那天，他却始终没有看到李萍。直到现在，也没有见过她，甚至连一个电话都没有打过。可是今天，她要过来，说不出因为什么，心里到底还是有一些慌乱。他拿过一个大文件夹，却又一点儿也看不进去，他就这么看着文件夹，迫使自己平静下来。忽而，他又觉得好笑，明明已经处理完了手中的事情，还要在李萍面前摆出一副辛勤工作的样子，今天，自己这是怎么了？

楼道里响起了高跟鞋咔嗒咔嗒的声音，还伴着杂沓的脚步声，他赶忙起身迎了出去。来了三四个人，尚德兴与他们一一地握了手，迎进门，让座，泡茶。尚德兴以自己的忙乱来显示着热情。李萍端详了尚德兴一眼，笑着说，不错不错啊，一把手就是不错，气色多好，看来，还是得做一把手啊！李萍半是调侃半是感慨。尚德兴忙说，哪里哪里，还不都是一样嘛。

尚德兴说着，慌忙端出水果和瓜子，自然又是一番殷勤。他说，李镇长可是稀客啊，今天吹的什么风啊，把你们几位给吹来了？同行者心里都很清楚，是李萍要来看尚德兴的，便开玩笑说，什么风啊？香风呗，香风习习，给您送来了李镇长，满室笑语。李萍却朝他们说，去去，没大没小的。接着，李萍又叹了一声，说，还不是老任务，王店镇有一个生了两胎女孩的计生对象躲避到你们小海镇亲戚家了，我们今天就是来找她的。尚德兴说，跑到这儿算什么，跑到国外的罪犯、贪官都被引渡回来了，躲在小海镇，根本不算什么。李萍又说，这几年，计划生育虽然走上了正轨，也被大部分群众接受了，但是仍有个别群众为了生个儿子到处躲避，这不是给咱们找事儿吗？她躲藏了，咱们就得到处寻访。还好，今天这个，找到了，几个人已经带她先回去了，我跟这几位，乘坐一辆车，忽然想起你在小海镇当了家了，就过来看看你。尚德兴忙说，感谢感谢，大家还没忘了我。同行者就说，看您说的，您是咱王店镇的骄傲啊。

尚德兴在王店镇当副书记时，也干过这样的工作。如今当了一把手，不必再这样干了，心中就多少有点儿得意。但是这小小的一点儿得意，在李萍面前是不能表露出来的，不然的话，一定会刺激她敏感的神经。

这时，李萍一脸羡慕地说，你现在多好啊，当书记了，好多事儿也不必亲自去做了，只要在办公室里动动嘴，挥挥手，坐镇指挥，自然有人替你跑腿的。尚德兴笑了笑说，嗯，还别说，当初我和你想的一样，认为只要当了镇长书记，很多事情就不用亲自去做了，多美气，多舒服啊！现在才明白，当了镇长书记，就得担负起镇长书记的责任，需要考虑的事情更多，需要做的事情也更多，一点儿也不轻松啊！李萍点点头说，也是，职务高了，责任就重！看来，你的压力也不小，你的工作也很繁忙啊！

尚德兴忽然意识到，李萍轻易不来，一见面，不能老说自己，也应该问问她的情况，于是转了话题问，哎，你近来还好吧？

其实，尚德兴已经听说了，几个月前，李萍已经离了婚，结束了那段半死不活的婚姻。现在的李萍，看起来反倒是有些精神了。尚德兴这样问了以后，就有点儿后悔了，他怕勾起李萍的伤心事。哪知李萍却很大方地说，我离了，现在是，一人吃饱，全家不饥。尚德兴“哦”了一声，就又把话题引开了。两个人似乎都在回避着他们之间的那么一点儿尴尬，就只好有一搭没一搭地说着一些不痛不痒的闲话。

李萍看见了墙上挂着的王安石的那幅《桂枝香》，有些感叹地说，尚书记你看这，说得多好，是啊，千古凭高对此，漫嗟荣辱，有一天，我们也会对现在这种生存状态感慨万千的，忙忙碌碌，蝇营狗苟，是不是值得呢？尚德兴笑一下，说，怎么，竟有这样深层次的拷问，倒像个哲人了？李萍正了颜色，说，也许，你正踌躇满志，不会像我这样想，而我，对乡镇的这种工作这种生活早已是疲惫了，厌倦了。停一下，李萍又说，真是太难了，王安石位居宰相高位，尚且如此看透世事，如果他是个乡镇干部，那么，他的感慨，不知还会有多少呢！尚德兴也受到了感染，他轻轻叹了口气，说，古来文人雅士，一旦登高望远，往往愁绪满怀，改革家王安石也不能例外啊。但他的愁怀，并非是个人私情，而常常是日月迁流，仕途坎坷，家国忧患，人生艰辛啊。这种情绪，溢满胸怀，奔涌笔端，虽是一时之兴，却成了千古名篇。王半山先生这首《桂枝香》便是其中的佼佼者。这词，笔力清遒，境界朗肃，在宋词中实属罕见，故而千秋不衰，流传百代。晚秋，残阳，孤帆，旧地，最能激起一怀愁绪。为亲人忧，为前程忧，为金钱忧，为国家忧，为苍生忧，忧之不同，境界自现。王安石在金陵胜地登高远眺，千古得失，时事风烟，一直涌入心底。赏秋色，伤晚景，叹兴替，抒胸臆，这，确实是一首千古流芳的好词啊！

满室无声，都听得呆了。李萍沉思了一下，深有感触地说，尚书记真乃才子雅人啊，把王安石的心情揣摩得这样透彻，给我们上了一堂诗词赏析课啊！尚德兴却有些自嘲，淡淡地说，我呀，充其量，也就是个性情中人吧。李萍呵呵一笑说，这才叫本色。如果你不是这样，或许我也就不来拜访你了！

这话，说得就有些含义了，尚德兴微笑着看了看她，没有接下去。

李萍豪放地说过这句话后，忽觉脸上热了一下。她掩饰地看了看手表，站起来说，好啦，天也快黑了，我们也该走了。尚德兴忙挽留说，那怎么行呢？多长时间没有见面了，吃了饭再走！李萍说，不能走得太晚，还要开车呢。尚德兴真诚地说，不行不行，不能走。要不，现在就去吃饭，说啥我也得留你们吃顿饭啊！李萍推辞一下，也就不再坚持了，半开玩笑地说，好吧，反正来的几个人都是你的老部下，那就打扰老领导喽！随行者也起哄说，好好好，那就蹭老领导一顿酒饭。

席宴安排在镇政府附近的酒店里。李萍看了，觉得包间很是雅致，又是这么雅致的人在宴请她，自己呢，也算得上是个雅致的人吧，因此，她的心情也就愉悦起来了。尚德兴和李萍坐了上位，随李萍来的几位分坐两旁，小海镇的几个班子成员都来作陪，这是尚德兴特意安排的。席间，作陪的几个人很是理解尚书记的一番美意，轮流向李萍敬酒，给足了面子。李萍自然明白尚德兴的心意，也放得开，整个酒宴，欢声笑语，其乐融融。

吃完饭，又回到尚德兴的办公室喝了一会茶，闲叙几句，李萍便要告辞了。

随行者都有眼色，早已看出了眉高眼低，纷纷告辞先行下楼了，只把李萍给尚德兴留了下来，给二人一个单独相处的空间。李萍临出门，尚德兴拿出两条软“中华”，悄悄塞给了她。李萍小声说，德兴你这是干啥？我又不抽烟的！尚德兴说，拿着吧，用得着的。尚德兴知道李萍一心想调回市里，但是多次努力都没有结果。顿一下，尚德兴说，如今找人办事，空手怎么行呢？拿着吧。尚德兴的这个举动，让李萍的心里一时五味杂陈。这个男人，对自己是这样的关心，但也仅仅限于这个关心的层面而已！上车的一刹那，李萍回头深情地看了尚德兴一眼，尚德兴分明听到，她轻轻地叹了一口气。

李萍走了，尚德兴觉得心里空荡荡的。

尚德兴使劲摇摇头，想把这一切都摇过去。他有些醉意，回想着李萍这次的到来，让他偷得浮生半日闲，脑子一下子清爽了许多。

尚德兴心情愉悦地洗漱完，正要上床休息，突然想到了那个上访户马杏丽。尚德兴看看时间还早，便拨打了办公室主任的电话。电话接通后，尚德兴说，后天是马杏丽母亲的生日，你尽快安排一下，那天跟她们吃个饭，也准备件毛衣一类什么的礼物，到时候你也一起去。办公室主任说，好好，我马上安排。

马杏丽是小海镇出了名的上访户，连年来，赴省进京，多次上访，已在信访局挂上号了。为了解决她的问题，市里和镇里都没少花力气，也没少花钱，可她就是不肯安生，也不肯罢休。她上访时，不但自己去，还带上她年近八旬的老母亲。越是省里或国家有什么重要会议的时候，她就越是活跃。她上访的原因其实也很简单，就是在非典期间，因为检查，和一名镇干部发生了口角，相互撕扯扭打，把衣服撕烂了，露了一下胸脯，她硬说那个干部打了她，摸了她的蜜蜜。她躺在医院里装病，花了不少钱，可又没人给她出，她就越发觉得吃了大亏，从此就走上了上访之路。越上访，花钱越多，亏空越大，就更要上访，这样就形成了恶性循环。小海镇为了避免事态扩大，经过协商，给她报销了药费，又给了她一些钱，让她罢休。可这时的马杏丽已经尝到了上访的甜头，觉得告状也能赚钱，就上了瘾，干脆就当起了上访专业户。她每次去北京国家信访局闹腾，市里和镇里就得派人去把她领回来，再给些钱安抚一下。几年来，市里和镇里为她已花了许多钱了。

两会快要召开了，从省里到市里，层层通知，要求各级各部门做好两会期间的安全稳定工作，市里就要求小海镇一定要管好马杏丽，千万不能让她带着老娘去上访，千万不能再闹出什么乱子了。

马杏丽最近一段时间没有再出去，因为她母亲的腿肿得厉害，实在是没法出去了。

母亲生日那天，吃过早饭，马杏丽翻出存折，想去镇上的信用社取点儿钱，给母亲买件像样的衣服，然后带母亲去医院看看腿，中午时候，在街上吃顿饭，算是给母亲过个生日，然后就准备上京告御状去。马杏丽知道，北京又要开会了，正是上访告状的好时候。

母亲见她要出门，以为又要去上访，就拦住她说，妮儿啊，别再弄这事儿了，差不多就中了，能忍，就忍了吧，你看看，我也一天不如一天了，不敢再折腾了啊妮！马杏丽望一眼空荡荡的院子，又望一眼满头白发的母亲，鼻子一酸，眼泪就流下来了。可她一想到那个跟她吵骂打架的镇干部，还有这些年来遭受的奚落和白眼，就抑制不住内心的愤怒和委屈。唉，自己也是骑虎难下啊！她这样想着，就猛地把头一扭，没好气地说，成天絮絮絮，叨叨叨，烦不烦啊你！说完，擦了把泪水，甩头冲出了院子。母亲无奈地说，唉，我这是啥命啊，都这把年纪了，还得跟着瞎折腾，啥时候是个头啊！

“一品福”是小海镇上的一家比较有特色的小饭店，店面虽不太大，名声却很响亮，干净卫生，雅致实惠，菜也比较有特点。尚德兴把小宴设在这里，主要是借了“一品福”三字的吉利和祥和，在这里给老太太过个生日，图个福气。

接到办公室主任的邀请，马杏丽想都没想就答应下来了。她心里说，不吃白不吃，吃了也白吃，吃鳖喝鳖，我还不谢鳖呢！这样想着，就带着母亲赌气似的上了办公室主任的车，来到了“一品福”。马杏丽搀着母亲一走进饭店，大堂经理就把她们领进包间“长寿阁”，尚德兴已经坐在桌前等候她们了。

见马杏丽和她母亲来了，尚德兴赶忙起身，热情地上前搀扶着老人坐下，回头对服务员说，上菜吧。又对办公室主任说，把老人的生日礼物拿出来，让老人家看看，中不中。办公室主任从提包里拿出一件开衫毛衣，递给马杏丽，说，这是尚书记亲自挑选的款式，让老太太试试，看合适不合适？

马杏丽的眼泪“唰”地流了下来。

菜上来了，六个菜寓意六六大顺，加上两个甜点，是八道菜，寓意发财，又加一道汤羹，共是九个，这才是今天的主题，久久重阳，寓意老人长寿。马杏丽觉得，尚书记，很有心！倒上酒，尚德兴又让服务员把生日蛋糕切开，端起一块，递给马杏丽的母亲，说，老人家，看到您，我就想起了我的母亲，她和您的年龄差不多，因为工作忙，我好长时间没有回去看她老人家了。尚德兴说到这里，鼻子酸了，说不下去了。顿了顿，尚德兴说，很高兴今天能给您过生日，祝您生日快乐！马杏丽的母亲端着一块儿蛋糕，嘴哆哆嗦嗦，吃不进去。

老人说，孩儿啊，有空了，也回家看看你娘。马杏丽的眼睛红了。尚德兴竟有些哽咽地说，好，好好，今天是高兴的事儿，都不难受了，咱们，开始吃饭吧！席间，尚德兴很认真地听了马杏丽的诉求，又询问了马杏丽当前生活有啥困难，当时就拿出手机做了安排和落实。

吃完饭，尚德兴从口袋里掏出两千元钱，塞到马杏丽母亲手里，说，老人家，这是我的一点儿心意，您缺啥少啥了，就让杏丽给您买吧。马杏丽按住尚德兴的手，坚决地说，尚书记，我们不要！

这么多年来，马杏丽第一次没有接受送到手里的钱。

随后，尚德兴又安排人给马杏丽在镇区热闹地段划了个水果摊位，让她做点儿小生意，她也就彻底停访息诉了。

二十四

星期二，下午五点多，尚德兴正在市政府二楼会议室开会，手机“嗡嗡嗡”地震动起来，很坚决，很执着，不容置疑。

开会时，尚德兴把手机调到振动状态，他悄悄拿出来一看，是大姐打来的，便果断地摁掉了。这种场合，尚德兴一般是不接电话的，他准备散会后再给大姐回过去。可是，过了一会儿，手机又响了，一看还是大姐打来的，尚德兴心里一沉，有种不好的预感，一定是有什么急事吧，一般情况下，大姐不会这样的。他出了会场，来到外面走廊上，小声说，大姐，我在开会，有啥急事吗？大姐在电话那头哭了起来。尚德兴一惊，忙问，咋了大姐，咋哭了？大姐说，咱爹住院了。尚德兴问，哪个医院？大姐说，中医院。尚德兴想了一下说，大姐，你先照顾好爹，我现在给殷桃打电话，让她请假去医院，开完会我就过去。大姐说，我和娘在这就行，殷桃要上班，还要照顾孩子，就别让她请假了，晚上你过来看看，拿拿主意就是了。尚德兴嘴上答应着，挂了大姐的电话，他还是给殷桃打了过去，让她请假去医院照顾父亲。

会议结束后，尚德兴心急火燎地赶到中医院，已是晚上七点半了。推开病房的门，一股福尔马林的味道扑鼻而来，尚德兴看见父亲躺在病床上，两眼闭着，好像没有什么知觉，他走过去，叫了两声“爹”，父亲没有回应。

尚德兴埋怨起大姐来，爹都这样了，咋不早点儿给我说呢？

大姐一边抹泪一边说，爹不让给你说，他怕耽误你工作啊！

尚德兴的心，重重地沉了一下。

尚德兴问大姐，爹现在，是个啥情况，医生咋说？

大姐哽咽着说，看这样子，不太好吧！

大姐说完哭了起来。她一边抹泪一边说，医生说很危险，病危通知书都下了。

尚德兴的心，又是重重地一沉。

大姐又说，爹病得都快不行了，可他死活不叫上医院，他说他清楚自己的病，那么多年了，他心里有数。后来，肚子疼得都昏过去了，才把他弄到医院里来了。到了医院里，他还是不叫给你说，我看着爹的情况不好了，才偷偷给你打了电话。

尚德兴听了，什么也没有说。尚德兴从进门到现在一直没有见到殷桃，他问大姐，殷桃没来？大姐说，瑶瑶放学时，就让她先回去招呼孩子了，夜里也不让她来了。

哥哥姐姐们已经排好了班伺候父亲，今天夜里值班的是大姐，母亲也在。尚德兴让大姐和娘安安心心地睡，他自己守候在父亲的病床前，一直到天亮。

天刚亮，尚德兴到医院前面的小吃摊上给大姐和娘买回了豆浆和鸡蛋饼，等她们吃完，他有些愧疚地说，大姐，我有个会，白天让殷桃过来替换一下，我晚上才能过来。

大姐说，你去吧，我们几个招呼得了，不要叫殷桃来回跑了，瑶瑶还小呢。

娘连忙说，兴儿啊，你去吧，别耽误了公家的事儿，这儿，有娘哩，还有大姐他们几个在这儿，你只管去吧。

尚德兴对娘说，这两天我把镇里的工作安排好，就来守着。

大姐说，你去吧，这里有我和娘，还有你二姐大哥二哥他们呢，你就别操心了。

尚德兴连早饭也没来得及吃，开着车就回镇里主持召开联席会议去了。

忙到晚上十一点多，他下楼开车去医院，这时，大姐来电话了，大姐说，你别着急来医院了，娘不叫你来，娘叫你专心干公家的事儿，娘说这里有俺几个，就中。

尚德兴说，我正准备去医院。

从小海镇到市区近一个小时的路程，尚德兴赶到医院的时候，已是夜里12点了，他依然是坐在父亲身边，看着父亲守到了天亮。

第三天晚上，尚德兴处理完手头的工作，匆匆赶到医院的时候，父亲的病床空了，也不见大姐和娘。问护士，护士说，你说的是十八床吗？回去了。

尚德兴有一种不祥的预感，赶紧问，怎么回去了？

护士说，今天下午，十八床没有抢救过来，刚才走了，回去了。

听到没抢救过来，尚德兴的眼泪哗哗地涌出眼眶。他怔怔地站立了一会儿，默默地走下楼，开车回到了尚沟，回到了老家，回到了已过世的父亲的身边。

大姐接住他，小声说，兴儿啊，你可别怪咱娘，娘是不想让你分心，才不叫我给你说哩。

尚德兴什么话也没有说，只是摇了摇头。他摇不去心里的悲伤，却摇下了肆意的泪水。他转过身去，给妻子殷桃打了电话，哽咽着说，咱爹走了，你打车回来吧。

尚德兴来到父亲身边，父亲已经躺在“草铺”上了。

在尚庄，“草铺”就是“停尸床”，也叫“凉床”，是亡者最后睡的床铺。这“草铺”，是在两条凳子上架着一张木板，木板上放张荆席，荆席上横放着秆草，秆草的根数是按死者的年龄来放的。尚德兴的父亲是七十三岁，“草铺”上铺的秆草也就是七十三根。

躺在“草铺”上的父亲，脸上盖着一张白纸，这纸，叫“蒙脸纸”。父亲的脑后，枕着一个用白布缝制的布袋，里面装的是“车辙土”。因为车辙土被无数的车轮碾压过，所以，亡人枕着，就不会受到惊吓，也不会感到害怕了。父亲的嘴里放着一枚“口噙钱”，用一根红线拴着，另一头拴在寿衣的扣鼻儿上。父亲的左手里拿着一块馍，叫“砸狗饼”，是让父亲在阴间的路上遇见恶狗时喂狗的，或者是砸狗用的。父亲的右手里捏着一枚“如意钩”，那是他的财富，也是儿女们的心愿。为了防止惊尸，父亲的双脚用麻绳捆着，这麻绳，就叫“绊脚绳”。

草铺的一头，也就是父亲的头前，放置着一扇木门，上面贴着一个大大的“奠”字。挨着木门，摆着一张供桌，上面放着牌位、蜡台、香炉，还摆了五样菜，还有一只生鸡，这是供品，也是祭奠父亲的，是让没有远去的父亲享用的。供桌下面放了一只瓦盆，叫“聚宝盆”，嫂子们正在盆子里烧纸钱。供桌下燃着一对蜡烛，叫“长明灯”，这长明灯，也许能够照亮父亲在那边前行的路吧。

左邻右舍，王叔王婶过来了。两个人，也老了。菊嫂子也过来帮忙，她抽空安慰着母亲。毛蛋也来了，毛蛋在外边不知道在倒腾啥，很多年也没有联系了，可他听说了父亲的事，也跑回来了。毛蛋过来只和尚德兴握了握手，却不知说些什么。村里“执事”的人都来了，管事的“老总”也来了，在商量着怎样为父亲“办事”。尚德兴的哥哥姐姐们重又回到了这住了许多年的老窑洞里，他们在忙着做孝衣，缝孝鞋。姐姐们已经给父亲买回来了寿衣，穿好了。父亲的寿衣是绛紫色的，很庄重，很肃穆。尚德兴看着父亲安静地躺在草铺上，脸上一如生前那样慈祥，他想，折磨父亲许多年的胃病，以后，再也不会折磨父亲了，父亲解脱了，父亲再也感觉不到疼痛了。想到这里，尚德兴又给父亲烧了些叠成的元宝，还有纸钱，冥币。尚德兴跪下给父亲磕了个头，说，爹啊，您怎么不等我回来啊？说完，尚德兴放声大哭起来。哥哥姐姐们上前一步，把他拉起来，大姐抹着泪说，兴儿啊，不哭了，再哭也哭不活咱爹了。大哥强忍着泪水说，兴儿啊，办这事儿，咱得几天忙活，你要自己注意身体啊！尚德兴一下子又回到了从前，回到了哥哥姐姐们温暖的怀抱里了。

他来到母亲跟前，想和母亲说说话，刚喊了一声“娘”，眼圈就红了，母亲对尚德兴说，兴儿啊，你爹，七十三了，也算是高寿，要在家里停放七天，第七天头上，才下葬。尚德兴点点头说，嗯嗯。刚想开口和母亲说说话，手机响了，他赶紧出门接手机。一个电话完了，另一个电话又打进来了，他不停地接着手机，处理着镇里的一摊子事情。殷桃看不下去了，埋怨说，都这时候了，还不把工作放一放，让耳根静静。姐姐们的礼馍已经到村口了，吹响器的已经来了，你赶紧去接吧。尚德兴说，是，是，是。话音还没落地，手机又响了，是石镇长打来的。摇摇头，只得接了，石镇长说，尚书记，这两天没见你来镇里，明天市里有个会，要求你必须参加啊。

尚德兴说，镇里的事，你先担着。

接礼馍的响器吹起来了，声音很大很悲伤，石镇长在电话里“噫”了一声，忙问，尚书记，咋回事儿?

尚德兴说，家里有点儿事儿。

石镇长说，我听你说话声音不对，家里一定是大事儿，是……

瞒不住了，尚德兴哽咽着说，唉，白事。

老家的规矩，因为民间忌讳说“死”啊、“丧”啊，所以，办理“丧葬”的事情都要说成是“办白事”。

尚德兴强忍着呼之欲出的泪水，对石镇长说，老父亲去世了，你自己知道就行了，别给大家说。

石镇长说，尚书记，这么大的事情你也不说一声，太见外了吧。啥也别说了，我现在就过去。

尚德兴连忙阻拦，对方已经挂了电话。

石镇长带着镇领导班子成员来到尚沟，坐都没坐，就让尚德兴给打发走了。他知道，父亲不让他张扬，更不让他张狂，父亲的在天之灵在看着他，他要让父亲踏实，他要让父亲心安。

第二天是“大殓”。父亲在草铺上躺了一天一夜，要“入棺”了，也就是要“成殓”了。尚德兴不知道这些规矩，全凭着管事的老总吩咐。

老总是王叔。王叔是村子里有名的老总，德高望重，会用人，懂礼仪，办“红白喜事”都很在行。村子里的这类事情，基本上都是王叔执掌着。

永安市已经实行了殡葬改革，实行了火化，不能土葬了，所以也就不再用大棺材了，就用“水晶棺”代替了木棺材。水晶棺被“伙计班”抬进来了，王叔指挥着，先在棺材底部铺了层麸子，谐个“福”音，意思是“身卧福地”。麸子上面又均匀地撒了一层小米，象征是铺了一层金。再上面，就是被褥了。棺材里铺的被褥称作“衾单”，讲究的是铺黄盖白，也用来比喻铺金盖银。褥子铺好了，还要在上面摆上“七星钱”，七个硬币摆成了北斗七星的形状，之后又按照亡者年龄在褥子上摆放硬币，一岁摆放一个。父亲的棺材里摆放了七十三个硬币，说明父亲是七十三岁。王叔却又让多放了一个硬币，说是给父亲“加寿”。王叔又让他们弟兄四个将父亲的尸身抬入棺内。大哥德福捧着父亲的头，二哥德贵抱着父亲的脚，三哥德旺抬着父亲的腰，老四德兴搂着父亲的腿，弟兄四个轻轻地就把父亲放进了棺材里。

尚德兴想，小时候，父亲也是这样抱我们弟兄四个的吗？我们现在都是汉子了，父亲再也抱不动我们了。而父亲，现在抱起来，是这样的轻，轻得像是一团棉花，轻得像是要飞出去了。这样想着，尚德兴的眼泪又一次流下来。

大姐慌忙阻止他说，兴儿你可别哭啊，可不敢把泪水滴在爹的身上，叫爹到了那边也不放心你啊！

尚德兴扭过身子，擦了擦眼泪，他不能再让父亲牵挂自己了。他见大姐用扇子把父亲脸上的“蒙脸纸”扇掉，二姐也把“绊脚绳”解开了，三姐撩起盆里的水给父亲洗了脸，很简单，只是象征性地擦一下，实际上，比画一下就行，有那么个意思就行。三姐边擦边说，爹，我给你洗脸哩，洗洗眼，看得清，洗洗耳朵听得真，洗洗嘴，吃香香，洗洗鼻子闻香气。三姐说着就大哭起来，姐妹几个，还有媳妇们，也都随着哭起来了。

棺材内空隙的地方也用父亲的衣服塞严实了，最后，给父亲盖上了一个太空被。太空被很柔软，父亲睡在里面，就像是睡在襁褓里的婴儿。尚德兴去盖棺材盖，王叔说，不盖，留着，外面的客人回来了，还要瞻仰遗容。

大殓以后，要在屋里停放几天，孝子孝孙们就时刻不离水晶棺，都在那里守候着。尚德兴知道，这就是“守灵”。

按照规矩，办丧事的时候，闺女们要守灵，儿子们要忙外面的事儿，帮忙的人需要什么东西，一般都是让媳妇们去寻找，找到了，就交给执事的人。可殷桃是外地人，又在外面工作，不熟悉家里的情况，有什么事情，给她说也是白说，嫂子们都是土生土长的农村人，知道里面的道道，她也插不上手。大姐喊着，桃啊，来，跟姐姐们一起给爹守灵。

尚德兴多少知道些规矩，成殓后，直到第五天，可能没有什么事情，主要是打墓。尚德兴对大哥说，墓地打得差不多了，你们几个再去看看，我一会儿想回镇里一趟。三个哥哥很理解德兴的工作，大哥说，德兴你要是有事就只管去忙，家里的事有我们呢。正说着，手机响了，是石镇长打过来的，他在电话里说，尚书记，镇领导班子都觉得过意不去，想再过去看看……

尚德兴说，我马上回镇里，不用来回跑了，再说，我父亲生前最不希望我搞特殊。

石镇长说，这样，那，那好吧。停一下，石镇长又说，你回镇里干啥？镇里有我呢！

尚德兴想了一下，就把心里记挂的几件事情一一交代给了石镇长。

第六天的上午，村里开出了死亡证明，尚德兴兄弟姐妹七人要送父亲去火化了，出了大门，尚德兴回头，看见母亲扶着门框，静静地站在那里，站成了一幅水墨画。母亲站在那里，是在送别父亲吧！尚德兴的心很沉痛地揪了一下，母亲明显地老了，花白的头发被风吹得肆意飞扬，走路也不利索了。

火葬场，尚德兴看着父亲被送进了焚尸间，他能想象到在高高的烟囱里，一股青烟飘向了天空，他在心里喊着，爹啊，您就这样升入天堂了吗？这时的尚德兴，感到前所未有的伤心和悲痛，前所未有地留恋父亲，前所未有地怀念父亲。父亲的骨灰被送出来以后，尚德兴看着那个小巧精致四方的骨灰盒，这种感情尤其强烈。父亲，生我养我的父亲，在世间生活了七十三年的父亲，就这样化作这一把灰烬了！

父亲睡在这么一个小盒子里，被大哥抱着回到了家。

家里，在一块宽敞的空地上，王叔指挥着人们，已经搭好了棚子。

在老家，办白事的“灵棚”也叫“灵堂”，里面摆放着骨灰盒、遗像、灵位，是供子孙后代、亲戚朋友吊祭的地方。“灵棚”分前后两部分，中间用一挂屏障隔开，屏障前面摆着“冥亭楼”，里面贴着父亲的灵位，灵位两边摆放着金童玉女，跟那副对联相对应着。对联是，“金童引入天堂路，玉女带进地府门”。父亲的骨灰盒安放在“灵棚”的后堂里。灵堂前面摆放有父亲的遗像、牌位、香蜡、明烛，还有闺女们献的馔，一共八十样。闺女、侄女、外甥女，孙女、侄孙女、干孙女蒸的花馍、油糕、猪羊、百鸟朝凤，这些都摆放在供桌上。尚德兴兄弟姐妹七个，还有媳妇、女婿，加上子女，都守在灵堂里，守在父亲的骨灰旁，悲悲切切地哭泣着，哭累的时候，就一起回忆父亲，一起诉说着父亲的过去。

远处的亲戚、朋友、同学、同事等，都在下午前来吊唁，上礼，随份子。来的人上了礼后，就来到灵堂前，给已故的老人行礼，或是鞠躬，或是磕头，自有“殡先儿”主持着，让孝子磕头回礼。

这时，跪在灵堂里的尚德兴忽然听见“殡先儿”高喊，小海镇镇长率机关人员前来吊唁，一鞠躬，再鞠躬，三鞠躬，孝子叩头谢礼！

尚德兴磕了头，赶紧出来，握住石镇长和大家的手，说，谢谢，谢谢！说过了不叫大家来的。石镇长说，不让大家来，可是大家都惦记着这事儿哪！办公室主任说，尚书记注意身体，我们走了。尚德兴把他们送出大门，才一一握手告别。

那一夜，是跟父亲在一起的最后一夜，孝子孝孙们也在灵堂里守护了一夜，尚德兴一夜没合眼。就要跟父亲永别了，他们在灵堂里谈论着父亲的功劳，谈论着父亲的事迹，说着说着，兄弟姐妹几个都觉得父亲养活了他们七个，真是不容易啊。他们议论一阵，哭一阵，再议论一阵，又哭一阵。哭罢了，上上香，烧些纸钱冥币。他们给父亲烧了很多的钱，让父亲在那边有钱花，只有这样才能表达自己的思念之情。

第七天上午，父亲要入土为安了，尚德兴抚摸着骨灰盒，想到今日一别，永世不得再相见了。他忽然就放开了悲声，可是，长歌当哭，也哭不活逝去的父亲了！大家劝了好长时间，他才止住了哭声。大哥抱着骨灰盒，走在最前边，一大家的兄弟姊妹、亲戚朋友打着幡，拿着花圈等跟在后边，鼓乐班也已经吹打起来了，送葬的车队就在这嘀嘀嗒嗒的鼓乐声里，浩浩荡荡走向了野外的墓地。

临下葬，姐妹几个把骨灰盒擦了又擦，抹了又抹，兄弟几个抱着父亲的骨灰，很久很久，不舍得放进已经建好的墓穴里。

王叔看时间不早了，定的是上午十一点半下葬，不能再耽搁了，王叔高喊：

人死不能复生，时辰已到，亡人入土为安，下葬！

大哥小心翼翼地把父亲的骨灰放进墓穴里，临封墓门的时候，父亲的三个闺女，德兴的三个姐姐，感觉到这是跟父亲永远的分别，是生离死别，以后，要想见到父亲，只有跋涉到遥远的梦里。

闺女们此时的哭声，惊天动地，撕心裂肺，也许，此时，闺女们与父亲的感情才是最真挚的吧！

唢呐声声，鞭炮阵阵，父亲的葬礼在王叔的主持下，结束了。

父亲就这样被埋进了墓穴里，埋进了黄土里，从此与家人阴阳两隔，幽明相望。尚德兴最大的遗憾是父亲生病的时候，他没有伺候父亲，父亲咽气的时候，他没有在跟前，没有给父亲送终。子欲孝而亲不在，他跪倒在父亲的墓前，重重地给父亲磕了一个响头。

尚德兴的眼泪，滴落在尘土上，噗噗有声。

二十五

玉仙河发源于永安市南部山区，一路逶迤北去，弯弯曲曲，常年不息。河水流经小海镇，入了洛河，洛河最终是注入了黄河。洛河水清，黄河水浊，流出数里，清浊分明，在河洛汇流处，形成了一处景观——八卦图。

玉仙河穿过小海镇区这一段，最是曲折，最是蜿蜒，水势也最是平坦；河水流经镇区时，缓缓慢慢，不急不躁，很是悠闲的样子。尚德兴常常在这里徘徊，他时而沉思，时而望着波光粼粼的水面，脑子里勾画着一幅蓝图。

为了美化小海镇镇区，改善生态环境和人居环境，把小海镇打造成最宜居城镇，尚德兴多次召开党政班子会议，研究磋商，决定在玉仙河中游砌一道拦水大坝，在流出镇区处修一条橡皮坝，蓄水造景。紧邻橡皮坝，也就是在玉仙河的东岸，有一块三十亩荒芜的河沟地，那块地，比较低凹，比现在的路面还要低四米左右，也比较偏僻，还没有路，地价肯定便宜，镇里准备把它征过来，在治理河道的时候，把清理出来的泥沙，正好垫在低凹处，这样既大大减少了运泥沙的成本，又抬高了地基，一举两得。这地平整出来以后，在这上面盖上几栋“教师楼”，再建个中心幼儿园，然后把道路修通，与镇区相连，把这里建成一个很有品位和档次的教师生活区。

尚德兴在王店镇抓过教育教学，对教育工作有自己独特的见解。他认为，国运兴衰靠人才，人才培养靠教育，教育振兴靠教师。小海镇要真正重视支持教育，让教师全身心地投入教育，让他们把教育当作一种事业来做，当作一生的追求，就必须扎扎实实地为教师办几件实事。办什么实事呢？尚德兴首先想到的是为教师建造低廉舒适的家属楼。

经过深思熟虑，尚德兴干了两件大事。

一方面，镇区这一段，镇里组织沿河群众疏通河道，整修河岸，准备在上游垒拦河大坝，在下游建橡皮坝，蓄水造景观。紧邻橡皮坝的玉仙河东岸，镇里把开挖河床，清理出的淤泥、沙石填到这一块低凹的地里，既降低了填充洼地的成本，又省去了拉运淤泥沙石的费用。河道整理之后，那块地也就平整得差不多了。镇政府事先就跟村子里协商好了，以每亩五万元的价格，把这三十亩地征了过来。然后，通过招标，就有建筑商承建了这八栋“教师楼”，很快地，建筑队就着手规划、设计、奠基、动工了。

另一方面，尚德兴让主管城建水利的丁副镇长跟市水利局进行联系协商，请水利局规划指导，拿出了垒拦河坝、建橡皮坝具体的实施办法。水利局又请省里的一家设计公司对玉仙河进行了实地测量，设计绘制出了橡皮坝的施工图纸，还有河流沿岸的治理修建方案。这套施工图和玉仙河治理方案完成后，却没有交给小海镇，而是放在了水利局。小海镇要拿到这套资料，必须付规划设计费五十万元。

尚德兴打电话问水利局的雷局长，咋这么贵？雷局长说，就这人家还说是按国家核定的最低标准收的呢。尚德兴试探着问，图纸在你手上？雷局长说，不给人家钱，人家会给咱施工图和治理方案？我这儿也只是个复印件，原件都还在人家手里。尚德兴从嗓子里咕哝一句，咱们还是干不成啊！雷局长回答得更爽快，干成个屁，水利局跟人家签的有合同，不给人家钱，半张纸片都不能外露，否则，违法违约了，又得给人家拿违约金，弄不好还得赔偿损失。尚德兴没再说什么，挂了电话，心想，不就是设计个施工图纸，哪能要这么多钱？

尚德兴沉思了一会儿，就有点儿拿不定主意了。这事儿，咋办？不干吧，大话已经放出去了，镇里联席会也通过了，说不干就不干了？这么儿戏？况且这是治理环境，美化镇容的事情。干吧，光规划设计费就要那么多钱，有点儿可惜，有点儿不划算。

尚德兴坐在沙发上，深思着，苦想着，许久许久，没有动弹。忽然，尚德兴打电话叫来了丁副镇长。

丁副镇长一进门，尚德兴问，橡皮坝的那个设计施工图你看到过吗？丁副镇长说，看过了，设计得挺专业。尚德兴问，在哪看见的？丁副镇长说，就是那次在雷局长办公室，现在可能还在他那儿放着吧。尚德兴想了想问，按照那张图纸，咱们自己能干吗？丁副镇长犹豫了一下，说，应该行吧，上面标有尺寸的。又补充了一句说，自己干，工程费会更低，因为他们专业队都是按标准算钱的。可水利局不会给咱图纸呀，人家让咱先交设计费，工程还得交给他们的专业队去干。尚德兴说，设计费那么高，工程还得交给他们干，这稀的稠的不都成他们的了？丁副镇长小心地问，有啥好办法？尚德兴没有接他的话，自言自语地说，要是咱们自己干，不仅能节约一大笔设计费用，施工费也能省很多。丁副镇长总算明白尚德兴的心思了。现在的关键问题是，怎样弄来图纸？丁副镇长有些为难地问，这可咋弄呢？尚德兴冒了一句粗话，活人还能让尿憋死！这不让你想法吗？丁副镇长想了一下，说，办法倒是有一个，就是有点儿太损。尚德兴饶有兴趣地问，啥法？说说。

丁副镇长说出自己的想法，尚德兴听了笑笑说，管他黑猫白猫，只要能把事情办好，咱们灵活机动，以智取胜，我看没啥不中。丁副镇长强调说，要想弄成事儿，关键得把雷局长喝蒙。尚德兴点点头说，应该可以吧。

水利局长雷成贵行伍出身，高大魁梧，说话办事干脆利落。八年前，跟尚德兴在党政干部培训班上一块儿待过三个月，两个人挺对脾气的，所以平时，总是以同学相称。

星期五的上午十点多钟，刚刚开完会的雷局长接到了“同学”尚德兴的电话，约他中午在市区的“富丽华”饭店吃个便饭，还说让他带上几个副职，一块去热闹热闹。雷局长很高兴，连说，好好好，你这个封疆大吏邀请，我哪敢不从啊？

中午，雷局长带着一个副局长和办公室主任赶到“富丽华”时，尚德兴和丁副镇长，还有镇水利站站长，早早就在那里候着了。

雷局长比尚德兴大六岁，一进包间，尚德兴就把他往上座推，雷局长却谦虚起来。见此情形，尚德兴说，你是老大哥嘛，理应上座，请。雷局长说，尚老弟年轻有为，主政一方，应该你坐！尚德兴握着雷局长的手，说，别扭捏，拿出军人的风格，坐！坐！坐！雷局长阔利地说，好吧！咱不再推让了，一起坐！两个人好不容易坐定了，下面的人却又推让起来了。雷局长说，甭客气了，赶紧坐吧，别耽误咱喝酒。众人这才消停下来。

上菜，斟酒，敬酒，碰杯。酒宴在友好和谐的气氛中顺利进行着。

席间，雷局长问，你们的橡皮坝准备啥时候开始修建？尚德兴面露难色，咧着嘴说，哎呀，目前镇里经济紧张，修不修吧，还得再考虑考虑。雷局长说，是该好好合计一下，看怎么修。要是现在不修，就先不急着给他们设计费。尚德兴点头说，这件事还要多多麻烦老哥从中周旋啊。雷局长说，咱哥俩还说这客气话。尚德兴说，老哥说得对，咱一家人不说两家话，喝酒，喝酒。

几个人边吃边聊，不觉间，三瓶“水井坊”已经喝干了，每人平均半斤，喝得也都差不多了。这时，尚德兴悄悄给丁副镇长使了个眼色，丁副镇长心领神会，就从旁边桌柜上拿起一个酒瓶交给尚德兴，旋即又打开一瓶。尚德兴接过酒瓶，二话不说全倒进自己杯里，不多不少正好一满杯。他又掂起刚刚打开的那瓶酒对大家说，下午，你们几位还得上班，就不强求了，我跟雷局长，是同学之间的情谊酒，俺俩得单独干一杯！大家都没有意见。尚德兴就给雷局长也倒了个满杯，差不多有三两多吧。雷局长看了眼那杯酒，稍稍迟疑了一下，随即又眉头一拧，端起酒杯，豪爽地说，好说，我是军人，更是爽快人，老同学，咱俩干了！

咣当！两杯一碰，尚德兴一气就把一大杯喝了。雷局长显得有些困难，他分作两次，勉勉强强也喝完了。

尚德兴把瓶中剩余的酒平均分了，大家一块儿又喝了个团圆酒，散摊时，雷局长已经撑不住了，头一歪，靠在了椅子上。

尚德兴扶着雷局长出门到了街边，雷局长还强装骨气地说，老同学，去我办公室，喝茶去。尚德兴狡黠地笑一下说，好好好，正好把你送回去。

丁副镇长和水利局办公室主任扶着雷局长就到了他的办公室。

办公室主任泡了茶，雷局长还没来及喝就倒了，要去里间卧室休息。尚德兴忙把他扶进去，办公室主任帮他脱掉外套和皮鞋，盖上了被子，就出来了。

眨眼间，丁副镇长就把活做好了。

他在雷局长文件柜里找出那套橡皮坝施工设计图纸，装进了自己包里，随即又把手机有意丢在了沙发的一个角落里。

尚德兴出来的时候，丁副镇长朝他点了点头，尚德兴微微一笑，连忙跟办公室主任握手告辞了。两个人开车到附近一个复印店，将那图纸复印了一份，又返回了水利局。

丁副镇长找到办公室主任说，我手机怎么找不到了，看是不是刚才忘在雷局长办公室了。办公室主任带他们返回雷局长的办公室，一进门，尚德兴就急急忙忙问，兄弟兄弟，卫生间在哪？办公室主任说，就在走廊的那头。又对丁副镇长说，你找吧，我领尚书记去卫生间。

丁副镇长从容地把图纸放回了原处。

办公室主任回来的时候，丁副镇长说，找到了，还真在沙发角里，谢谢。

握手，告辞，照样是不动声色，随意自然。

返回小海镇的路上，坐在副驾上的尚德兴回头跟丁副镇长相视一笑，很是得意。原来，尚德兴和雷局长碰的那一大杯酒，丁副镇长早有准备，从中做了手脚，他给尚德兴喝的那一满杯是倒进空酒瓶的矿泉水，而雷局长喝下去的，却是一杯五十二度的“水井坊”！

哈哈，哈哈，哈哈哈哈。两个人抑制不住内心的高兴，毫无顾忌地大笑起来。

今天，他们打了一个漂亮仗，仅此一项，就给小海镇节约了五十万元的设计费，更不用说自己干还能节省更多的工程费呢！

三个月后，雷局长应邀参加小海镇玉仙河橡皮坝的竣工典礼。

来到现场，雷局长惊讶地问，你们找谁建的，咋这么快？尚德兴嘿嘿一笑，说，找谁建的，我们自己建的呗！雷局长疑惑地问，自己建的，怎么跟省里设计的那么像呢？尚德兴说，英雄所见略同嘛，咱们小海镇，也有能人哪！雷局长似乎明白了什么，他盯着尚德兴说，哼哼，你尚德兴就是小海镇的第一大能人啊！尚德兴得意地说，我们也是，因为缺钱，才自力更生搞的嘛，这真是，一文钱难倒英雄汉啊！雷局长说，你也真算得上个英雄！尚德兴说，多亏我们这次建橡皮坝用的是自有资金，若是上级拨款，用了专项资金，那就得公开招标，自己想干，还干不成呢！雷局长说，你呀你呀，没有你尚德兴干不成的事儿！尚德兴哈哈一笑，说，承蒙老兄夸奖，真的感谢你这位水利局局长同学哪。雷局长说，这有点儿像《三国演义》里的蒋干盗书。今天，你们陷我于不仁不义之地，让我跳进黄河也洗不清了，那图纸，那五十万元的规划设计费都拜拜了呀！尚德兴紧紧握着雷局长的手说，老同学，啥也别说了，中午我先自罚一杯，咱们一醉方休，不醉不归啊！雷局长也使劲攥了尚德兴的手说，好，我喝穷你们小海镇！

橡皮坝建成了，蓄水了，玉仙河畔就成了小海镇一道靓丽的风景，也成了人们休闲的一个好去处。这片宽阔清澈的水面，滋润着小海镇区的人们，也滋润着尚德兴的心。

旁边，“教师楼”的主体工程也正在建设当中。小区里的地面已经垫高平整好了，留有绿地，有树木景观带，有休闲健身场地。路也修好了，并且延伸出了小区，沿着河岸通到了镇区，与橡皮坝的蓄水景观带连接起来了。用发展的眼光来看，原先偏僻低凹的荒芜之地，现在反倒成了镇区最美的也是教师们最满意的居住小区了。

这八栋“教师楼”是先让教师集资，以每平方米五百元的价格分给了教师们，这就比当时的商品房价格便宜了一大截，让教师们真正得到了实惠。

尽管，“教师楼”还在建设当中，但是，购买了新房的教师们，内心却是非常感激。他们感激镇政府为教师选建了一个环境优美的小区，建造了八栋楼房，更感谢镇政府为教师们解除了后顾之忧，让教师们能够全身心地扑在了教育事业上。

小海镇的这两项工程，像两座丰碑，矗立在小海镇六万乡亲们的心中。

二十六

鑫隆铝厂是小海镇的骨干企业，前几年在镇里顶着纳税大户的帽子，很是风光了一阵。这两年，随着经济形势的疲软，企业的效益也出现了滑坡，表层的原因是产品市场价格低迷，实际的原因却是成本居高不下。而影响成本的最直接的因素就是电费。所以，企业集团董事长汪春决定，咬紧牙关建电厂。

汪春今年五十三岁，是在本土成长起来的农民企业家。改革开放初期，他借钱搞了个小碳素厂，凭着勤劳、诚实和精明，生意越做越大，后来又上了水泥、耐材、电解铝等企业。经过这么多年的滚动发展，如今形成了拥有十多亿资产、两千多名员工的企业集团。鑫隆铝厂在企业集团中是龙头老大，铝厂形势的好坏在很大程度上直接影响着企业集团的命运。

除了经营着这些厂子，汪春还投资建设了一个集餐饮、住宿、洗浴、娱乐为一体的大型酒店。他的思维比较超前，注重慈善事业，在他们合理村，又兼任着支部书记，多年来，为村里打井、修路、安路灯、建学校，做了不少贡献，还在村里建了一个高档次的文化广场。逢年过节，还要给各家各户分发米、面、油、肉、月饼、水果等，村里六十岁以上老人，每月发一百元养老补贴，另外，他还资助了品学兼优的贫困学生二百多人。

建电厂，并不是汪春一时的心血来潮，而是他的一个梦想。

鑫隆铝厂的生产要消耗大量的电，也可以说，铝厂就是“吃”电的，所以，电价的高低直接决定着成本的高低。要是自己建个电厂，电解铝的成本就会大幅度降低，效益就会大幅度提高。

要建电厂发电，得具备两个先决条件，一是煤，二是水。煤的问题好解决，小海镇就有煤矿，距离不远的邻镇也有产量不小的煤矿。经过化验，这些煤，都能满足电厂的需要。水的问题怎么解决呢？水利局的工程师来勘察了，厂区的地下就有水，可以打机井来解决。但是，电厂的用水量很大，仅靠这还不行，经过协商，把小海镇两个煤矿的排水通过管道引过来，再把邻镇煤矿的排水也引过来，这样，不仅水的成本低，而且满足供应也不成问题了。

条件具备，接下来就只等电厂的筹建上马了。

筹建指挥部成立了，汪春任指挥长。接下来，选址，环评，申报，立项，一项一项的资料，一个一个的部门，一级一级的审批，程序是那样的严格，手续是那样的繁杂。特别是在环评和申报过程中，汪春带着几个助手整天跑上跑下，永安市的书记、市长及相关领导，小海镇的尚德兴书记、石明欣镇长，也陪他赴省进京，托关系，找门路，终于，两台十三点五万千瓦机组的电厂项目，被国家发改委核准审批了。

申报项目的同时，合理村也协助电厂筹建指挥部平整出了二百八十六亩的建厂用地，迁移了二百三十四座坟墓，拆迁了三十八户村民。

迁坟时，碰到了一个“钉子户”。这人叫牛大毛，三代单传，在合理村是个出了名的赖皮货。他家的坟地在凤凰岭下，这岭三面高一面低，像是一把罗圈椅。坟地对面有条小河，周围有树丛环绕，地势崎岖，环境幽静，风水很好。

说起这处坟地，还有一段来历呢。

十几年前，村里来了个云游道士，说是可以算卦看相选茔地。牛大毛就把道士请到家里，好吃好喝，殷勤招待，让道士在村子四周的地里为他家选看坟地。那道士踏遍沟沟岭岭，最后指着凤凰岭下的一个低凹处说，将来就在那个地方安葬先人，可保后代人丁兴旺，财运亨通！

牛大毛的娘已经去世多年了，爹又卧病在床，也是有一日没一日的样子。道士走后，牛大毛对老爹也不尽心伺候了，老爹饥了，就递块儿馍，渴了，就递碗水，尿床了，就自己暖干，时不时地，还拿话噎老爹。这样，老爹很快就过世了。失去亲人，本来是件悲伤的事情，可牛大毛却心生欢喜，终于可以如愿以偿了！他把老爹葬在了那块风水宝地里，又将母亲也迁来与老爹合葬。牛大毛记住了道士的话，就指望这块风水茔地发财呢。

牛大毛很是霸道，在这处坟地周围，谁家也别想再起新坟。牛大毛放言说，谁也不能挡了俺家的风水！这样的赖皮，挡了他的风水都不行，要让他迁坟，那更是难上加难了。

然而，电厂建设迫在眉睫，村组干部，镇里干部，公司高层，包括汪春本人，都来做过牛大毛的思想工作，让他为建电厂让路，把坟挪了。而牛大毛始终是抱着葫芦不开瓢，不管咋说，就是不中！

这座坟迁不了，影响着电厂工程的进展，可是又不能强制硬来，那样只会把事情越弄越糟。

这一段时间，牛大毛忽然感觉头晕，胸闷，到医院一查，脑部有个阴影，医生怀疑是脑瘤。牛大毛也没钱住院，就抱着侥幸心理在家熬着。人倒霉了，喝口凉水都塞牙。没过几天，牛大毛的老婆晚上骑电动车，不小心撞在了停在路边的货车上，把大腿摔骨折了。货车一看出事了，开起来就跑了。牛大毛想着自己家里接二连三出事，自言自语地说，到底是咋了，咋恁倒霉哩！

汪春知道这些后，开车去了牛大毛家。一进大门，就嚷嚷着说，你看你看，这事儿弄的。牛大毛见到汪春，重重地叹了一口气。汪春从包里掏出三千块钱，递给牛大毛说，看病要紧，先用着。牛大毛接过钱感动得差点儿落下泪来。汪春看到牛大毛家里乱糟糟的，说，你看你看，你俩个都躺下了，家里也没个人收拾了。牛大毛和老婆都低着头，显得很是无助，很是无奈。汪春掏出手机打了一个电话，不一会儿，一个小伙子骑着摩托车来到牛大毛家。牛大毛一看，是本家兄弟牛小蛋。汪春对牛大毛说，我把小蛋叫来了，他是你们牛家的兄弟，这段时间，让他在你这儿帮帮忙吧。汪总真是贴心人啊，雪中送炭，牛大毛感动的眼泪流了下来。两口子千恩万谢地把汪总送出门。

牛小蛋每天按时去牛大毛家做饭洗衣收拾家务，时间长了，牛大毛和他成了无话不说的知己。一天中午，饭桌上，牛小蛋问，哥啊，你家里到底是咋了？要不，找个算卦先生问问，看哪儿不对头？牛大毛一脸疑惑，说，这管用吗？牛小蛋说，哥啊，我听说，玉皇庙里有个大师，看得可准，方圆左近的人都找他看，外地的人都开着小车来找他，要不让他看看？牛大毛的心一下被说动了，他说，要不，明儿个上午，咱去找大师算算？牛小蛋说，中，我骑车带你去。

晚饭后，牛小蛋按照汪春的吩咐，先给大师送去了二千元钱。大师给人算卦，也是为了钱财，见这二千块钱放在面前，问，想让我弄啥？牛小蛋说了汪春的意思，也说了牛大毛的情况。最后，牛小蛋对大师说，总而言之是，汪春老总想请你帮忙，要那块地干正事，建电厂，为一方百姓造福。大师说，好办，让他自己挪开就是了。

第二天，大师见到牛大毛，就把牛大毛家里发生过的大小事情全都算出来了，牛大毛佩服得五体投地。最后，大师说，你家阴宅，风水很好，福人居福地，可惜，家里人口少，压量不住，没福享用，凶多吉少啊。

牛大毛对大师的话深信不疑，回到家里，坐卧不安。牛小蛋问，咋啦？他把大师的话一五一十地告诉了牛小蛋。牛小蛋看着他问，这咋办哩？牛大毛说，没别的办法，只好去找汪总了，福人居福地，也只有他能压住那块地气了。说完懊悔地叹了一口气。

牛大毛一进汪总的办公室，诚恳地说，汪总啊，你帮俺家付了这么多药费，还派人到家里帮忙，真得谢谢你了。汪春说，你看你看，乡里乡亲的，应该。牛大毛说，这些天，我也想了，建电厂，是个大好事儿，我不能拖后腿儿，我保证，三天之内，迁坟！汪春说，我就知道大毛兄弟是个爽快人。牛大毛说，汪总啊，您也知道，这些年，我手头紧，家里又接连出事儿，花了不少钱，这样，您先借给我五万元钱，让我过了这个坎儿，以后有了钱就还您。

汪春笑了笑，心想，五万借给他就是肉包子打狗，可要是不给，他就会赖着不迁坟，肯定要影响工程进度。想到这里汪春说，是这，大毛兄弟也是明白人，电厂刚筹建，处处得花钱，这阵子我手头也不宽余。不过呢，不管咋说，大毛兄弟这个面子，我肯定得给，这样吧，给你二万元，也别再还了。

牛大毛寻思，你给不给钱我都得迁坟，能多要一万是一万吧，于是说，汪总啊，你是大老板，也不在乎这一万两万的，干脆，你再加一万元，三星高照吧！汪春沉吟了一下，像是下了很大决心，说，中，也就是你大毛兄弟，换了别人，还不中哩。就这，明天上午去厂里取钱吧。

牛大毛的坟迁了，电厂建设得更快更顺利了。

尚德兴也一直关心着电厂建设这摊子事儿，不断来工地上查看建设进度。这段时间，汪春也忙得头不是头脚不是脚的，这边，厂子搞着土建，那边，设备订购也该着手了。汪春跟尚德兴商量后，尚德兴就抽调工业副镇长董现阳协助他们订购设备。

董现阳今年四十二岁，出身于一个山区农民家庭，大学毕业后就一直在小海镇工作，尚德兴看他也是穷苦出身，俗话说，穷人的孩子早当家，就很重用他。他也没让尚德兴失望，在没任何背景的情况下，靠自身的刻苦和敬业，打动了书记，去年年底升到了工业副镇长的位置上。董现阳做这些事情已经很有经验了，他带着公司的人，先联系厂家，再实地考察，要考察价格，考察性能，考察质量。考察完以后，才能预缴定金，签订合同。这次在上海的考察中，董现阳跟厂家通过讨价还价，已经达成了初步协议。董现阳还要再压价，厂家许诺说八百万元的价格不能再变了，事成之后，给他百分之一点五的辛苦费。

董现阳听了当时就动心了。

这么丰厚的回扣放在那里，谁能不动心呢？董现阳想起来，上次，他和公司的一位副总去杭州考察设备，晚上住在宾馆里，十一点钟时，忽然有人按门铃，他以为是副总过来商量事儿，一开门，竟是一个年轻漂亮的女孩子，要做按摩服务，一小时一百元，若要特殊服务，一次五百元。看着那女孩子甜美的笑脸，性感的身体，董现阳心里像猫抓一样。但是，他最终还是拒绝了。因为，一是怕不安全，二是怕同伴知道，最主要是第三，囊中羞涩啊！唉，每月那几个钱的工资，能干什么啊？

钱，对董现阳来说，具有强大的吸引力。

回来后，董现阳汇报说，上海这家设备厂，质量可靠，价钱合理还偏低，请汪总定夺吧。汪春说，这是董镇长亲自考察的，定了吧。

设备如期运到了工地，十二万元的回扣也就到了董现阳的手里。这钱，就放在床头柜上的一个黑色挎包里。夜深了，从来没见过这么多钱的董现阳躺在床上翻来覆去怎么也睡不着，眼睛睁得大大的，有些兴奋，有些浮躁，也有些不安。他下床，拉开包上的拉链，拿出一捆钱，拆开，一张一张摆在床上，十二万老人头铺了厚厚的一层，此刻的他，头枕着钱，脚踩着钱，身子压着钱，心里有一种踏实的感觉。这种感觉很奇妙，也很惬意。

这边的土建工程也进展迅速，推土机、铲车、轧路机、拉土车，轰轰隆隆，来来往往，削掉了几座土岭，填平了几道深沟，这样，建设用地就出来了。紧接着，三支工程队同时开进作业区，昼夜不停，加紧施工。站台，卸煤沟，料场，烟囱，冷却散热塔，车间，办公楼，各项工程，全面铺开。整个工地上，人欢马叫，一片灯火，一派繁忙景象。

一年半的紧张，一年半的忙乱，土建、钢构、安装、调试，两台十三点五万千瓦的发电机组，总装机容量二十七万千瓦的电厂，胜利竣工了！生产发电了！

这标志着汪春企业集团又上了一个新台阶。

有了自备电厂，鑫隆铝厂又焕发出了新的生机和希望，让尚德兴欣慰的是小海镇的经济又上了一个新台阶。

二十七

尚德兴明显感觉到，自从电厂建成以后，董现阳的工作热情越来越高涨了。这让他有点儿欣喜，有点儿得意，认为他这个工业副镇长算是提拔对了。

董现阳自从订购了那套设备之后，好像换了个人，积极，负责，热情，主动，尚德兴交办的事情，他总是不折不扣地尽快完成，即便有些难度，他也会竭尽全力地去完成。闲暇时，他来到尚德兴的办公室，和尚德兴谈心或者探讨一些社会现象和热点问题，两个人很投脾气。他经常往下面的厂矿企业跑，哪个企业有什么问题，有什么困难，有什么事情，譬如土地方面，譬如环保方面，譬如工商方面，譬如税务方面，譬如银行方面，只要老板开口，他就很热心地和企业老板一起去联系，去协调，去牵线，去搭桥。大家都觉得，董副镇长是一个工作热心的人，是一个做事仗义的人，是一个负得起责任的人。出于感激，这些老板除了宴请他之外，还会给他送一箱高档酒，拿两条好烟，或递个信封，他便客气两句，推让一番，然后半推半就地收下了。

董现阳和尚德兴闲暇之余，也会谈论些目前社会上人们争议热议的一些话题。董现阳认为，任何一个人都是社会人，都会受社会环境、社会风气的影响和熏陶。而一个人的性格，又具有先天性的遗传因素，家族和家庭也会对他产生非常深刻的熏陶和影响。尤其是在小时候的生活环境里所养成的行为习惯，在一生当中都是很难改变的，比如有的人不乱花钱，崇尚勤俭节约；有的人不能挣钱，生活拮据却穷大方；有的人小心眼，斤斤计较；有的人心胸豁达，为人大度等等。

尚德兴也常常思考这样的问题，他觉得经济条件好的人，对财富的追求可能不那么迫切，在穷苦人家长大的孩子，对金钱的渴求反而很强烈。不过，君子爱财，得正常获取。像我们这些公务员，工资虽说不高，但生活比工人、农民，特别是下岗职工要好得多，工作环境比采煤工人、污染企业的职工不知强上多少倍，这样一想，自己就应该感到幸福满足了，尤其是公务员，综合素质高，普遍受人尊敬，这就更应该成为公务员尽职尽责、努力工作的动力和理由。况且，人一天只能吃三餐饭，晚上也不能睡两张床，衣服更不能一天换几身吧？所以，钱够花就行了，不能贪。若有了贪心，就会不正当取利，就会触犯党纪国法，即便侥幸没有坐牢，整天也会提心吊胆，睡觉不香，吃饭无味。有的人，一门心思钻到钱眼里，也许会积累些财富，但是，身心健康，生活情趣，友谊亲情，这些，可能就无福享受了。有人说，春有百花秋有月，夏有凉风冬有雪，若无闲事挂心头，便是人间好时节。这话，说得多好，这境界，朴实而又高尚。

然而，董现阳却没有尚德兴这样的境界。

春天总让人春心荡漾，这恰恰又是个春意盎然的傍晚，董现阳吃了晚饭，换了鞋，正准备出去散步，拉开防盗门，见自己一个远房表哥站在门口，他赶紧把客人让进门。表哥一落座就说，今天来，是想跟你商量个事情。董现阳看着他说，啥事儿，借钱？表哥说，不是借钱，是给你送钱。董现阳不解地问，送啥钱？表哥说，我有个朋友，姓杨，我们都叫他杨老板。他看好了小海镇的一个铝石矿，想买过来，表弟你正好在镇里抓工业，可以帮上忙的。董现阳一脸迷茫地望着表哥，不知道咋帮这个忙。表哥说，这杨老板，不缺资金，只需你在权力范围内多多照顾就行。人家还说了，如果你手头有闲钱的话，也可以入股分红，我可告诉你老弟，这可是暴利啊！

董现阳沉默了，他很纠结。这等好事儿，也是不太容易遇见的，既然遇见了，自己正好有些闲钱，要是不入股，以后还会有这样的机会吗？要是错过了，真是有点儿可惜呢。如果自己凑他个二十万，入了股，那么很快，自己就能够轻而易举地发大财了，这又有什么不可以的呢？只不过是，少不得给他们协调处理些事情而已。然而，入股做生意，是公职人员所不允许的，一旦出事，吃不了就得兜着走了。可反过来再想想，哪有那么巧的事儿呢？别的铝石矿都没有出事，自己一入股，这个矿就出事儿了？俗话说，富贵险中求，想发财就不能前怕狼后怕虎的。

表哥看穿了他的犹豫，说，怕啥怕，杨老板在刘湾镇的矿上，书记镇长都有干股哩。他的话彻底打消了董现阳的顾虑，决定先入二十万元的股。

第二天上班的时候，董现阳把镇工业公司经理叫到办公室，了解了镇周边铝石矿的情况，心里有了底，就着手运作此事，在他的协调下，杨老板和另一个合伙人各出五百万将铝矿买了下来。

这个铝矿有开采许可证，但国土、安全生产等手续不太全。第一天开采，国土资源局的执法大队就挡住了，要求证件齐全才能开采。杨老板很有底气地拨通了董现阳的手机说，董镇长，遇到麻烦了，国土资源局执法大队因证件不齐不让咱开采，你看咋弄？董现阳胸有成竹地说，等我的消息吧。

下午三点多，杨老板看见，执法大队的人撤了。

开采不到三天又遇见麻烦事了，铝矿附近有个地痞，领了一群人到矿上要无赖，说是开矿震坏了他的房子，要赔偿两万块钱。杨老板又给董现阳打了一个电话，董镇长你看这事咋弄？董现阳淡定地说，我来处理吧。放下电话，董现阳拨通了派出所的电话，让派出所的人，连哄带吓地把胡闹的人都带回所里，问了情况，作了笔录，就放了。晚饭后，董现阳给杨老板打电话说，拿两千元钱，给那地痞送去。杨老板不敢怠慢，赶紧拿了两千块钱，找到那个地痞，寒暄了一番，说明了来意。那个地痞接过杨老板的钱，拍着胸脯说，杨老板够朋友！我保证你的矿上以后再不会发生类似的事情了。杨老板拱手说，谢谢，谢谢！

杨老板从地痞那里回来，买了一些贵重礼物来到董现阳家里说，老弟，哥没看错你。董现阳笑着说，自己人别客气，精诚合作，精诚合作。杨老板拱手笑着说，共同发财，共同发财！

镇里的工作很忙，董现阳也忙，早上，他正在处理公务，得知镇政府接到了一个匿名电话，举报铝矿非法开采。董现阳赶紧打电话给电信局的一个朋友，让他帮忙查一下，举报电话的来源，那个朋友很快就查到了那个举报人的姓名和地址。董现阳吩咐杨老板带了礼物去见举报人，旁敲侧击地告诉举报人说，我们知道是你反映的情况，不过，咱都在这一块儿住着，没仇没怨的，也不计较了。况且，矿上有开采许可证，也不是非法偷采。再说，现在挣个钱多不容易，咱都得相互体谅点儿。举报人听了，吃了一惊，心想，我打个电话，屁大工夫，人就找上门来了，看来这个矿长很有背景。没有给咱难看，还给咱拿了礼物，以后啊，再也不管这些闲事儿了。

在董现阳的支持下，铝矿，一天天开采着，利润，也一天天地滚动上升着。

转眼就是腊月二十六了。下午六点多，老婆出去打麻将了，董现阳独自一人在家里看电视剧，手机响了，杨老板邀请董现阳出来坐坐。董现阳咕哝着说，晚饭刚吃过，还坐什么啊。嘴上虽这么说，但还是很想去的。

董现阳换了衣服，下楼，看见杨老板的车停在楼道口。杨老板一看见他，挥挥手说，上车。董现阳也不客气问，去哪儿？杨老板说，不远，一家私人会所，就咱三个人，很安全的。说着，就指了指和他一起来的那个年轻人。

在小区里东拐西拐，没出小区大门，车就停下了。三个人下车，董现阳跟着杨老板进了一个门洞，乘电梯来到了十八层西面一家。按过门铃，主人打开了门，进去一看，是四室一厅，装饰得豪华典雅，精致大气，大厅中央摆着一张十八人的大转台餐桌，一个小间里摆着一张六人餐桌，两间是茶室，另一间是棋牌室。董现阳想，同一小区住着，我怎么不知道还有这么个隐蔽的好地方？三人在小雅间坐下，杨老板指着那个年轻人，对董现阳说，这是矿上的一个朋友，放心，很可靠的。那年轻人毕恭毕敬地跟董现阳握了握手，就坐下了，也不多说话，很守规矩的样子。

杨老板朝服务员说，三份鲍鱼吧，服务员就出去了。一会儿，四凉四热荤素搭配的配菜很快端进来了。年轻人开了一瓶十五年茅台，斟上了。

董现阳平时很少喝这种高档酒，茅台喝的很有限，更何况是十五年茅台啊，很快地，屋子里弥漫着诱人的酒香。杨老板端起酒杯说，承蒙董镇长关照，少了许多麻烦，感谢啊！董现阳说，应该的应该的，客气就见外了。这样说着，杨老板就跟董现阳碰了一杯。那个年轻人像个木偶一样，让吃就吃，让喝就喝，也不插话。

吃完饭，趁着年轻人出去结账，杨老板掂过放在墙角的一个手提袋，递给董现阳，小声说，这是给你的，过年，就不再给你准备其他年货了。董现阳说声谢谢，就接了过来。杨老板说，我开车送你？董现阳说，不用不用，没几步，我走着回，你开车也小心点儿。

董现阳一边走一边想，袋子里肯定是钱，可是，会有多少呢？看样子至少也有十万八万吧。一进家门，他把袋子里的钱倒出来一查，董现阳的心都要蹦出来了，整整二十万元！这大大超出了他的意料。社会上的高息也不过一分五到二分，他那二十万元一年也就三四万元，这比高息要高出五六倍，比银行，不知要高出多少倍呢！虽然杨老板并没有告诉他，铝矿到底赚了多少钱，董现阳也没多问，可他觉得，铝矿的利润不会太小，不然，杨老板怎么会舍得给他那么多呢？

董现阳往深处一想，马上明白了，自己入股二十万，一次就分了二十万，这是怎样的分红方法呢？看来，这不是钱的事儿了，这是叫我帮他处理麻烦事的呀！想到这里，董现阳狠狠地咬咬牙说，既然让我处理事情，等价交换，这钱，我也就拿得心安理得了！不拿白不拿！

开采铝矿，利润很可观，这就引得周边乡镇私挖乱采现象逐渐增多起来。加上接连出了几起事故，市里就责令国土、安监部门进行彻底整治了。

董现阳第一时间得到消息，马上告知了杨老板。杨老板说，董镇长你看咋弄？董现阳说，咱们只有开采许可证和放炮证，缺少安全生产许可证和法人资格证，如果查出来，可不是闹着玩儿的，赶紧停吧！杨老板犹豫一下说，妈的，实际上，咱们的成本早就收回来了，趁着风声不太紧，抓紧时间再突击突击，能多赚点儿就多赚点儿，关停后，连本带息都给你。董现阳说，怕是不敢吧，检查马上就要开始了。杨老板说，没事儿，再干几天，应该问题不大吧。董现阳提醒他，千万要注意安全啊！杨老板拍着胸脯说，那是自然，这活儿，咱们都轻车熟路了。

杨老板让自己的人白天休息，晚上偷偷地开采，还在夜间增加了人力物力，由于是夜间作业，操作施工很不规范，深夜两点，正干着时，坑道忽然塌方，两个矿工当时就被砸死了。

杨老板接到电话，赶到出事现场，赶紧让人把两具尸体送到了邻县的医院。随后，他拨通了董现阳的电话，简单叙述了事情的经过后，着急地问，董镇长你看咋弄？

出了这么大的事情，董现阳的头“轰”的一下就大了。但他很快就镇静下来，吩咐杨老板，马上停产，把设备封了，车全部开走，工人全部疏散了。另外，记住，要不惜一切代价，尽量安抚好家属，争取私了，千万不能上报！

杨老板说，放心吧，都按你说的办。

死者家属来了，他们接受不了这样的事实。昨天还有说有笑活蹦乱跳的亲人，一夜之间，“唰”的一下，说没就没了，他们无论如何是接受不了的。杨老板就派人跟家属商量，人死不能复生，不能接受也只得慢慢接受。现在，人已经死了，咱就商量身后的事儿。咋办呢？那就是，矿上给家属拿些钱，把家里以后的事情安排好，让你们满意。不过，有个条件啊，就是，出去不能乱说，咱私下里解决这事儿，咋样？家属也明白，人既然死了，没了，那就只有赔些钱了。私了就私了吧，不能把事儿闹僵，要是公开说事儿，最后赔偿的钱肯定比私下了结要少得多。经过交涉，经过几番讨价还价，家属就和矿上达成了协议，矿上赔偿每家五十万元。拿到赔偿款以后，家属也答应了，按照矿上的要求，绝对保密，不能对外人说，趁晚上偷偷把人拉回去埋了。

所有的善后事情处理得差不多了，也没必要再瞒下去了，董现阳就在星期一的早上，走进尚德兴的办公室。刚好石镇长也在，董现阳说，北极村的铝矿出了点儿小事儿，有一个人不小心被砸死了。尚德兴听了一惊，马上说，这还是小事儿？赶紧落实清楚，尽快处理！董现阳说，矿上和死者家属已经协商了，私下解决，就不要上报了吧，因为安监局每年也有考核指标，上报后安监局就得下来调查、处罚，镇里还要被通报批评，反而惹麻烦。尚德兴没有接话，他在考虑着这事儿应该怎样处理。董现阳又说，只要能把事情处理好，多一事不如少一事。一边的石镇长说，嗯，尚书记，只要能把事情摆平，不要上报了吧。

尚德兴见石镇长也表了态，虽然感觉这样的处理方法不妥当，但也只得先这样把事情按下去了。

尚德兴以为，事情就这样过去了，可让大家都想不到的是，一个月后，有人却把这起事故举报到了省安监局。省安监局和永安市安监局成立了联合调查组，对此事展开了调查。最终纸里包不住火，事情败露了，

董现阳因玩忽职守，又参与入股经营，被开除公职。杨老板证照不全，违规开采，造成事故，致人死亡，逮捕入狱，罚款二百万元。尚德兴和石镇长也为此事承担了“监管不力”的领导责任。

通报批评会结束，返回小海镇的路上，尚德兴一声不吭，脸朝着车窗外，面无表情。途中，他的手机几度响铃，他连看都不看，不接，因为没有心情。

这是他没有料到的结果，他要好好静静，要反思反思了。

回到小海镇，尚德兴一头扎进了办公室。下班时间已过，楼道里有些清静，他下意识地掏出手机，这才想起路上那几个手机响铃声。一看，是几个镇的党委书记的未接来电，想必是来安慰自己的吧。他现在需要的不是安慰而是善后。于是，他就立马打电话，让石镇长过来商量矿难善后事宜。

深夜，尚德兴站在办公室的窗口，凝视着他工作了这么多年的政府大院，自言自语地说，唉，教训，这也是我应该付出的代价啊！

二十八

董现阳的事让尚德兴好一阵子才缓过劲来。好在有许多事情等着他去作难，好多事情等着他去拍板，他没有时间，也没有精力过度纠结在这件事上，但这件事却让他在工作和用人上更加谨慎，做事更加周全。

一晃，数个月过去了，尚德兴还是一如既往地忙。周二上午，八海镇班子联席会议刚结束，尚德兴想出去透透气。恰在这时，郭信礼来了个电话，询问尚德兴啥时有空，想聚聚。郭信礼说，尚书记，前段时间呢，刘爱国跟他的那位红颜知己闹了点儿小矛盾，现在已经没事了。赵老师人缘好，能力强，最近升任教导主任了。尚德兴说，哦，祝贺祝贺。郭信礼又说，前两天，我见了志远，他还在念叨你呢，说是有段时间没跟你联系了，就想在周六或是周日，找个地方聚聚。一方面呢，咱们热闹热闹，另一方面，也给刘总宽宽心，你看咋样？尚德兴想了一下说，那就周日中午吧，周六上午镇里还有个活动，我得参加。你通知他们几个吧，这么长时间不见面，我也挺想你们的，也想见见你们啊！

周日的中午，郭信礼早早就来到了订好的饭店。不一会儿，刘爱国和赵倩就来了，三个人就先点菜。尚德兴进来的时候，程志远还没到，不过，他在电话里说，正在路上呢，大约二十分钟就到了。几个人就一边等着，一边扯着闲话。

郭信礼问大家，一会儿志远来了，咱们喝啥酒？刘爱国说，最近我身体不太舒服，腰酸背痛，浑身没劲儿，有时还突然犯困，正喝中药呢，今儿个，我就不喝酒了吧。见赵倩起身去洗手间了，郭信礼趁机跟刘爱国开玩笑说，你呀，八成是夜里干活儿太多，累了，到这样的年龄，也得悠着点儿了啊。刘爱国无奈地摆摆手说，实不相瞒，有两个多月了，突然感觉就不行了，我担心，身体肯定出毛病了。看着刘爱国愁眉苦脸的样子，尚德兴说，真要这么担心，就到省里或是北京上海彻底检查一下，有问题，早点儿治，要是没问题，也就不必疑神疑鬼的了。刘爱国点了点头，心情一下子就紧张起来了。

为了缓和气氛，也为了给刘爱国宽心，郭信礼赶紧转移了话题，说，我去承德参加招标，碰到多年以前的一个朋友，听他说了一件很稀奇的事情。尚德兴饶有兴趣地问，啥稀奇事？说来听听。郭信礼说，朋友说他手下有个科长，在外面干了坏事，老是怀疑自己染上了脏病，洗澡时就看啊看啊，哎呀不得了，那物件怎么成绿色的了！可他又不敢声张，更不好意思到大医院诊断治疗，就打电线杆上贴的小广告诊治电话，找了个江湖野先儿，花了几千块，吃了好多药，可一点儿效果也没有。最后逼得没法儿了，只好去了省城的大医院，一位专家疑惑地检查了半天，也没发现什么毛病，仔细瞧瞧，才慢悠悠地说，看看你的裤头是啥颜色？

郭信礼模仿着医生的样子和腔调，让在场的人都大笑不止。

见刘爱国笑了，郭信礼才又说，你呀，也别太担心，也有可能是累了。男女间的那种事，《黄帝内经》上都说了，二十不连连，三十不天天，四十如数钱，五十像进庙，六十如过年。可能你啊，家里家外地忙活，有点儿虚了。找个好医生仔细看看，应该不会有什么事儿吧。

刘爱国就问，这种事儿，《黄帝内经》上也有？

郭信礼说，有啊，《黄帝内经》上的那些话，意思就是，二十多岁时不能一晚上多次做那事，三十多岁时不能天天做那事。四十如数钱，古代是五个铜钱串在一起的，就是说，四十多岁时可以五天做一次。五十像进庙，进庙烧香的时间是每月的初一和十五，就是说，五十多岁时一个月可以做两次。到六十多岁时，一年一次就可以了。尚德兴点点头说，嗯，有道理，无论干啥事都得有个度。虽说古代和现在相隔甚远，但道理是相通的，这说明啊，随着年龄的增长，人的衰老是不可抗拒的自然规律，就连这事儿也得遵循啊。郭信礼赞同地说，这样说有点儿演绎的成分，咱正儿八经说点正经的。有专家研究，一般人在四十五岁以前，综合能力和水平与年龄成正比，四十五至六十岁的人，能力和水平随年龄增长而平稳上升，六十岁以后，人的能力和水平也就开始走下坡路了。其实，我们这个年龄，都应该感觉到这些变化了。

对此，刘爱国也深有同感。他说，是啊，年龄不饶人。岁月如刀，刀刀刻皱纹。就像尚书记说的那样，凡事都要遵循自然规律才是啊！

尚德兴说，这些，得从因果说起。什么因产生什么果，懂得了这个规律，就可以悟出什么是道了。

刘爱国说，有道理，在这个世界上，没有对与错，只有因与果。因果是事实，是人间的真相，也是高深的哲学啊！有因皆有果，它的准确性，就连这么发达的现代科学也是无法解释的。因果报应不但为人们所不能勉强，苍天所不能更易，即使鬼神也不能违抗，它支配了宇宙间的一切，也种下了横亘过去、现在、未来的三世姻缘。以前我不懂得这些，也不相信这些，什么都不怕。不怕，是一种幼稚的、张狂的、愚昧无知的狂言，怎么能什么都不怕呢？人可以不怕鬼神，不怕生死，不怕诸佛菩萨，但是却不能不怕报应，不畏因果啊！唉，最近一段时间，因身体的原因，我想了很多，突然之间也明白了很多道理。看来，我也要为我以前的行为付出代价，遭受报应了。

刘爱国的话，说得比较深沉，还有一种非常无奈的顿悟。

尚德兴安慰他，不会那么严重吧！古人说过，一生作恶，临死悔悟，发一善念，遂得善终。有高人说得很对，凡事要看破，放下，自在，随缘。

刘爱国若有所思地点了点头。

郭信礼说，爱国啊，就冲着德兴兄弟的这八字真言，啥也别说了，只管喝酒吧，今朝有酒今朝醉，管他明日喝凉水。再说了，你也是我们学习的典范啊，家里家外的，全都照顾到了。

刘爱国忙摆摆手说，哎呀哥呀，快别挖苦我了，还是那句话，这个世界上没有对与错，只有因和果，对我来说，是遭报应了。

尚德兴安慰刘爱国说，其实也没有什么，说起来呢，你好像有点儿滥用感情，但我们几个都知道，你和赵倩是真感情，但这感情、爱情不是必需品，而是奢侈品，是在这个现实人间愉悦自己的游戏，你可以玩得天长地久，也可以是花开一时，而你跟赵老师，可能只适合后者吧。

尚德兴正说着，便见程志远风风火火地闯了进来。

见程志远来了，郭信礼拿起酒瓶说，来吧来吧，入座入座，开始吧。

刘爱国的心情有些沉重，不想喝，程志远却说，和德兴书记多长时间没在一起，今天相聚，怎能不喝呢？来来，少喝点儿少喝点儿。

这时赵倩也回来了，她见程志远给刘爱国倒酒，就说，哎呀刘总不能喝的。

程志远说，不喝怎么行呢？都倒上了。

赵倩看了刘爱国一眼，说，今天你就别喝了吧，我替你喝。

程志远拊掌赞道，好啊好啊，这倒成了美女救英雄了！

尚德兴和郭信礼不让刘爱国喝，也不想让赵倩多喝，每次倒酒时，都给她倒得很少，点到为止。尚德兴说，有这么个意思就行了。郭信礼也附和着说，就是就是。

程志远想难为赵倩。他拿着酒瓶站起来说，你们两个倒是会怜香惜玉，可我也并非是铁石心肠啊。这样吧，我也不给美女多倒，只加一点点儿吧。说完，程志远就往赵倩杯子里倒了一点儿酒。赵倩端起酒杯说，感谢帅哥慈悲，谢谢，就这么一口儿，我喝了。赵倩端起杯子正要喝，程志远拦住她说，且慢且慢，既是要替刘总喝，那我就再给你添一点儿，算是刘总的。程志远手一抖，又往赵倩杯子里倒了半杯。

郭信礼看见了，说，志远志远，倒得太多了，她怎么能喝得了呢？程志远笑笑说，喝不了啊？我也知道赵老师喝不了，这好办。他又朝赵倩说，这样吧，刘总的酒你就不要喝了，你只把我原先给你倒在杯子下面的那点儿喝了就行。赵倩感激地说，好好，谢谢帅哥，那我就喝一小口吧。程志远幸灾乐祸地说，不能喝上面的，也不能把上面的倒出来，你只需把我倒给你的那点喝了就行。

尚德兴的语气就有些重了，他说，志远，你这不是，欺负人家弱女子吗？

程志远说，可不敢这么说啊尚书记，你让我还怎么做人呢？

尚德兴还想再说什么，赵倩却爽快地说，好吧，我喝。

刘爱国心里一惊，担心地说，不能喝就算了，你真要喝？就你那点儿酒量，还不醉了？刘爱国拽了一下她的胳膊，说，算了算了，还是我喝吧。刘爱国去接赵倩手里的酒杯，赵倩推开他的手，说，没事儿没事儿，你不能喝，我喝吧。赵倩一边说着，一边顺手从旁边的饮料瓶中抽出一支吸管，插进酒杯下面，吸了一小口。

程志远笑着说，聪明，真是聪明，我就知道难为不住人民教师嘛。他看着刘爱国说，男人，都喜欢智慧型的女人，刘总，有这样的女人在你身边，我可真是羡慕、嫉妒，恨啊！

对于程志远的这些做派，大家都心照不宣地笑了，但尚德兴却笑得有些勉强。笑着笑着，刘爱国的眉头却皱了起来，他在担心自己的身体，抑或，他也在为赵倩担心着什么。

聚会的第二天，刘爱国就坐上了飞往北京的飞机。

刘爱国在301医院作了一个全面的检查。大夫们在医务室会诊，刘爱国就在病房里忐忑不安地等待着。焦急中，手机忽然响了，刘爱国按下接听键，赵倩问，怎么样，结果出来了吗？刘爱国按捺住内心的波澜，平静地说，医生正在诊断呢，放心吧，肯定没事儿。赵倩在电话里轻轻地说，老天保佑啊！

挂了赵倩的电话，刘爱国忽然觉得自己可能要辜负这个女人了。

第二天早上八点，医生查完房，问刘爱国，家属呢？刘爱国一惊，很快镇定下来，问医生，是不是结果出来了。没事儿，您跟我说吧。医生说，情况不是太好，多少有点儿问题，不过关系不大，应该先跟家属沟通一下。刘爱国说，我家里人没有来呢，你就直接跟我说吧。就是有什么事儿，我也能挺得住。医生说，那好，是这样，肾上有点儿毛病，也不太严重，只要配合治疗，不会有什么事儿的。从医生的神态和说话的口气，刘爱国感觉到，他的病，可能不会太轻。他努力平复了一下情绪，问，大夫，是癌吗？医生拿着片子，说，没有没有，没有那么严重。医生的话更加重了他的疑虑，他猜测自己的病，会很严重！甚至，也会是癌！甚至，就是死亡！那一刻，他有些蒙了，他感觉到了天旋地转。好一会儿，他才镇静下来，颤声问，大夫，我……我还能活多久？医生笑了笑说，没什么大事儿，是良性的，希望你调整好心态，配合治疗，应该没有什么大事儿，做个小手术，切了就没事儿了。

刘爱国赶紧给家里打了电话。妻子，儿子，还有儿媳妇很快坐飞机来了。儿子跟院方进行了沟通，刘爱国的手术定于三天后进行。

手术的头天晚上，刘爱国的内心，很紧张，也很慌乱，他怎么也睡不着。夜深了，妻子在对面床上睡得很香，他悄悄起身，悄悄出了病房，悄悄来到了院子里。秋天的夜晚，月儿正圆，他行走在医院的林荫路上，丝丝凉意涌满全身，他下意识地加快了脚步。

月色如水，泛起点点涟漪，淡淡的惆怅，如弥漫的月光，静悄悄地弥散开来。

谁不珍惜自己的生命，谁又不留恋这个世界！要做手术了，刘爱国边走边想，上天保佑，明天，让我顺利地上了手术台，再平安地下来吧！如果挺过了这关，那是自己的造化，如果挺不过来，那就，随天意吧！可是现在，在这北京的秋夜里，自己的确需要静静地思考一下过往的岁月。

走着走着，他发现，北京秋天的夜色是那样的绚丽多彩，月色洒在宽阔的道路上，像是一条永无尽头的银河。刘爱国一下子就迷恋上了这夜色，朦胧间，他忽然发现了一个、两个、三个甚至更多的光点，这些光点汇聚起来，在眼前映照出了五彩斑斓的光亮。刘爱国就追啊，追啊，他终于追上了一个光点，却发现，那是一只萤火虫。

他望着那一点儿萤火虫的光亮，心里一动，我的生命，不就是这一点儿光亮吗？他的心，在这一瞬间就进入了空灵的世界。佛说，菩提本无树，明镜亦非台，本来无一物，何处染尘埃。猛然间，他似乎明白了什么是禅。

第二天早上，刘爱国睁开眼来，看见妻子，儿子，还有儿媳，已经在病房里了，十点钟的时候，他被推进了手术室。

八个小时过去了，手术结束了。刘爱国战胜了病痛，战胜了自己，战胜了心理的胆怯，他被推出手术室时，医生告诉家属，手术很成功！

当太阳又一次升起的时候，刘爱国睁开了眼睛。他看着病床前的妻子，还有儿子、儿媳，他的心里充满了温暖和安宁。

刘爱国恢复得很好，半个月后，他出院了。

回到永安市的刘爱国，给赵倩发了一条短信：

亲爱的倩，让我最后一次这样称呼你吧。天意难违，我们之间的一切都已成为过去，以往的日子，不管我带给你的是快乐，还是悲伤，都把它连同我一起忘掉吧，只有这样，我的心里才能有片刻的宁静。祝你幸福，安康！

赵倩得知刘爱国回到了永安市，正要找借口去探望，却收到了这条决绝的短信，她一下子不知所措了，她的心慢慢沉下去，沉下去，一直沉到了谷底。

她失眠了，不是一夜的失眠，而是连续几夜的失眠。她不知道怎么才能忘掉过去！她感觉自己不能睁开眼睛，一睁开眼睛，看到家里的每样东西，她都能准确地说出这件东西是什么时候、什么原因他送给她的。刘爱国春节时给她送的纯金项链，生日时送的德芙巧克力，还有桌子上尚未拆封的藏红花，每一件东西上都写着三个字：刘爱国。闭上眼，脑子里像放电影一样，一幅幅画面是刘爱国，心里装着满满的刘爱国，眼睛里晃动着的也是刘爱国，甚至呼唤着的还是刘爱国。她想起在人间四月芳菲天，他们一起去看流苏，成片的流苏花簇拥着，密集着，远远看去，像一片灿烂的星光，给人一种皎洁而芬芳的感觉，他们在树下流连忘返；凉风习习的夏日，他们牵手漫步在伊洛河边，他爽朗的笑声在水中荡漾；硕果累累的秋天，他们到黄牛寨上摘酸枣；白雪皑皑的冬天，他们在雪地里滚雪球，堆雪人，拍雪景。心若相知，无言也默契，情若相眷，不语也怜惜。昨日重现，情已逝。怎么办？怎么办？赵倩瘫软在床上，感觉日子已经到了尽头，她不知道，没有刘爱国的日子该怎样打发，至少现在她是度日如年。她掏出手机向学校请了病假，关了，将自己扔在无边无际的思念中去。迷迷糊糊地，她觉得自己应该起来，去找刘爱国，去请求他不要抛弃自己。可是，一想到那个短信，她退缩了，她明白，从现在开始，不，从刘爱国生病的那个时候开始，她就永远失去他了。

一个星期后，赵倩起床了。她照了照镜子，看到镜子里的自己，双眼皮肿成了单眼皮，只好抹了眼霜，接着，粉底液、遮瑕膏，腮红、眼线、睫毛膏，都用上了，可是，再多再好的化妆品，也拯救不回她原来的风采。赵倩伏在桌上含泪写了一封长信，信写好后，装进信封的那一刻，她放声大哭起来，似乎是在祭奠自己这场来也匆匆去也匆匆的情感。

亲爱的爱国，请允许我最后一次称呼你“亲爱的”！因为在心里，你一直是我最亲的人。亲爱的，接到你的短信，我不想说话，不想听见任何声音，只想找个无人的地方，找一个安静的角落来想你，回忆你，对你说一些没有来得及说的话。我想对你说，感恩上天的恩赐，让我今生遇见你，与你的相遇，惊艳了时光，温柔了岁月。生命的驿站，你是那独特的风景，让我停下脚步为你驻足。孤独的你，孤独的我，孤独的灵魂，唯美的相遇，我们的灵魂紧紧相依，今生，只想与你一起，走过风，走过雨，走过天地，不离不弃。

我没有想过，真的没有想过，会有今天的结局，在我日思夜想地要去看你的时候，接到了你的短信，猝不及防，在这样的晴空之下，在这样明媚的秋日里……

我至今还铭记着你我相识相知的点点滴滴，感谢你陪我走过了这几年的风风雨雨，是你带给我喜悦和欢欣，是你教会我如何在现实和虚拟中从容穿行，也是你给了我在矛盾中挣扎和压抑的心疼。这种挣扎和压抑的心疼有两个出处，一个是爱，还有一个是不甘。我始终坚信，我们之间是真挚的爱，我也曾是不甘的，为我们之间的真情不甘，为自己生命的梦幻不甘。经过几天的痛苦挣扎，我终于明白，世事并不会因为这种不甘而改变，我懂得了甘心，懂得了甘心也是一种宽容。如果，我们之间还存在着爱，那就让我们甘心地放手吧！就让我们相忘于江湖吧！

转眼就是一生，转身就是一世。或许时光最无情，给了我们温情，同时，也让我们深深体味到了冰凉。让我们好好珍惜曾经的拥有，来日方长有时并不靠谱。珍重！珍重！

信，发出去以后，赵倩重重地松了一口气。这一瞬间，她终于发现，那曾深爱过的人，早在告别的那天，已消失在这世界。心中的爱和思念，都只属于自己曾经拥有过的纪念。她不恨刘爱国，正如刘爱国说的，天意难违，强违就要遭报应。世上聚散皆是缘！缘起时，真恨不得苍穹消失，日月停滞。缘灭时，才知道时间的变数谁也无法逃避。纵使那纸婚书都无法承载人世的沧桑，又何况她和刘爱国之间这种无牵无扯的情缘？

刘爱国没有给赵倩回信。他觉得，他愧对了这个女人，现在自己也遭到了老天无情的惩罚，他不想再给对方留下太多的割舍不断的情意了。

秋天已经过去，冬天很快就来了。永安市的冬天，长长的，慢慢的，像一场忘不了的恼人的梦境，有些难挨了。不知道从哪一天起，风里面竟然平添了一些暖意。是的，冬天过后，就应该是春天了。这时的天，变高了，变远了，云薄薄的，云卷云舒，飞过来，又飞过去，一会儿变成狗，一会儿变成马，待要仔细看时，却又倏忽不见了。满城的绿影幢幢，更见苍绿了。一场风吹过，路旁的白杨树，却越发黄得耀眼，华美得惊人。说不定，一声春雷响起，一下就到春天了呢。

刘爱国痴痴地想，这里的春天，大概是最美的季节了。而自己的人生却不可抗拒地进入了冬季。到了这个季节，便应该随遇而安了吧。

是的，人们都这么说。

二十九

进入冬季，庄稼人都闲下来了，三年一届的支村两委换届选举也要开始了。

在小海镇的二十一个村子里，基本上都是平稳选举，平稳换届，而最平稳的村子就是凤山寨。

凤山寨的村委主任是由“章氏集团”的老板章水森兼任着，已经当了三四任了。这次选举前，公司租了三辆大巴车，章水森带着村里的党员、村干部、村民小组长去青岛、日照旅游了五天，车费、食宿都由公司出。村里人都说，看人家章总，下这么大的本钱，无非是想连任。出去旅游的人也私下里说，人家花钱，咱就选人家吧，这几年，章总干得非常好。哪知，旅游回来，章水森很是真诚地对大家说，我年龄大了，身体也不太好，这回，大家就别再选我了，让年轻人干吧！请大家放心，以后村里有花钱的地方，我还会继续支持，拜托各位真别再选我了。章水森当村委主任，平时给村里办了很多好事，大伙其实也都盼着他能够连任，可这回，他说什么也不愿意再干了，不让大家选他了。村民们非常为难，一起去请教村支书咋弄，村支书笑了笑，说，他想不干就不干？选谁当村委主任是大家的权力，民意不可违，选住谁谁当。村民们心领神会，一选，章水森又是满票当选。

最难弄最费劲儿，竞争最激烈的，是宋沟村。宋沟是个大村，有四千多口人，经济属中上等。原村委主任年龄大了，不再参加竞选。这次换届，有两个候选人，一个是宋六，一个是马成龙。

选举这事儿，在村民们看来，是比较兴奋和期待的。平时，村里的年轻人都出去打工了，在家的人就少，村子里的集体活动也少，大家聚拢到一块儿也很不容易。现在要换届选举，在外打工的年轻人也都被招回来了，大家碰到一堆儿，相互让烟，拉拉家常，很是热闹的。那些参加竞选村干部的，尤其是竞选村委主任的，见了村里人，忽然就亲热了许多，按着辈分，叔啊伯啊婶啊姨啊地称呼着，很是客气。见了年轻人，也主动地打着招呼，热情地套着近乎，称兄道弟，握手递烟，也不摆以往的臭架子了。竞选的双方，也都组织了团队，各自使出手段，这边去酒店请客喝酒吃饭，那边就到家里发米发面发油，要么就直接送钱。村民们也不管你是哪头的，只要通知，就去喝酒，送来东西，只管收下，心里美滋滋的，偷着乐着，尽得实惠。

一般情况下，竞争最激烈的是那些城中村，或者是镇政府坐地村，或者是有煤炭铝石资源的特色村。尚德兴领导组织过几次换届选举，他清楚地知道，支村两委是党和政府发扬民主、联系群众的桥梁和纽带，在镇党委政府的领导下，支村两委自我管理，自我教育，自我发展，带领群众民主自治。若是选举成功了，选对了人，镇村的工作，就会省心省事，老百姓的日子，也会越过越好。若是让那些心术不正、私欲极强的人上了台，掌了权，那么，村子里的工作就难搞了，他们把群众也领不上正道，只管个人发财，却不顾乡亲恁多。还有更好的情况，个别企业家，挣了大钱了，想在村里当个一官半职，图个名儿，不仅不领村里的工资，还为村里修路、架桥、打井、建校，为公益事业慷慨奉献。

在各村换届选举前，尚德兴在动员大会上说，作为镇村干部，我们吃的是老百姓种的粮食和蔬菜，穿的是老百姓供的衣物，领的工资是纳税人上缴的钱款，我们就应该为老百姓干实事、办好事。老百姓认为，他们喂一头猪，一年能挣几百块钱，养一只鸡，一年能拾几罐鸡蛋，要是我们不干事，不把事情干好，不替老百姓服好务，那么，我们在老百姓眼里，还不如他们喂的一头猪，一只鸡！

针对宋沟村的换届选举，尚德兴非常重视，他亲自部署，周密安排，采取了内紧外松的工作策略。让镇干部到各村民小组指导村民选举，在村选委会的组织领导下，对选民进行登记、审查、公示，对于候选人提名、确定选举时间、主会场投票、流动票箱管理等程序和环节，尚德兴更要求镇村干部要熟练掌握，灵活运用。尚德兴强调，群众的智慧和力量是无限的，我们要发动引导群众认真对待选举，投出神圣的一票，选能人，选好人，弘扬正气，传播正能量，选出大家信任的致富带头人。

宋沟村的这两个候选人，也就是宋六和马成龙，他俩的年龄差不多，都是四十五六岁的年纪，但是，两个人的品行和处事方法却相差甚远。所以，他们参加竞选的动机和目的就不一样，选举采取的手段也各有特色。

宋六兄弟姐妹八个，在村里也是势力较大的家族。男孩中，宋六排老幺，心眼儿多，好算计，自小是个顽皮蛋。早些年，春节前，一过腊月十五，他就开始走村串户卖财神爷像。每到一家，就先给人家拜年，然后就说，财神爷给您请来了！快过年了，人们都图个吉利，谁家也不好意思拒绝。结果，就年前那么十来天时间，他也能轻松赚个买年货的钱。后来，他做过生意，跑过业务，又在村办水泥厂当过副厂长。这次换届，宋六也想竞选村委主任，为了让兄弟姐妹都支持自己，他对几个哥哥说，哥啊，我梦见咱走了多年的爹了，爹说咱家要出贵人了！哥几个说，咱家会出啥贵人啊？宋六就说，噫，我这回不是要竞选村委主任嘛，要是选上了，不就是贵人了？哥哥们也知道他是在胡编乱造，也不说破，还都表示要大力支持。他们认为，兄弟要是真能当上村委主任，不管有没有好处，至少他们的脸上也会有面子吧。

舍不得孩子套不住狼，宋六狠狠心，摆了五六桌酒席，召集来宋氏家族里有头有脸的长辈和兄弟六十多人来喝酒。喝得差不多了，宋六就端着酒杯说，咱宋家，一个宋字掰不开，血浓于水啊！咋说哩？亲情在这儿摆着哩。我看，咱也该翻修一下咱的宋氏祠堂了，也该续一下宋氏家谱了。大伙儿都说，对对对，是该弄一弄了。宋六又说，这一回，希望大家有钱出钱，有力出力，修缮祠堂，光耀宋门。

族里的明白人一看便知，这宋六是醉翁之意不在酒，他是在为自己竞选村委主任铺路搭桥哩。

宋六虽然领了头，可自己手里没有钱，他只得起早贪黑，赔笑脸，说好话，总算是把这两件事儿弄下来了。宋氏家族的人对他也另眼相看了，路上遇见了，有人鼓励他说，你弄吧，到时候咱宋家的人，肯定支持你。宋六心里还是不踏实，他跟磨豆腐的儿子商量说，咱得下点儿本钱，给村里每人发五斤豆腐，拉拉票。儿子一算，得二万多斤，心疼地不行。可是，为了爹的村委主任梦，只得豁出去了！

搞定了儿子，宋六又请村干部和村民组长在村头饭馆里吃饭。饭桌上，宋六说，感谢父老乡亲对我的关照，我得表表心意。有人问，你准备咋弄？宋六说，按人头算，每人五斤豆腐。有人问，哎宋六，你这算不算贿选哪？宋六说，算个球啊，就几斤鸡巴豆腐。饭局结束前，宋六说，就请村民组长通知各家各户，到俺家豆腐坊领豆腐吧！

马成龙有点儿坐不住了。他看着宋六又是请客又是发豆腐，而尚德兴却不让他出手，他有点儿估摸不透了。

眼看都快选举了，他实在是憋不住了，敲开了尚德兴书记办公室的门。他一进门就嚷嚷，我的尚书记啊，人家都活动起来了，我现在还是按兵不动，这不是把村委主任这个位置拱手让给人家了吗？

宋六竞选村委主任是带有私心的，可马成龙却不一样，他有能力，德行好，镇里看好他，也希望他能竞选上。

尚德兴看了马成龙一眼，笑着说，沉住气，别急。你不让对手先出出招，表现表现，你咋能了解他们的动向呢？你咋能把握战机呢？马成龙说，那我也该行动了吧？尚德兴说，是该动手了，但是你不能贿选。马成龙问，那咋弄？尚德兴小声给马成龙交代了几句，马成龙听了，高兴地说，嗯，中，这个办法好。

第二天，支村两委召集村干部和各村民组长开会。作为宋沟村的选委会主任，村支书说，时间很紧啊，下个星期天，就正式开始选举了，我也不再穿靴戴帽瞎客套了，只捞稠的说，就两句话，一、大家要各司其职，各负其责，按程序走，确保选举一次成功。二、各组长要尽快收缴下一年的新农合医疗款。

农村新型合作医疗，是政府给老百姓办的一件实事、好事，政府补贴一大部分，老百姓自己再缴一小部分，最终是让老百姓得到了实惠。可是，老百姓每年自己缴的这部分钱，却有一定的难度。

支书讲完后，大伙儿你瞅瞅我，我瞧瞧你，谁也没说话，多数村民组长都面露难色。关键时刻，三组组长站起来说，这两年，我手头宽裕了，也想给咱村的老少爷们做点儿贡献。这样吧，这一回，咱村每人五十元的合作医疗费，我全包了！

大伙儿听了，先是惊疑，这货，咋恁大方呢？转而一想，马上就明白了。三组组长是马成龙的弟弟，这是马成龙出的钱。这几年，马成龙的企业经营得不错，有钱，是他在背后支持着弟弟呢！不管谁出面，最后落好的，还是马成龙。

下午，全村二十二万多元的合作医疗款一笔就打到了小海镇的专用账户上，宋沟村在全镇头一个完成了缴款。

这消息，很快就传遍了宋沟村。

老百姓都说，这可比五斤豆腐来得实惠。

马成龙毫无悬念地当上了宋沟村村委会主任。

三十

光阴荏苒，日月如梭，又是一年的春天不可抗拒地来了，在这人间最美的季节，接任小海镇党委书记整整五年的尚德兴被选派到地区党校中青班参加学习培训。永安市一共选派了六个人，其中也有程志远。

到了党校，两个人一见面，尚德兴紧紧握住程志远的手，真诚地说，志远，真是他乡遇故知啊，咱们这一段儿又可以在一起散步游玩聊天了。程志远说，是啊，咱们真是有缘分。尚德兴说，在永安市，见一面都那么不容易，这次可得把握好机会。程志远顿了一下有些低沉地说，我们几个人只是一个月的短期轮训，而你呢，参加的可是三个月科级中青年干部学习班，培训结束后，你很可能又要进步了。尚德兴说，也未必吧。程志远带着醋意说，什么未必呀，这不明摆着的事儿吗？还谦虚啥呀，是怕请客吧？

程志远的话里有一些羡慕，还有一些妒忌，尚德兴听出了他的话外之音，很理解他此时的心情，也很为这位老同学感到惋惜。像程志远，工作了这么多年，有才华，有干劲儿，只因以前没有机会，耽误了，提拔得晚了几年，到现在才只是个带括号的正科，以后再往上升，年龄上失去了优势，恐怕就有些困难了。

尚德兴曾经思考过这个问题，程志远真的是因为没有晋升的机会，还是因为他自己没有好好把握，抑或是组织部门的考察结果不太好呢？可能都有一些吧！前年，程志远升任了王店镇的副书记，现在，他已经是永安市农机局的正科级副局长了。虽然，程志远走出了乡镇，走进了市局，但也只是一个正科级副局长，对此，他的心里一直是耿耿于怀的。尚德兴曾跟他探讨过这个问题，他记得当时自己对志远说，咱们当基层干部的，一切全得靠自己修为，要时时处处严格要求自己，做到红线不能碰，底线不能破，事事还要争先当优秀。你看同样的环境，同样的条件，结果怎么就有优劣之分呢？咱看看“劣”字怎么写就一清二楚了。上边一个少，下边一个力构成了劣，这说明凡是劣的，肯定比别人少操心，少出力啊。人生中出现的一切都无法拥有，只能经历。深知这点儿的人，就会懂得：无所谓失去，只是经历而已；亦无所谓失败，只是经验罢了。用一颗平常心，去看人生，一切的得与失，隐与显，进与退，其实都是一种风景啊。看来这个老同学已经忘了他曾说的话了，心存芥蒂啊！遇到合适的时机，还得探讨探讨这个问题。

程志远见尚德兴一直微笑着没有接他的话，说，找个机会，我陪你去附近爬山吧。停一下，程志远又补充说，离这儿不远，有座山峰，风景很好，植被也不错，我以前跟朋友去过几次。尚德兴暗想，是跟那个白玉吗？可他并没有说出口，只是在心里咕哝，管他跟谁呢！他看着程志远爽快地答应道，好啊，一言为定，有机会咱们去转一下。

学习生活很轻松，时间也过得飞快，这是一个阳光明媚的周末，尚德兴和程志远商量了一下，不回永安市了，一起去爬山。车一上路，两个人感觉到他们的身体是那样的舒展，他们的心情是那样的愉悦，有一种回归自然的美妙与轻松。

路程不算太远，四十多分钟就到了。在山下，仰头看那山，果然很是峻峭，也很有些景致。山不算高，却是层峦叠嶂，溪水潺潺，树木葱郁翠绿，蝶舞鸟鸣谷涧。离开了城市的喧嚣，进入这样的仙境，两人顿觉心旷神怡。依了山势，顺着山坡，修建有步行石级，两个人就踩着一级一级的步道，一边慢慢往上走，一边很惬意地谈着聊着。

此时的尚德兴，心情舒畅，兴致颇高，这次培训，对他来说，似乎是一次休整，但他认为，这更是一次宝贵的学习机会！走着，走着，尚德兴触景生情地说，我忽然想起一句话来，叫作“百战归来再读书”，很有意思的。程志远说，哦，说说看。尚德兴说，在学校，读了那么多年的书，进入社会后，又干了那么长时间的工作，其实工作的时候，就是你经历磨炼的时候，就是耗费你精力的时候，这似乎要把我们的气力耗尽了，把我们的精力掏空了。现在，我们再来参加培训，授课学习，进行充电，增加补给，就像是给我们又补充了一次能量，添加了一次营养啊！学习时，再结合自己的工作实践和生活经验，我们对知识的理解和领悟就会更深刻更透彻了。而我们的心，就会变得更加深沉，更加稳重，更加充实了。程志远说，按说，真是这么个理儿。往上爬了几级台阶，尚德兴继续说，世界这么大，我们就应该出去走走，出去看看，不能老是在自家门口转悠，也不能老呆在自家的一亩三分地里夜郎自大，沾沾自喜，要知道，山外有山，天外有天啊！程志远说，有时间，还真应该多出去见见世面呢。尚德兴见程志远对自己的观点有了一些认同，就想趁机劝劝他，可又一想，既然是出来散心，何必惹他心烦，让他不高兴呢？他这个人，也不是太虚心的，甚至是有些刚愎自用，还是算了吧。尚德兴接着刚才的话题说，这些天，听了老师讲的课，我联想到了自己在小海镇开展的一系列工作，真切地感受到，有些工作，若是用另外一种方法去推进，效果可能会更好一些吧。板凳掉头坐，换位再思考，我们的工作，就会更加顺利，我们的生活，也会更加有情趣，那么，那些沉重，那些困惑，也就会豁然开朗了。程志远说，是啊，乡镇工作，也真他妈的难干啊。乡村人员确实是人上一百，形形色色，哪里都有这样的人，你不喊他，他非尿床不可，可你喊醒他了，他又说你搅了他的好梦，恼得不行，咋都对正不住他，哼哼，非要在鸡蛋里头挑出一根骨头来！

尚德兴并不认同程志远的观点，说，咱们当干部，特别是要想在乡镇里干点儿事业的干部，就要敢作敢为，勇于担当，不怕担责任，敢于冒风险，看到这样的人，就是得及时唤醒他，不能让他尿床误事。程志远说，喊他干啥？尿床了，要么就自己暖干，要么就睡在湿被窝里，吃一堑长一智嘛！尚德兴耐下性子说，当干部不能怕得罪人，也不能怕招惹谁，其实干部就像是一把笤帚，笤帚不扫地，自己也是干干净净的，也不会去招谁惹谁，大家皆大欢喜，但是如果你要去扫地，地是扫干净了，那么笤帚上也会沾满了灰尘，又会碰到这儿，动到那儿，还会触及到方方面面的矛盾和利益，最后是，干了事情，反落了一身臊，可是，平心而论，老百姓会喜欢哪一种笤帚呢？程志远点点头说，人们还是喜欢扫地带灰尘的笤帚啊！尚德兴赞同地说，对！所以呀，我们在工作中要有所作为，只要能维护绝大多数人的利益，让绝大多数人满意，也就问心无愧了！程志远说，德兴你说得对啊，工作中，我看你就是这样做的。尚德兴笑一下，谦虚地摇了摇头。

到了一个亭子里，两个人停下了脚步。程志远说，很久不爬山了，还真是累了，休息一下吧。说着就在亭子里的石凳上坐了下来。尚德兴没有坐下，他站在亭子里，看着周围的山峦沟壑，欣赏着这大自然的美景。

小憩了一阵，尚德兴说，继续前进，向上攀登！程志远似乎还没有歇够，说，再坐会儿。尚德兴笑了一下说，这亭子，是让你在这里稍微休息一下的，你倒好，坐下就不想起身了。见程志远没有起身的意思，就又说，看到这亭子，就想到"停"字了。程志远说，讲讲。尚德兴说，这个"停"字，一人一亭，是一个奔跑在驿道上的人，靠在路边的亭子旁休息，在这里，他只是暂停下疲惫的脚步，来补充体力，蓄积精神，好让自己走得更轻松，跑得更快捷。停，是为了更好地走，可不是停滞不前啊！

话都说到这份上了，程志远赶紧起来，跟在尚德兴身后继续往上爬了。

爬了几级，尚德兴说，昨天老师在课堂上讲，"领导要做正确的事情，这比正确地做事情更重要"，这话很有道理啊。程志远说，是啊，我觉得这话还很有哲理！尚德兴说，作为领导，只要有两件事情做正确了，也就算一个好干部了。程志远说，哦，哪两件？尚德兴说，一是决策，二是用人。尚德兴接着说，我的用人原则是，"敬老人，用贤人，远小人"。对于干部，既要知之所长，又要知之所短，既要知其长中之短，也要知其短中之长。尚德兴的话，似乎是说到了程志远的痛处，戳到了他的要害部位，他有些不满地说，现在的组织部哪看什么长啊短的，你能不能上去，能不能提拔，还不是全凭领导一句话！尚德兴说，志远啊，你说的这种情况，也许过去是存在的，但是现在，党委的选人用人制度，正在不断地完善和改进着，慢慢地，那些德才兼备的人就会被发现，被选出，被提拔。比如，民主测评制度，就是一个比较科学的制度，群众的眼睛是雪亮的，通过测评，谁能干，谁人品好，谁工作出色，人人心中都有杆秤，也有面镜子。尚德兴说到这儿，看了一眼程志远，他怕自己的话有些重了，程志远接受不了。而程志远却没有吭声，一任尚德兴说下去。尚德兴顿一下，又说，平时的工作，关键就是抓落实，布置的事情，要不折不扣地执行到位，这样，我们的工作才能够百分之百地完成。哦，咱们又说到用人了，如果，你用的人不负责任，执行力度不够，那么，结果肯定会不可避免地出现"五十九分"现象。程志远好奇地问，"五十九分"现象？怎么回事儿？尚德兴说，这是个很有趣又很可怕的现象。比如，有一项比较复杂的工作，要完成这项工作呢，需要多个环节，多个人。现在，我们把圆满完成这项工作设定为一百分，下面，你按照程序开始往下布置吧。先交给了第一个环节的第一个人。第一个人在执行的时候没用真心，没下真劲，他如果完成得太少不行，说不过去，领导不满意，同事也不高兴，他也就努努力，完成百分之九十吧，这样，他也是下了一番功夫，动了一番脑筋的啊。好了，现在，按照层级管理的方式，他又按照程序，把工作往第二个环节布置，又布置给了第二个人。第二个人同样是执行力度也不小，但也只完成了百分之九十。这样，每个环节的每一个人都按任务的百分之九十去完成，传递到第五个环节时，就只有五十九分了，连及格都达不到了。程志远听后，若有所思地点了点头，说，看来，一个单位一个领导干部的执行力，真是太重要了！

不知不觉间，两个人已经爬到了山顶。居高临下，俯视山脚，尚德兴的胸中不觉有了一览众山小的豪气。尚德兴往远处眺望，看到了更高更险的山峰，矗立在更远的地方，等待着不服输的人去攀登，去征服！尚德兴想到了一位作家说过的话：我们，为什么爬山，因为，山，存在着，等待着我们去征服。

程志远在一旁找了块石头坐下，有些懒散地说，终于爬到顶了，赶紧歇一会儿吧。尚德兴好像是没有听见，依然站在那里，坚定地望着苍茫的群山，感叹地说，人生，就像是旅行，有时路好，有时路赖，有时运气好，有时运气差，可是，路，就在“各”自的“足”下，都是向着前方的，就看你自己怎么走，而更好的风景，也永远在远方，它时刻在召唤着你！尚德兴见程志远没有反应，就又说，人生，又如登山，山下的人总是羡慕山腰的人，更羡慕山顶的人，觉得他们能够看见美好的风光，是成功者和胜利者。可是，一旦自己也登上来了，才知道原来不过如此，并没有自己想象得那么美好，或许，还会有一些失望。但远处更高更峻的山还是强烈地吸引着我们去努力攀登。人生啊，重要的不是结果，而是探索攀登的过程，是沿途让人心动的风景啊！尚德兴说着，默默地望着远方，似乎在思索着什么。或许，他思索的是课堂，是工作，或许，他思索的是未来，是人生。

程志远歇了一会儿，站起身来，由衷地说，德兴啊，这么多年，我一直都是很崇拜你的。尚德兴转过头看着程志远说，又迂阔了不是？程志远发自内心地说，真的，说真心话，在工作中，或是在生活里，我最佩服你的，有两样。你给大家的印象，一是没有架子，二是沉得住气。

尚德兴就“哈哈”地笑了起来，他笑着说，架子是什么？架子就是整天绷着个脸，就像别人都欠了你二斤黑豆钱似的，逮着谁训谁吗？你想想，县委书记、县长才是七品芝麻粒儿大的官，咱一个乡镇的党委书记，能算几品？全省有多少个乡镇？全国又有多少个乡镇书记？咱们，算个什么呀！假若你过于自怜，过于看重自己的位子，过于把自己当回事儿，过于把自己当盘菜，在人前装腔作势，拿姿捏调的，那么，别人也许当面会恭维你，背后呢，很有可能会骂你。相反，你若平等待人，尊敬别人，别人也同样会尊重你，尊重是相互的，“爱出者爱返，福往者福来”，说的就是这个理。程志远点点头说，德兴，你说得太对了，咱们的官职，排来排去，狗屁不算，如果你硬要认为自己算个什么，那就只能算个狗屁了！可就是这狗屁不算的一个小小的官职，又有多少人打破头地在那儿争来争去啊！

尚德兴凝视着程志远，意味深长地说，说得好，我最清楚自己有几斤几两，一顿能吃几个馍，喝几碗汤。一个人，所幸不笨，又肯实干，但也不可贪得全功，就像“康百万”家的家训：留余！留有余，不尽之巧以还造化；留有余，不尽之禄以还朝廷；留有余，不尽之财以还百姓；留有余，不尽之福以还子孙。停了一下，尚德兴又说，做人，应该做到不贪不占，即便是属于自己的东西，也要让一半与天，这天，就是运气，还要让一半与地，这地，就是福气。这样才可以心平气和，这样才可以无怨无悔，这才能够免去许多烦恼，也才能够远离灾难祸端。程志远静静地听着，不由地说，对啊，这不仅是处世之道，也是养生之方啊。缓了口气，尚德兴说，现在，我们的社会正处于转型期，出现一些不正常的、落后的甚至丑恶的现象都是难免的，而我们，不能去抱怨，不能发牢骚，不能老是盯着阴暗面不放，要看到光明，要看到发展，要看到我们社会积极向上的一面！随着经济的发展，社会的进步，改革的深入，尤其是随着体制的完善与健全，那些匪夷所思的坏现象也正受到制裁和打击。这些，毕竟不是社会主流，不可能阻挡社会的进步和发展。对此，我们不能急躁，不能浮躁，不能暴躁，也不能随波逐流，应该有耐心，有信心，更要有积极实干的精神，从我做起，从现在做起，一件事一件事地抓落实，积小胜为大胜。我们大家齐心协力，才能共同推动社会的发展进步啊！

程志远认真地听着，用心地记着。今天听尚德兴的一席话，真是胜读十年书啊！以前的自己，对什么事情都没有信心，干哪种工作都提不起精神，也许，这正是自己跟尚德兴之间的差距吧。

尚德兴挺直腰杆，站在山顶上，显得是那样的沉稳，那样的淡定，那样的心潮澎湃，那样的充满希望！

党校学习培训结束以后，程志远依然回到了永安市农机局。农机局的正局长虽然已经退下去了，位子在那儿空闲了很长时间，可是程志远仍然当着他的副局长，没有一点扶正儿的迹象。程志远还是老样子，好像也无意争夺了。

四个月后，尚德兴被提拔为永安市的群工部部长，石明欣顺理成章地接任了小海镇的党委书记。

要离开工作八年的小海镇了，尚德兴的心里百感交集，万般留恋。他留恋这里的一山一水，一草一木；他留恋与他朝夕相处、同甘共苦、情同手足的兄弟姐妹；他更留恋在小海镇“5 + 2”、“白加黑”，“星期六保证不休息，星期天休息不保证”这段激情燃烧的岁月。

尚德兴摇下车窗，挥手跟石明欣告别，跟前来送行的机关干部告别，跟小海镇告别，跟小海镇的六万百姓告别！

车子，慢慢启动了，尚德兴用低低的声音说，大家，都回去吧，相送千里，终有一别啊！

他将胳膊伸出去，用力晃动了几下，就此别去！

这一别，对尚德兴来说，告别的是一段难忘的经历，告别的是一段刻骨铭心的岁月！

车子驶向了大路，尚德兴的心情仍然难以平静。他已经记不起告别时大家对他的那些溢美之词了，他的心里，装满了感激和感动，为群众服务的往事，一件件闪过，与干部拼搏奋斗的场景，一幕幕显现，他既留恋这多情的土地，又憧憬那溢彩的未来！

尚沟，父亲，卢亚，牌坊，六股柏，洛河……他来不及回想他过往的历程，也来不及思考他经历的人生，他感觉，他的生命里充满的依然是挑战，依然是抗争！忽然，他的脑海里如火光一闪，难道，这就是人生，这就是生命的轮回吗？他如风一般，走过了这么多的地方，是否应该停下来，等待一下自己的思想，等待一下自己的灵魂？

车子转过了弯儿，向永安市飞速驶去。尚德兴回过头去，他想再望一眼他工作了八年、生活了八年的地方，可是，就在他回头的那一瞬间，泪水早已模糊了他的双眼……

后　记

岁月是一条河，似歌，似曲。

岁月是一条河，如诗，如画。

《岁月的河》从构思到完稿，经历了四年多的时间，二十多万字的处女作，犹如一个躁动于母腹中艰难诞生的婴儿。在电脑键盘上敲击出最后一个符号的那一刻，我终于呼出了一口气，轻松下来了。我觉得自己不仅完成了一部书，更是了却了一桩心愿，让自己的生命留下了一道深深的痕迹。

岁月里，生命里，也总是要留下一些痕迹的！

一个人，既然来到这个世界上，就不能白白走一遭，白白活一回。无论如何，都应该在他的岁月里留下一些属于自己的痕迹，爱的痕迹，梦的痕迹，心的痕迹，生命的痕迹。这些痕迹，昭示着我们曾经的奋斗，昭示着我们曾经的辉煌，还有我们曾经的苦闷，以及我们曾经的失落……

三十一岁，在人生最黄金、最璀璨的岁月里，我来到了乡镇，来到了基层，开始了长达十三年乡镇干部的工作生涯。从风华正茂到鬓染霜花，从偏远小镇副职到明星大镇一把手，几经磨难，几多感慨，其中的滋味让我不能忘怀。在人生和事业的巅峰时刻，又从乡镇繁忙的工作岗位上调入人大，工作和环境都比以前舒适轻松了许多，我也终于有时间回归了正常的生活。人，就是这么奇怪，当你每天像陀螺似的忙个不停时，多么渴望有一点儿属于自己的闲暇时光，可一旦闲散下来，那颗不安的心，却又难以适应这一段清闲，不管是有心还是无意，很多往事就会不自觉地从记忆深处跳出来，像放电影一样，一幕一幕，显现在眼前。

一个人总会有得失成败，磨砺多了自然就会成长。曾经为自己的事业拼搏过，曾经在自己的生活中挣扎过，也曾经为自己的理想彷徨过。那些曾经的欢乐、曾经的苦难、曾经的辛酸，都淹没在了时间的海洋里，而那些或深或浅的痕迹却深深地留了下来。一张照片，一个本子，一个久未谋面的旧友，还有周末喜欢到乡村去，贪婪野外的空气，贪婪泥土的芳香。那些再熟悉不过的田野、小溪、古树、老宅、鸡鸣、鸟唱、炊烟、老乡，这一切的一切，让我备感温馨。我终于明白了，那是怎样的情感呀，令我如此的回首频频、魂牵梦绕！这是怎样的经历呀，令我欲罢不能、回味悠长！

十三年，弹指一挥间，我心甘情愿奉献出了自己最宝贵的年华。在过去的日子里，我是那样的执着，那样的无所畏惧，那样的勇往直前，那样的上下求索。

林则徐说过“不要立志当大官，要立志干大事”。这句话始终萦绕在我的脑海里。

其实，我难忘的不是在乡镇一言九鼎地主政管事，而是风风火火操心费力的充实和愉悦。“事非经过不知难”。在留下永久记忆的乡镇岁月里，我从一名懵懵懂懂不知就里的乡镇配角，锤炼成一个工作经验丰富的乡镇主官，在作难受症中历练才干、谋事创业，在交往相处中洞明世事、练达人情。这些，就是收获，更是财富。特别是在乡镇工作的艰辛和欣喜，无奈和理智，奋斗和满足，在人生的长河里积淀下来，犹如珍藏在暗室里的陈封老酒，又如大潮退去散落在浅滩上的五彩贝壳，总是让人久久不忘、欲罢不能。我很想把这些经历、这些感悟记录下来，变成铅字，让更多的人了解农村，了解乡镇，了解乡镇干部，了解基层百姓的呼声和需求。于是，就有了写这本书的强烈冲动。

在乡镇任职，工作千头万绪，平时总少不了记笔记，一篇篇讲话稿，一份份工作汇报，一件件具体琐事，二十几本大小不同、形状各异、密密麻麻写满字的笔记本成了我创作的原始素材。翻阅这些本子，一件件往事历历在目，一个个人物鲜活乍现，这些坎坎坷坷的心路历程和工作的苦辣酸甜更如百爪挠心，令我寝食难安，催促着我，激励着我，凌晨即起，笔耕不辍。我的生命的印痕汇成了《岁月的河》。作品虽然稚嫩甚至略显青涩，但她不是为了创作而生，她是我抑制不住激情艰难诞生的一个婴儿。

现在，《岁月的河》就放在我的案头，望着这厚厚的一叠手稿，我想，在这部书里，哪些该写，哪些不该写，还有哪些没有写到，哪些没有写透，自己把握得却不是太准，心里不免就有些诚惶诚恐了。

但毕竟，这是我怀着朴素真挚的感情用心写出来的。在我工作生活的过往经历中，一直充满了感激和感动，这是我创作的动力，也是我创作的源泉。我很感激我的领导和同事，也很感谢我的同学和朋友。乡镇工作的繁忙，乡镇生活的无规律，每周五天不能回家的封闭状态，已经将我们镇村干部融合得如同一家人了，我心中也时常被他们感动着。那是不经意间一句暖心的话语，那是适时捎回的一份餐饭，那是生病或醉酒时无言的陪伴，那是谁家有红白喜事时义不容辞的张罗和操办……正如我在文中写到的，“每天八小时的朝夕相处，工作中的默契，生活中的了解，习性脾气的相互包容，遇到问题时的相互帮衬，这些，都让尚德兴时时记在心头，难以忘怀。”又如我在文中写到的，“尚德兴觉得，日子，在紧张的忙碌中，在松弛的平淡里，一天天流逝了，却没有想到，在不知不觉中，领导、同事、同学、朋友已经像亲人那般相互牵系铭记了。尚德兴已经习惯了这样的生活，一旦离去，心里还真有些难以割舍呢。”

关于书中的人物，浓墨重彩描写了积极向上的镇村干部，弘扬的是有耕耘必有收获、善有善报的正能量。但针对在纷繁复杂社会中抵挡不住诱惑的个别领导干部的错误行为，也给予了揭露并让其付出了沉痛的代价，以此引起人们的反思，也让处于迷茫之中的人们引以为戒，警醒过来。

时光，像是一位神奇的雕塑家，在我曾经光洁的脸庞上刻下了细密的皱纹，刻下了岁月的沧桑，刻下了绚烂之后返璞归真的宁静。

我越来越觉得：如果一个人珍爱生命，用心生活，在时光的涤荡中，便会洗净铅华，留下纯真。倘若想在时光中优雅地老去，老成一幅悠然自得的风景，那么，就得学会修炼自己的心，好好珍惜上苍的赐予、时光的馈赠。

总有一天，我会悄然老去，如一滴水珠，消失在春风里。可是，生命中的痕迹却会保留下来，《岁月的河》也会留存下来。这痕迹，虽然浅显，却是我灵魂的印记，也是我深爱这个世界的明证。

在写作过程中，承蒙几位老师的悉心指导和鼎力相助，使我受益颇多，在此深表谢意。

我把《岁月的河》，还有我生命的感悟，以及岁月的痕迹，敬献给那些可亲可敬的乡镇干部。

诚愿在乡镇工作过，尤其是正在乡镇工作的兄弟姐妹们，读了《岁月的河》之后，能够引起共鸣、交流探讨、提升素质、不断进步。倘若大家还能从中再得到一些借鉴、启示或思考，那我便心满意足，感恩之至了。

2016年6月6日